살인자와 렌

THE BUTCHER AND THE WREN

Copyright ⓒ 2022 by Alaina Urquhart
Published by arrangement with William Morris Endeavor
Entertainment, LLC.
All rights reserved.
Korean Translation Copyright ⓒ 2025 by NEXUS Co., Ltd.
Korean edition is published by arrangement with William Morris
Endeavor Entertainment, LLC. through Imprima Korea Agency

이 책의 한국어판 저작권은 Imprima Korea Agency를 통해
William Morris Endeavor Entertainment, LLC.와의 독점 계약으로
(주)넥서스에 있습니다.

저작권법에 의해 한국 내에서 보호를 받는 저작물이므로
무단전재와 무단복제를 금합니다.

살인자와 렌

지은이 엘레이나 어커트
옮긴이 박상미
펴낸이 임상진
펴낸곳 (주)넥서스

초판 1쇄 인쇄 2025년 6월 05일
초판 1쇄 발행 2025년 6월 15일

출판신고 1992년 4월 3일 제311-2002-2호
주소 10880 경기도 파주시 지목로 5
전화 (02)330-5500 팩스 (02)330-5555

ISBN 979-11-94643-52-4 03840

출판사의 허락 없이 내용의 일부를
인용하거나 발췌하는 것을 금합니다.

가격은 뒤표지에 있습니다.
잘못 만들어진 책은 구입처에서 바꾸어 드립니다.

www.nexusbook.com

살인자와 렌

살인을 읽는 여자와 죽음을 설계하는 남자

엘레이나 어커트 지음 ― 박상미 옮김

&

SPECIAL THANKS

*

엄마아빠에게 바칩니다. 두 분은 이 책을 꼭 읽지 않으셔도 돼요. 엄마아빠는 이 책에서 벌어지는 사건(상상이 되세요?)에는 절대 영감을 주지 않았지만 글쓰기에는 엄청난 영감을 주셨어요. 저처럼 별난 아이를 키우면서 무엇을 어떻게 해야 할지 감당하기 힘드셨죠? 그 점은 언제까지나 놀라운 일일 거예요.

**

존에게 바칩니다. 당신은 내게 창작에 대한 자신감을 줘요. 해가 갈수록 당신을 더 사랑해요. 앞으로도 아무 때나 뜬금없이 계속해서 90년대 R&B 발라드를 불러줘도 좋아요.

***

경이로운 나의 세 아이에게 바칩니다. 너희는 앞으로 나보다 글을 잘 쓰고 내가 결코 따라가지 못하게 잔머리도 잘 굴릴 거야. 그러나 이 책은 읽을 수 없단다. 당장 내려놔.

1

 환기구에서 비명이 들려온다. 제러미는 그 소리를 그냥 무시했다. 밤마다 반복하는 루틴은 무슨 일이 있어도 꼭 해야 한다. 이렇게 매일 하는 일상적인 일들이 그를 그답게 살아가도록 해 준다. 말끔히 정돈된 욕실 세면대에서 낡은 수도꼭지를 돌리는 단순한 행동이 그를 차분하게 만들고 생각에 집중하게 한다. 그는 대개 거울 앞에 서서 밤의 의식을 끝낸다. 산뜻하게 샤워를 하고 나서 느긋하게 꼼꼼히 면도를 한다. 그는 몸과 마음을 깨끗이 한 채 침대에 들어가는 것을 좋아한다. 그래서 밖에서 무슨 일이 일어나든 밤마다 시간을 할애해 이런 어둠을 맞을 준비를 한다.

 오늘 밤에는 유난히 큰 비명이 그를 밤의 의식에 집중하지 못하게 한다. 그는 거울을 똑바로 바라보며 분노가 감각에 얽혀 드는 것을 느꼈다. 마치 몸속을 파고드는 부패처럼.

이제는 지하실에서 점점 커져가는, 거의 리듬을 타는 비명 때문에 도무지 생각을 할 수가 없다. 그가 기억하는 한 그는 언제나 시끄러운 소리를 싫어했다. 어릴 때 그는 사람들로 붐비는 곳에서 시끄러운 소리에 둘러싸일 때마다 주변에 있는 것들이 자신을 바이스(Vise)로 조여 오는 듯 느꼈었다. 그가 간절히 듣고 싶어 하는 것은 늪지대 소리뿐이다. 늪지대 생물들이 내는 조화로운 소리는 따뜻한 담요처럼 그의 마음을 포근히 감싸 준다. 자연의 소리는 언제나 최상의 배경음이다.

그는 비명을 듣지 않으려 애썼다. 밤의 의식은 신성하다. 그가 한숨을 내쉬며 이마에 흘러내린 금발 한 가닥을 제자리로 쓸어 올리고 세면대 옆에 있는 라디오를 켰다. 늪지대 소리 외에 그가 위안을 얻을 수 있는 소리는 음악뿐이다. 안도감이 느껴지기를 기다리는데, 드레이크의 〈핫라인 블링(Hotline Bling)〉이 스피커에서 요란하게 울려 나오자 바로 라디오를 꺼 버렸다. 그는 가끔 이런 음악을 들을 때면 시대를 잘못 타고났다고 느낀다.

두 손에 묻은 피와 얼룩을 천천히 씻어 내며 그는 난방 환기구로 시끄럽게 빠져나오는, 소리를 죽여 가며 고통스러워하는 신음에 신경 쓰지 않으려 애썼다. 그리고 그는 거울 속 자신의 얼굴을 뚫어지게 바라본다. 해마다 광대뼈가 조금씩 더 솟아오르고 도드라지는 것 같다. 나이가 들면서 생긴 이 변화는 묘하게 만족스럽고, 그는 그 점에 대해 축복받은 받은 것처럼 느껴졌다. 잘 다듬어진 두개골을 멋지다고 여기는 이들은 꽤 많다. 그들은 그러한 집착이 얼마나 원시적이고 불길한 본능에서 비롯된 것인지조차 모른다. 사람들은 자신들의 정신 깊숙한 곳에 자리한, 수백만 년 전 조상들의 가혹한 생존 욕구에서 비롯된 야만적인 면을 보려 하지 않는다. 그런 특성들이야말로 진화가 유용하다고 판단하는 것들이다. 사람들은 그저 멍청해서, 자신들이 끌리는 것들이 얼마나 잔혹한 유전자 풀에서 비롯된 신호인지도 모른다.

그는 겉보기에 타락한 나쁜 사람으로 보이지 않는다. 오히려 무해해 보이고, 어떤 순간에는 순박하고 좋은 사람이라는 인상마저 준다. 바로 그게 이 모든 걸 가능하게 만든다. 시체꽃이라고 불리는 아모르포팔루스 티타눔(Amorphophallus Titanum)이라는 식물이 있다. 크고 아름다우며 겉모습은 위험해 보이지 않는다. 하지만 10여 년에 한 번씩 꽃이 필 때면 시체가 썩는 것 같은 냄새를 풍긴다. 그런데도 이 식물은 살아남는다. 아니, 번성한다. 그는 시체꽃과 크게 다르지 않다. 사람들은 이 신기한 식물 주위로 몰려들고, 이 식물은 기이한 점이 있음에도 불구하고 사람들이 감탄할 만한 매력을 가지고 있다.

내일은 목요일이다. 목요일은 그에게 금요일이나 다름없지만, 사람들이 그런 식으로 말하는 것은 정말 싫다. 어쨌든 그는 툴레인의학대학원 2년 차가 되고부터 금요일에 일을 쉬는 호사를 누리고 있다. 힘들게 들어야 할 수업이 몇 개 있기는 해도 금요일은 그의 주말이 시작되는 날이다. 그리고 주말은 그가 가장 많은 일을 해내는 시간이다. 지금 집에 있는 손님들을 위해 이번 주말에도 완벽한 계획을 세워 두었기 때문에 그는 지금 무척 흥분해 있다. 물론 그 계획을 온전히 실행하려면 손님을 한 명 더 데려와야 한다.

에밀리가 확실히 그들과 합류할 것이다. 생물학 실습 파트너가 된 후로 몇 주 동안 그녀를 분석해 온 터라 그는 그녀가 자신이 간절히 바라는 도전 상대가 되어 주리라 확신한다. 에밀리는 일주일에 몇 차례 조깅을 하고 몸을 쓰레기 같은 인스턴트 음식으로 채우지 않는 듯하니 체력이 좋을 것이다. 그녀는 캠퍼스 밖에 있는 폰차툴라의 크고 오래된 집에 다른 두 명과 함께 세 들어 살고 있다. 처음 만난 실습 파트너에게 자신에 관해 지나치게 많은 것을 기꺼이 알려 주려 한다는 점만 빼면 그녀는 능력 있고 독립적이며 똑똑하다. 이 모든 점이 그가 벌이는 게임을 하는 데 유용할 것이다. 그녀와 일행이 될 그들도 나름대로의 쓸모는 있겠지만, 그가 상상하기에, 그들이 그의 집에 오래 머문 뒤라서 자신이 주말 내내 계획해 둔 모든 활동을 소화하긴 힘들 거 같다.

다른 두 손님은 지난 토요일 밤 도착한 이후로 꽤 많은 '간섭과 탐색'의 시간을 견뎌냈다. 부캐넌에서는 별다른 준비 없이 그들과 자연스럽게 어울릴 수 있었다. 보통 그는 에밀리에게 그랬듯 시간을 들여 손님이 될 사람들을 알아가지만 이 둘은 그곳에서 저절로 굴러 들어왔다. 마치 우주가 그에게 "이 쓰레기 좀 치워 달라."고 부탁하는 것 같았다. 물론, 그는 기꺼이 그렇게 했다.

케이티와 맷은 지극히 평범했다. 개성이라고는 전혀 없었고, 단지 잘생긴 얼굴에 마약을 준다는 말만 듣고 덜컥 따라나설 만큼 안이했다. 케이티와 맷은 이제 자신들이 얼마나 끔찍한 선택을 했는지 뼈저리게 깨닫고 있을 것이다. 고통스러워하는 신음이 난방 환기구에서 다시 들려오고, 그는 인내심을 잃었다.

그는 밤의 의식을 멈추고 손님들이 머무는 지하실로 서

둘러 내려갔다. 케이티의 낮은 신음이 곧바로 두려움에 찬 비명으로 바뀌고, 그가 다가가자 그녀의 작은 몸이 더 움츠러들었다.

"남의 집에 머물고 있다는 사실을 알아야지."

제러미는 그녀의 탁한 갈색 눈을 똑바로 바라보며 말했다. 그녀에게는 특별할 것이 전혀 없다. 푸석푸석한 갈색 머리카락이 싸구려 풀 같은 굳은 피에 엉겨 목에 달라붙어 있다. 그녀의 외모는 초라하기 그지없지만 그녀는 지금까지 사력을 다해 그 점을 숨기려 애썼다. 그렇게 심각하게 멍청하지만 않았던들 생쥐를 연상케 하는 이빨이 매력적으로 느껴질 수도 있었을 것이다. 그가 바에서 그녀에게 접근했을 때 그녀는 맷에게 치어리더였던 고등학교 시절 이야기를 줄줄 늘어놓고 있었다. 지금의 몸을 보면 믿기 어려운 한심한 이야기였다. 그가 그녀를 의자에 묶은 끈들을 조이고, 그녀의 몸에 수분이 잘 공급되고 있는지 정맥 주사액 봉지를 확인했다. 튜브는 꼬이지 않았고 주사액도 여전히 가득 차 있다.

"맷은 예의를 잘 지키잖아. 맷을 좀 본받으라고, 케이티."

그가 그녀의 옆 의자에 푹 쓰러진 채 소리 없이 가만히 있는 맷을 가리키며 활짝 웃었다.

제러미가 아까 이곳에 왔을 때 그가 쇼크를 일으켜 기절했다는 사실을 두 사람은 알고 있다. 케이티가 큰 소리로 울음을 터뜨리자, 그는 눈알을 굴리며 눈을 부라렸다. 그는 자신의 품위를 시험하는 그녀의 자포자기에 참을 수 없는 역겨움을 느꼈다. 그가 어둠 속에서 조용히 두 의자 사이에 있는 휴대용 스피커의 전원을 켰다. 에드윈 콜린스의 〈어 걸 라이크 유(A Girl Like You)〉가 지하실을 채운다. 그가 혼자 얼굴 근육을 크게 움직여 웃었다. 이제야 좀 들어 줄 만하다고 생각이 되었다.

"그래, 이쪽이 더 낫군."

그가 음악에 맞춰 몸을 흔들면서 케이티에게 마음을 가라앉힐 기회를 주었다.

첫 후렴이 끝날 즈음 그녀가 흐느끼기 시작했다. 그가 망설이지 않고 그녀의 의자 뒤에 있던 집게를 들어 구역질 나는 분홍색으로 칠한 왼손 엄지손톱을 한 번에 뽑아냈다. 그는 비명을 지르는 그녀의 얼굴을 자기 얼굴에 닿도록 끌어당기며 위협했다.

"또 소리를 내면 이번엔 이빨을 뽑을 테니까. 알았어?"

그녀가 겨우 고개만 끄덕이자 그는 들고 있던 집게를 구석으로 던지고 한쪽 눈을 찡긋하며 계단을 올라갔다.

그는 인자한 부모 밑에서 자라지 못했다. 그가 어릴 때는 어떤 것도 풍족하지 않았다. 아버지는 엄하고 보수적인 사람이라 집 안에서 부인과 아들이 어지간히 순종하기를 기대했다. 기분이 좋을 때 마주치면 아버지는 평생 기억에 남을 기술과 교훈을 제러미에게 세심하게 가르쳐 주었다. 항공 정비사였던 그는 항공·우주 관련 장비를 이것저것 가지고 있었다. 정식 교육을 받아서 하는 일은 아니었지만 아버지가 비행기 관련 일을 한다는 것이 제러미는 언제나 자랑스러웠고, 인류의 가장 중요한 발명품 중 하나를 잠시라도 볼 수 있기를 간절히 바랐다. 하지만 아버지의 기분이 안 좋을 때 걸리면 그는 잔인한 고초를 겪어야 했다.

변덕스런 아버지의 성격에도 불구하고 제러미는 매일 그가 퇴근해 집에 오기를 기다렸다. 두 사람이 함께 많은 것을 하지는 않았지만 그래도 좋았다. 제러미는 하루 종일 어머니와 둘이 지낸 뒤 침대 앞에 놓인 텔레비전을 보며 아버지와 보내는 편안하고 조용한 시간을 아주 좋아했다. 어머니는 그녀의 애정을 조절할 수 없는 듯 그의 하루는 대체로 대부분의 방치와 무시, 간간이 행해지는 과도한 관심으로 채워졌다. 어머니의 관심은 언제나 너무 지나치거나 너무 부족했다.

부모의 예측할 수 없는 변덕이 한동안 유예될 때는 제러미의 관심은 언제나 책에 집중되었다. 그는 일곱 살이 될 때까지도 아직 학교에 들어가지 않았다. 한껏 방치하면서도 어머니는 며칠에 한 번씩 제러미를 세인트찰스 애비뉴 근처 도서관에 데려가곤 했다. 두 사람은 언제나 주중에, 아버지가 일하고 있을 때만 도서관에 갔다. 제러미는 어머니가 도서관 사서와 불륜을 이어 가려고 하나뿐인 아이를 도서관에 데려가는 것은 몰랐지만, 도서관 나들이를 통해 속임수에 대한 교훈은 분명히 배웠다. 그는 어머니가 자신을 책장 사이에서 어슬렁거리게 남겨 두고 캐러웨이 씨를 따라 뒤쪽에 있는 방으로 들어간다는 사실을 아버지에게 절대 말하면 안 된다는 것을 일찍 알았다. 더 중요한 것은 그가 스스로 도둑질을 깨우쳤다는 점이다. 그는 책들을 외투나 가방에 숨겨 집에 가져왔고, 한 번도 어머니에게 책을 대출해 달라고 하지 않았다. 이제 와서 생각해 보면 도서관 사서들이 자신을 불쌍히 여겨 눈감아 주었으리라고 확신하지만 당시에는 매주 도둑질에 성공했다고 느꼈다.

사서 중 녹스 씨가 이따금 제러미에게 말을 붙였다. 어느 날은 에두르지 않고 집에 아무 일도 없냐고 솔직하게 묻는데, 그때 그녀의 목소리가 떨리고 있었다. 그는 대답하는 대신 뇌엽 절제술 책에 관해 물었다. 그는 이 구식 수술법과 이 수술을 가장 적극적으로 시행한 월터 프리먼 박사에 대해 막 알게 되어 마음을 빼앗긴 터였다. 주말에 그의 아버지는 〈프런트 라인〉이라는 다큐멘터리 시리즈의 '고장 난 마음(Broken Minds)' 회차의 재방송을 보고 있었다. 그 회차는 정신 건강 의료 체계를 심층 비판하며, 여러 질병(특히 조현병)을 진단받은 환자들에게 그들이 이례적 행동을 보이는 원인으로 추정되는 신경이나 신경망을 자르는 뇌엽 절제술을 시행하는 방법을 집중적으로 다루었다.

그는 프리먼 박사의 전전두엽 절제술에 아주 매료되었다. '아이스 픽(Ice Pick) 뇌엽 절제술'이라는 별칭은 유난히 더 자극적이라고 생각됐다. 그 말은 마치 완벽한 외과 의사가 정신질환자의 뇌를 탐험하려는 비틀린 욕망을 품고 있는 이미지로 다가왔다. 1992년에 연쇄살인범 제프리 다머가 희생자들을 진압하는 데 사용한 방법이었다고 언급하는 뉴스를 무심코 다시 들었을 때 제러미는 혐오감이 일었다. 희생자의 뇌에 청소용 세제와 산을 주입해 좀비를 만들 수 있다고 생각하다니, 확실히 다머는 머리가 모자란 인간이라고 생각했다. 천치가 따로 없지. 그가 '뇌엽 절제술'을 했다고 말하는 것은 연쇄 강간 살인범 테드 번디가

'데이트'를 했다고 말하는 것처럼 어처구니 없는 것이다. 제러미는 프리먼 박사가 무덤 속에서 벌떡 일어나는 소리가 실제로 들리는 듯했다.

제러미는 어릴 때 새로운 지식에 굶주린 아이였다. 만성적으로 자극이 부족했던 그는 그 갈망을 스스로의 실험으로 해소했다. 유년 시절 아버지에게 들은 충고가 오랜 세월 그의 머릿속에 깊이 각인되었다.

"어떤 것에 관해 알고 싶니, 아들아? 그럼 그걸 열어 봐야지."

2

 새벽 시간. 법의병리학 박사 렌 멀러는 아직 남아 있는 졸음을 몰아내려 눈을 깜박이며 차에서 내렸다. 루이지애나의 공기는 이렇게 이른 시간임에도 불구하고 뚫고 지나갈 수 없을 것처럼 무겁고 눅눅하다. 그녀는 축축한 밤공기 속으로 걸음을 옮겼다. 그녀는 시계를 보고 몸을 움츠리며 범죄자들이 단 두 달만이라도 새벽 두 시 같은 시간을 피해 범죄 행각을 벌여 준다면 더할 나위가 없겠다고 생각했다.
 그녀는 근처에 있는 낙우송의 드러난 뿌리 위에서 균형을 잡아 가며 빽빽이 자란 축축한 풀밭을 건너갔다. 나무줄기에 있는 홈들이 고대 전설에 나오는 늪지대 생물의 금방 부서질 것 같은 두 손처럼 그녀를 삼켜 버릴 듯했다. 그녀는 멈춰 서 눈이 앞쪽에 있는 인공조명에 적응할 때까지 기다렸다. 경찰관 셋이 든 손전등 불빛이 물가에 있는 무언가를 내리비추었다. 그 빛줄기들이 어둠을 가로지르자 그들 주위에 있는 모든 것에 한층 더 짙은 검은 막이 드리웠다. 그런 대비 효과는 사건 현장에 더 집중할 수 있게 도와주므로 환영할 만하다.

반라의 죽은 여성이 물가에 빽빽하게 자란 풀숲 아래 쓰러져 있다. 그녀의 머리와 어깨는 검은색 흙탕물에 완전히 잠겨 있었는데, 큰 키에 평균 체격으로 보였다. 렌의 뒤로 두 검시 보조원이 이송용 침대를 양쪽에서 밀며 따라왔다. 경찰 셋과 같이 있는데도 렌은 불길한 예감을 좀처럼 떨쳐내기 어려웠다.

수사관들이 트웰브마일리미트라는 바 뒤에서 다른 젊은 여자의 시체를 찾아낸 지 겨우 2주밖에 되지 않았다. 그녀는 웅덩이에 고개를 박은 채 악취 나는 늪지대 물에 흠뻑 젖어 있었다. 렌은 이 지역을 살펴보면서 두 사건의 유사성을 알아차리고 즉각 머릿속에서 울리는 경보음을 줄이려 애썼다. 그녀는 시체가 들어올 때면 언제나 아무 편견도 기대도 갖지 않는다. 하지만 이 신원 미상의 피해 여성에게 온 정신을 집중하는 동안에도 그녀는 범인이 무언가를 남겨 놓지 않았는지 확인해야겠다는 생각을 잊지 않았다. 2주 전에 살해 희생자가 발견되었을 때 그들은 여자의 목구명 중간까지 쑤셔 넣어진 구겨진 책장들을 발견했다. 그것들은 물에 푹 젖어 대부분 읽을 수 없었지만 7장이라는 단어를 간신히 알아볼 수 있는 한 장은 거의 온전했다.

그녀는 사건 현장에 조심스럽게 천천히 다가갔다. 피해 여성은 윗옷 없이 밑단을 자른 더러운 청바지와 파란색 브래지어를 입고 있었고, 배에는 가로로 큰 상처가 나 있었다. 무언가가 거칠게 그녀의 내장을 거의 끄집어낸 것 같았다. 렌은 이런 곳이라면 매미들이 얼마나 귀가 먹먹해지도록 울어 댔을지 생각하지 않을 수 없었다. 피곤에 지친 그들이 이 여자의 마지막 순간이 어땠을지 조금씩 알아 가는 지금도 매미 울음소리가 귀청을 울렸다. 이 여자를 살해한 범인은 생명이 떠나간 그녀의 시체를 이곳에 유기하면서 자신이 그녀에게서 훔친 마지막 숨을 어떻게 생각했을까? 범인의 생각이 궁금했지만, 죽은 사람이 마지막으로 떠올렸을 생각에 더 마음이 쓰였다.

그녀는 사건 현장을 돌아보고 피해 여성의 왼쪽 손목에 실팔찌가 있는 것을 알아차렸다. 원래는 새하얀 색이었을 테지만 지금은 자주 입은 옷이나 자주 닿은 물건의 색으로 물들어 있었다. 그녀는 환경에 무해한 액세서리를 사는 여자를 생각했다. 그 여자가 팔찌를 두 손으로 들고 사기로 마음먹기까지 이리저리 돌려 보는 모습을 눈앞에 그릴 수 있었다. 지나가다가 맨 앞쪽 진열대에서 충동적으로 구입한 팔찌가 이제 죽음의 기억에 영원히 새겨졌다.

렌은 시체에 더 가까이 다가갔다. 그녀가 동료들의 도움을 받아 시체를 경사진 기슭으로 끌어 올리며 더 잘 보이도록 머리를 천천히 물 밖으로 꺼냈다. 심장 박동이 멈추었을 때 흐름을 멈춘 응고된 피가 인력(引力) 때문에 그녀의 얼굴로 서서히 흘러내리며 두 뺨과 이마에 눈에 거슬리는 얼룩을 만들었을 것이다. 희미한 불빛만으로 완벽하게 보기는 어렵지만 렌은 시반(屍斑)이 진분홍색인 것으로 보아 희생자가 지금부터 대략 열 시간 전에 숨을 거둔 것 같다고 생각했다. 시반은 보통 죽은 지 30분만 지나도 시작되지만 두세 시간 정도가 지나기 전에는 확실히 보이지 않는다. 여섯 시간 정도 지나면 시반이 진분홍색으로 짙어져 맨눈으로도 분명히 볼 수 있다. 죽은 지 열두 시간이 지나면 시반이 최대치가 된 채 고정된다.

렌은 엄청난 공포를 드러낸 채 굳은 피해 여성의 얼굴을 이리저리 살피다 목에 심한 멍이 든 것을 발견했다. 목을 졸린 흔적이 아주 뚜렷했다. 렌은 검시실로 돌아가 더 자세히 살펴보기 위해 이 상처들을 기록하고, 보라색 라텍스 장갑을 낀 다음 목에 깊이 파인 자국을 손가락으로 훑었다.

그녀는 무언가 부피가 있거나 뾰족한 것은 없는지 조심하며 피해 여성의 양쪽 주머니를 겉에서 살살 더듬었다. 현장에서 자칫 주사기 바늘에 찔려 병원에 갈 일을 방지하는 이 추가적인 예방 절차에 그녀가 얼마나 여러 번 감사했는지 놀라울 따름이다. 위험해 보이는 것이 없다고 생각하며 한쪽 주머니씩 손을 넣어 보지만 아무것도 없다. 신원 미상의 시체.

"주변에서 아무것도 못 찾았나요? 지갑은요?"

렌은 이미 대답을 알지만 그럼에도 불구하고 물었다.

그녀는 대답을 확인하려고 그녀 쪽으로 손전등을 내리비추고 있는 세 경찰관을 올려다봤다. 셋이 한꺼번에 고개를 젓는다.

오른쪽에 있는 젊은 경찰관이 손전등 불빛을 시체 주위로 이리저리 어지럽게 비췄다.

"보이는 게 전부입니다. 지갑도 신분증도 흉기도 보이지 않습니다."

렌은 경찰관의 태도가 마음에 들지 않지만 고개를 끄덕이고는 피해 여성의 팔다리를 들어 살펴보다 이두박근 뒤쪽에서 오래돼 희미해진 문신을 발견했다. 기도하려고 모은, 묵주를 감은 양손처럼 보였다.

"카메라 좀 주세요."

렌이 문신에서 눈을 돌리지 않은 채 손을 내밀며 말했다.

새로 온 검시 보조원이 가방 있는 곳으로 급하게 달려가 거의 더듬거리며 카메라를 찾다가 그녀가 내민 손에 올려놓았다. 렌은 문신 사진을 두 장 찍은 다음 다른 것이 있는지 살펴보았다.

"검시실에서 사진을 더 잘 찍을 수 있겠지만 만약을 대비해 더 찍어 놓는 게 좋아요. 이동 중에 무슨 일이 생길지 아무도 모르니까요. 신분증이 없으니 찾을 수 있는 식별 자국은 모두 활용해야 해요. 안 그러면 몇 달이고 시체 안치실에 있게 될 테니까요."

그녀는 검시 보조원에게 카메라를 건네고는 손가락 관절을 꺾었다. 그녀도 그것이 끔찍한 습관임을 알지만 잘 고쳐지지 않는다.

"자, 사망 시간을 무엇으로 알아낼 수 있죠?"

렌이 젊은 신참들을 올려다보자 두 사람의 얼굴이 바로 창백해졌다. 한 사람이 먼저 분명히 아는 듯하지만 말을 더듬거리며 내뱉는다.

"음, 저기, 시반이……."

그가 몸을 기울이고 피해 여성의 붉은 얼굴을 가리켰다.

렌이 히죽 웃으며 고개를 끄덕였다.

"맞아요, 저게 보이죠. 육안으로 확인하는 것 말고 다른 방법은요?"

그녀는 그가 똑똑하다는 것을 안다. 그는 행동이 빠르지는 않지만 무엇을 해야 할지 안다. 시간이 지나면 행동도 빨라질 것이다. 사건 현장이나 검시실에서 생각하기도 전에 행동을 먼저 할 날이 머지않아 올 것이다.

그가 약간 긴장한 듯 검은 머리를 손으로 쓸어 올리더니 대답했다.

"직장 온도요?"

렌이 그에게 총 쏘는 시늉을 하더니 웃으며 고개를 저었다.

"직감이 뛰어나네요. 온도가 제어되는 환경이라면 훌륭한 대답일 거예요. 하지만 안타깝게도, 이 여자가 이곳에 있던 내내 기온이 온화한 27도로, 직장 온도가 유지됐으리라고는 믿을 수도, 그랬기를 바랄 수도 없어요."

그녀가 이송용 침대를 가리키며 말했다.

"이 여자를 여기서 데리고 나가게 바디백을 여세요."

검시 보조원들이 흰색 바디백을 펼치자 렌이 말을 이었다.

"시반 얘기는 맞아요. 시반이 최대치로 고정됐으니 열두 시간 범위로 예상된다는 의미죠. 팔을 잡아요."

검시 보조원들이 둘 다 앞으로 나서자 렌이 고개를 끄덕여 한 사람이 한 팔씩 잡게 했다.

"움직일 수 있나 보세요."

두 사람이 이쪽저쪽으로 조금이라도 움직여 보려 애쓰는 것을 지켜보며 그녀가 말했다.

"와, 뻣뻣한데요."

신참이 말했다. 렌이 장갑을 더 바짝 끌어 올렸다.

"그렇죠. 강직이 고정돼 뻣뻣해요. 아직 강직이 풀리지 않았어요. 그게 무슨 뜻일까요?"

현장에 있는 경찰관들은 이런 상황이 무척 못마땅해 보였다. 크게 한숨을 쉰 다음에 이 한밤중에 달리 할 일이 있다는 듯 과장된 몸짓으로 하늘을 쳐다보았다. 그들이 조바심을 내비쳐도 그녀는 흔들리지 않았다. 자다가 불려와 새벽 세 시에 죽은 여자와 함께 습지에 있어야 한다면 적어도 이참에 신참들을 훈련시키기라도 할 생각이다.

그녀와 더 가까이 있는 검시 보조원이 거친 숨을 진정시키며 말했다.

"저, 열두 시간 범위에 들어맞습니다. 그리고 이 정도의 강직이라면 시간이 더 오래돼 30시간 이상일 수도 있습니다."

잘했어.

그는 점점 자신이 생기는 것 같았다. 업무량이 많은 렌은 능력 있는 조력자가 많을수록 좋다.

"맞아요. 그리고 여기 뭐가 있는지 봐요."

그녀는 그들의 얼굴 근처를 정신 사납게 날아다니는 검은색 파리를 쫓으며 말했다.

"여기에 벌레야 수도 없이 많지만 이 작은 녀석은 검정파리예요. 시체를 제일 먼저 찾아와 구더기로 부화할 알을 낳죠. 아직 구더기는 없지만 지금쯤이면 알을 낳았을 수도 있어요. 이 모든 것을 고려해도 우리가 예상한 범위를 벗어나지 않죠. 범인이 대낮에 범행을 저질렀을 수도 있을 것 같아요. 범인이 누구든 아주 뻔뻔한 놈이라는 거죠."

검시 보조원들이 열심히 듣는 척을 했지만 몸을 좌우로 흔들며 잠을 쫓으려는 몸짓을 보고 렌은 둘 다 자기 말을 제대로 듣지 않는 것을 알 수 있었다. 그들이 출발하려는데 젊은 경찰관이 숲 가장자리에서 급히 그들을 불렀다.

그가 손전등을 내리비치며 소리쳤다.

"여기요! 여기 무슨 옷이 있어요!"

렌이 튀어나오는 코웃음을 참지 못하며 비난조로 말한다.

"그런데도 현장을 떠날 참이었단 말이지."

아까 대답했던 경찰관이 그녀에게 화난 표정을 지어 보이더니 숲 쪽으로 걸어갔다. 렌이 따라가며 검시 보조원들에게 시체 옆에 남아 있으라고 손짓했다. 두 사람이 손전등이 비치는 곳에 다가가자 그곳에 어울리지 않는 두 가지 물건이 보였다. 관목 아래쪽에 반듯하게 접은 티셔츠 위에 검은색 슬리퍼 한 켤레가 단정히 놓여 있었다. 사진을 찍자 경찰관이 증거물을 하나씩 집어 한 봉투에 넣었다. 접어 놓았던 티셔츠를 펼치자 무언가가 작게 툭 소리를 내며 땅으로 떨어졌다.

"책인가요?"

렌이 쪼그려 앉으며 묻고는 자신이 가져온 작은 손전등을 켰다.

《시체 먹는 악귀 굴》, 그녀 앞에 놓인 작은 책은 자세히 살펴보니 공포소설 선집이었다. 뒤에 있는 누군가가 찰칵 사진을 찍자 렌이 책을 집어 들고 일어났다. 그녀가 책을 두 손으로 잡고 뒤집어 본 다음 앞쪽에 있는 경찰관들에게 손을 뻗어 그것을 건넸다.

"들어 본 적 있는 책이에요?"

모두 고개를 저었다. 그중 한 사람이 장갑 낀 손을 내밀어 책을 받았다.

"피해 여성의 책일까요?"

그가 책을 대충 넘기며 물었다.

"우리가 알아내야겠죠."

그가 책을 증거물로 처리하기 위해 옷가지와 한 봉투에 넣는 것을 보며 렌이 쏘아붙이듯 말했다.

그녀는 홱 돌아서다 밟고 있던 축축한 땅에 발이 빠졌다. 쩍 소리가 날 정도로 힘겹게 발을 빼낸 후에야 그녀는 이송용 침대가 있는 곳으로 돌아갈 수 있었다. 렌은 두 사람을 도와 피해 여성을 바디백에 넣어 바퀴 달린 침대에 올리고는 시반의 색을 한 번 더 기록한 다음 장갑을 벗었다. 다른 불빛을 비추니 시반이 더 밝은 색조의 분홍색으로 보였다. 그녀가 발을 조심스럽게 디디며 검시관 사무소 소유의 밴으로 돌아가자 검시 보조원들이 이송용 침대를 끌고 뒤따랐다. 그녀는 밴의 뒷문을 열고 울퉁불퉁한 땅을 힘겹게 지나오는 두 사람을 기다리며, 자신의 검시실에 신원을 모르는 시체가 한 구 더 늘었다는 생각에 내심 두려움을 느꼈다.

"오늘 밤 누가 당신을 그리워할까요?"

피해 여성을 앞에 두고 렌이 가만히 물었다.

"시체한테 대답을 들은 적이 있나요?"

근처에 있던 경찰관이 키득거리며 빈정거렸다.

렌이 그의 눈을 똑바로 응시한 채 차 문을 세게 닫고 운전석 문 쪽으로 걸어갔다.

"그동안 죽은 사람이 얼마나 많은 비밀을 알려 줬는지 알면 당신은 놀라 까무러칠걸."

3

아침에는 기분이 좋다. 제러미는 에스프레소 커피를 좋아하고 언제나 아침을 먹는다. 아침 이후의 시간은 어영부영 지나가거나 예측할 수 없을 때가 많고, 점심시간에도 연구를 하느라 제대로 식사할 시간을 낼 수 없을 때가 많다. 그가 조리대에 있는 작은 텔레비전을 흘낏 올려다보았다. 뉴스에서는 뉴욕주 대너모라에 있는 클린턴 교도소에서 탈옥한 두 죄수 이야기(2015년 6월 6일에 일어난 사건이다.-옮긴이)를 두 주째 전하고 있었다. 사랑에 빠진 교도관이 두 살인범의 탈출을 도와준 〈쇼생크 탈출〉 현실판 같은 이야기에 루이지애나 사람들조차 매료되었다.

제러미는 뉴스를 보며 스크램블드에그를 만들어 칠면조 소시지와 곁들여 먹었다. 그는 건강을 위해 채식을 할지 계속 생각 중이지만, 꼭 그래야 할 적당한 이유를 찾지 못하고 있다. 그가 인간들보다 동물을 더 존중하는 건 사실이지만, 그것은 동물에게는 태어나자마자 혼자서도 살아남을 능력이 있다는 점 때문이다. 여기에 교감이나 공감은 개입되지 않기 때문에 그는 편하게 구할 수 있는 단백질 공급원을 스스로 포기할 필요를 느끼지 못한다. 접시를 닦은 다음 그는 손님들을 살펴보기 위해 아래층으로 내려갔다.

케이티는 확실히 조용해져 있었다.

"생쥐 이빨 같은 이가 소중하기는 한가 보군."

제러미가 혼잣말을 했다.

그녀가 앉아 있는 의자 왼쪽 다리와 아래쪽 바닥에는 그녀의 왼손에서 떨어진 피가 잔뜩 말라붙어 있다. 축 늘어져, 평온한 것처럼 보이는 그녀를 보자 그의 마음에 그녀를 방해하고 싶다는 강한 욕망이 일었다. 그러나 안타깝게도 오늘 아침에는 예정에 없던 기쁨을 누릴 시간이 없다. 그는 그녀에게 한쪽 눈을 찡긋해 보였다. 한쪽에 있던 맷은 테스토스테론이 분노를 폭발시켰는지 사슬에 묶인 팔을 빼내려 애쓰면서 그를 향해 침을 뱉고 욕을 해댔다. 맷이 밤새 지하실 바닥에서 의자를 떼 내려 한 것이 확연히 보였지만 의자 다리에 겨우 약간의 상처만 냈을 뿐이다. 이 의자들은 아주 오래전부터 바닥에 시멘트로 고정돼 있었다. 의자가 떨어지는 일은 없을 것이다. 그는 그래도 만에 하나 맷이 기적적으로 의자를 넘어뜨린다면 어떻게 할지 잠시 생각하다가 곧바로 그런 시간 낭비는 그만두기로 했다. 맷은 어리석고 몸도 점점 쇠약해지고 있어 그를 이길 수 없다. 맷이 기를 써서 강한 척 애쓰는 동안 제러미는 정맥 주사액 봉지를 확인하고 주사액을 보충했다.

"맹세컨대, 씨발, 네놈을 찢어발기고 말 거다, 이 계집애 같은 놈!"

그가 제러미의 뺨에 악취 나는 침을 튀기며 악을 썼다.

제러미는 집게를 가져다 맷의 앞니를 뽑을까 생각했지만 지금은 세탁해서 다림질해 둔 셔츠가 없다. 게다가 자기가 오줌을 싼 자리에 앉아 있으면서도 계집애 따위의 말을 내뱉는 남자에게는 혐오감 말고는 어떤 감정도 들지 않았다. 대신 맷의 얼굴을 거칠게 잡아 깊게 입을 맞추고 아작 소리가 날 때까지 아랫입술을 세게 깨무는 것으로 대응했다. 제러미는 때로 자신에게 쾌락적 본능을 허락했고 좀처럼 그 일을 후회하지 않았다.

"네놈 발로 여기 왔잖아. 그걸 잊지 말라고."

맷의 입에 피가 차는 것을 느끼며 위협적으로 말했다.

맷이 알아들을 수 없는 말을 더듬더듬 고함치듯 내뱉자

케이티가 그 옆에서 소리를 죽여가며 훌쩍였다. 계단을 오르던 제러미가 답례로 미소를 보내고, 화장지로 맷의 피가 묻은 입을 닦아 낸 다음, 복도에 걸린 거울로 재빨리 자기 모습을 점검했다. 그리고 흘러내린 금발 한 가닥을 제자리로 쓸어 올리고 황급히 문 밖으로 나섰다.

*

 창고·물류 회사에서 자료를 입력하고 청구서를 발행하는 것이 그의 본업이다. 말 그대로 지루하고 생각 없이 기계적으로 할 수 있는 일이었다. 그는 주중 대부분의 시간을 컴퓨터 프로그램에 숫자들을 반복해 채워 넣으며 보내야 한다는 것이 끔찍했다. 그가 바깥의 자욱한 공기를 뒤로하고 로벳로지스틱스의 로비로 걸어 들어갔다. 루이지애나에서 여름에 주차장을 가로질러 걷다 보면 뜨뜻한 버터 속을 헤치며 힘겹게 걷는 것 같은 기분이 든다. 무겁고 습하고 후텁지근하다. 안으로 들어서자, 그는 사방에서 쏟아져 나오는 인위적인 냉기에 몸이 적응하지 못해 버거워하는 걸 느꼈다. 과도하게 사용된 에어컨, 입을 반쯤 벌린 채 멍하니 있는 회사 남자들, 그리고 앞으로 몇 시간 동안

이 세균 배양 접시 같은 공간에 갇혀 있어야 한다는 사실까지— 이 모든 것이 그에게는 끔찍한 생지옥 같은 현실이었다. 제러미는 가방에 손을 넣었다가 어젯밤 케이티가 방해하는 바람에 회사에 들어갈 때 필요한 사원증을 깜빡했다는 것을 깨달았다. 그가 가만히 한숨을 쉬며 안내데스크에 앉아 있는 여자에게 다가갔다. 그녀가 자주 입는 민소매 원피스나 블라우스 밖으로 드러난 살찐 팔은 기름에 튀긴 바삭한 닭 껍질을 떠올리게 한다. 그녀의 둥근 얼굴이 탈색한 것이 분명해 보이는 상한 금발에 에워싸여 있다. 그녀의 짙은 화장을 보면 속이 메스꺼워지기 때문에 그는 굳이 그녀의 눈이 무슨 색인지 들여다본 적이 없다. 오늘에야 그는 그녀의 눈구멍에 자리 잡은 곰팡이 같은 초록 빛깔이 통통한 얼굴의 나머지 부분까지 점령하려는 듯 눈꺼풀을 뚫고 나온 것을 알아차렸다. 그녀가 늘 그러듯 휴대전화 화면을 쓸어 넘기는 것으로 보아, 영혼의 짝을 찾고 싶어 사용하는 데이트 앱에서 공격적인 제안으로 메시지함을 가득 채운 야만인들을 살펴보고 있는 중임이 틀림없다.

"필요한 거 있어요, 제러미?"

그가 다가가자 그녀가 물었다.

그는 그녀가 자신의 이름을 부르자 움찔했다. 그는 그동안 그녀의 이름을 기억하지 않으려 애써 왔기 때문이다. 그가 얼굴에 친근한 미소를 띠고 그녀의 책상에 팔꿈치를 기댔다.

"천사 같은 마음씨로 문 좀 열어 주시겠어요?"

그가 입에 발린 소리를 하며 가방을 가리켰다.

"사원증을 잃어버렸네요. 어서 들어가 일하고 싶은데 말이에요."

그녀는 크게 웃다가 요조숙녀처럼 보이고 싶었는지 한 손으로 입을 가렸다. 그는 역겨움을 참고는 대신 그녀를 따라 키득키득 웃었다. 그녀가 웃으며 인조 손톱 끝으로 버튼을 눌러 문을 열었다.

"나중에 신세 갚아요."

그녀가 한쪽 눈을 찡긋하며 말했다.

"신세 같은 소리 하고 있네."

그가 안쪽으로 들어가면서 싸늘하게 대꾸했다. 그녀는 아마 그의 말을 농담으로 받아들일 것이다. 그는 아무래도 상관없었다.

4

 렌은 얼굴을 덮은 흰 천을 들어 올리고 차가운 검시실 이송용 침대에 누워 있는 여자의 시체를 가만히 바라보았다. 여자가 늘어진 한쪽 눈꺼풀 뒤에서 그녀를 마주 바라보는 듯했다. 실눈이 뜨인 여자의 오른쪽 눈은 자신이 견딘 공포를 처절하게 외치는 듯했다.

 흠뻑 젖은 여자의 옷은 사진을 찍는 것이 끝나고 이미 벗겨진 뒤였다. 검시실 보조원들은 이런 짓을 한 짐승을 추적할 만한 섬유 조각이나 머리카락을 비롯해, 뭐라도 찾으려고 그것들을 자세히 살펴보고 있다.

 렌은 뼈가 부러진 흔적은 없는지 촉진하며, 이미 부패로 이목구비가 손상되기 시작한 여자의 얼굴을 주의해서 살폈다. 혹시나 얼굴에서 아직 점상 출혈이 관찰되는지 확인하기 위함이었다. 루이지애나의 햇볕은 살아 있는 사람에게도 꽤 가혹하지만 죽은 사람에게는 특히 잔인했다. 렌은 약간 붓기는 했지만 부패가 심하게 진행되지는 않은 것으로 보아 시체는 무더위에 바깥에서 하루 정도 있었을 것이라고 추정했다.

그녀의 눈에 여자의 목 주변에 든 멍이 들어왔다. 목에는 여러 가닥의 끈이 얽힌 채 후두 주변 조직에 깊이 박혀 있다. 이것은 사인이 아니다. 렌이 치명상이었다고 확신하는 복부의 상처뿐 아니라 목에 든 멍도 혈액이 흐를 때 생긴 것이다. 혈액은 심장이 뛸 때만 흐른다. 이 불쌍한 여자는 딱 죽기 직전까지만 기계적으로 목이 졸렸다. 살인범이 생각할 수 있는 가장 고통스러운 방법 가운데 하나로, 그녀에게 죽음의 해방을 내주기 전에 그저 유희로 잔인하게 목을 조른 것이다.

여자의 복부에 가로로 나 있는 상처는 들쭉날쭉하고 깊었다. 혈액이 상처 안쪽에서 응고했다는 것은 여자가 여전히 살아 있을 때 상처를 입혔다는 뜻이다. 아직 일부 근육에 남아 있는 시반과 장기 중 간의 온도를 종합하면 사망 시간은 약 36시간 이내 어느 때일 것이다. 안타깝게도 렌이 범죄 현장에서 시반을 근거로 판정한 시간은 그것보다 약간 짧았다. 그녀는 이 반점들이 짙은 붉은색이나 푸른색 또는 보라색일 것이라고 예상했지만 피해 여성의 피부 아래 고인 피는 밝은 분홍색이었다.

예상이 빗나가자 렌은 잠시 인상을 썼지만, 곧 다시 조사를 계속하기로 마음먹었다. 시반은 사망 후 시체를 옮겼는지를 판단하는 데도 도움이 되는데, 지금 렌의 작업대에 누워 있는 여자가 바로 그런 경우이다. 여자의 복부가 찢긴 다음에 흐름을 멈춘 혈액은 그녀의 오른쪽 엉덩이와 얼굴과 오른팔 일부에 고였다. 여자가 사망 후 오른쪽으로 누워 있었다는 뜻이다. 허리와 양어깨에도 피가 고인 흔적이 있다는 것은 그녀가 사망 후 누운 자세로 있었다는 뜻이다. 오른쪽 시반이 더 짙은 색이므로 그녀가 오른쪽으로 누워 있을 때 죽었고, 나중에 바로 눕혀졌다고 추정할 수 있다. 이런 세부 사항들은 깔끔하게 맞춰진 퍼즐처럼 잘 들어맞지만 렌은 시반의 색 때문에 결론 내리기를 주저했다.

존 르루 형사가 검시실로 들어서며, 얼굴에 마스크를 단단히 고정시키고 오른손에 라텍스 장갑을 꼈다. 그는 각진 턱을 눈에 띄게 앙다물고, 마스크 위로 유일하게 보이는 짙은 파란색 눈은 수많은 질문을 던지는 듯했다.

렌은 그가 검시실로 들어올 때 흘끗 쳐다보았다. 오랫동안 함께 일해 온 터라 그의 표정을 바로 읽을 수 있다.

그는 과로했고 답을 바라고 있다.

"뭔가 새로운 소식이 있다고 말해 줘요, 멀러."

그가 허리띠를 조절하고 두 손을 허리춤에 얹으며 말했다.

렌이 잠시 망설이다 고개를 들었다.

"그 자식이 이 여자를 냉동고에 넣었어요."

5

 제러미가 파티션으로 막힌 자기 자리에 앉으며 모니터 전원을 딸깍 켜고, 커피와 휴대전화를 손이 잘 닿는 곳에 놓았다. 그는 뉴스 웹사이트와 소셜미디어를 두어 곳 들어가 보며 천천히 하루를 시작하기를 좋아한다. 오늘은 〈타임스 피카윤(Times Picayune)〉 웹사이트가 그의 눈길을 끈다.

 '친구들 밤샘 기도에 올리언스 구역 실종 남성, 여성 수색 강화되다.'

 그는 터지는 웃음을 거의 억지로 참았다. 밤샘 기도는 언제나 흥미롭다.

 케이티와 맷이 내 지하실에서 고통스러워하고 있는데 당신들의 촛불과 사진이 다 무슨 소용이란 말이야?

 그는 기사 사진에 나온 눈물이 그렁그렁하고 침울해 보

이는 이 '친구들'이 친구를 생각하기보다 자신들의 모습을 신문에서 보는 데 더 관심을 둔다고 생각했다. 누구에게나 동기가 있다. 자신의 상실을 기꺼이 떠벌리려 하는 걸 보면 이 사람들은 주목받고 싶다는 역겨운 욕구를 충족하기 위해 언론의 관심을 누리고 있는 것이 틀림없다. 그가 훑어보니 기사에는 이 두 실종자의 유전자 정보를 즉시 확보해야 한다고 기술돼 있다.

"너무 무섭지 않아요?"

동료 코리가 제러미의 파티션에 팔꿈치를 기대고 커피를 마시며 그를 방해했다.

"이 두 사람도 결국 다른 사람들하고 같은 꼴을 당하겠죠. 비슷한 점이 너무 뻔해서 그냥 넘어갈 수가 없지 않나요? 그가 한 사람을 버리면 며칠 내로 다른 사람을 붙잡죠. 실종됐던 다른 여자를 경찰이 찾은 것 같다고 하는 얘기는 들었죠?"

코리가 고개를 저으며 커피를 한 모금 더 마셨다. 다른 사람이 아니라 나머지 사람들이고, 그의 말은 부분적으로만 옳다. 제러미는 이 일을 한동안 해 왔고, 지금까지 여섯 명의 희생자를 해치웠다. 대개 그는 정확히 코리가 추측한 대로 했다. 한 사람에게 점점 싫증이 나면 다른 사람을 찾으러 갔다. 겹친 것은 이번뿐이었다. 케이티와 맷은 메건이 아직 부분적으로 살아 있을 때 그의 집으로 왔다. 계획에 없던 일이라 위험했지만 적당한 사람들이 나타나면 즉흥적으로 행동할 때도 있다.

메건은 제러미가 지난주 목요일에 바에서 함께 나가자고 꼬신 슬프고 절망적인 여자였다. 그녀는 시끄럽고 경박하고 오만하며 입을 연 순간부터 그의 기분을 상하게 했다. 한번은 지하실에서 그를 '마마보이'라고 부르며 고래고래 악을 써 그의 분노에 불을 질렀다. 그는 분노가 신중하고 이성적인 판단을 방해하리라는 것을 알았다. 그때 그가 분노에 굴복했다면 중대한 실수를 저질러 자신의 냉정과 자유를 잃게 되었을지도 모른다. 그랬다면 그는 메건에게 더 크게 분개했을 것이다.

그는 며칠간 그녀를 무너뜨리려 애썼다. 그리고 며칠, 몇 시, 몇 분이 자신의 마지막이 될지 궁금해하는 그녀의 심리 상태를 추적했다. 그리고 며칠 동안 놀이를 즐긴 후 조용히 지하실로 내려갔다. 그가 갑자기 별 반응을 보이지 않는 것을 어떤 징조로 받아들였어야 했지만 그녀는 그가 곧장 배를 칼로 찔렀을 때도 여전히 마지막을 예상하지 못했다. 그는 온 힘을 다해 그녀의 배를 갈랐고 그녀가 콘크리트 지하실 바닥에서 고통으로 몸부림치는 것을 지켜보았다. 그는 의도적으로 이런 결말을 택했다. 배에 상처가 나면 정말로 참혹하다. 담즙과 산이 상처에 쏟아지면서 희생자는 자기 체액에 의해 서서히 독살된다.

그때가 일요일 밤이었고, 케이티와 맷은 그 전날 도착했다. 메건의 시체가 오늘 아침에 발견됐다. 그는 그 소식을 라디오에서 간단히 들었지만 아직 자세한 사항은 발표되지 않았다. 그는 걱정하지 않는다. 시체 어디에도 흔적을 남기지 않도록 항상 조심하기 때문이다. 심지어 메건과의 게임에서 목을 조를 때 사용한 낚싯줄과 전깃줄도 만일을 대비해 없애 버렸다.

처음에 시작할 때부터 작업 방식이 따로 있었던 것은 아니지만 제러미는 주로 술집이나 나이트클럽 밖에서 20~30대 사람들을 목표로 삼았다. 하지만 살인 방식은 호기심이 이끈다면 무엇이든 가리지 않고 따르며 계속 수위를 높였다. 그리고 물론 늪지대 물이 있다. 네 번째 희생자가 발견된 후 언론은 그가 시체들을 더러운 늪지대 물에 유기한 채 잘 보이게 두기를 즐긴다는 이유로, 그에게 특별히 이름을 붙여 주었다. 그들이 그를 '늪지대 살인자'라고 불렀고, 처음에는 그도 그런 대우가 싫지 않았으나 지금은 지

겨워졌다. 최근에 그는 이렇게 정체된 습관이 지루해졌다. 게다가 예측할 수 있게 행동하면 잡히는 데 조금씩 더 가까워질 것이다. 그는 이제 새로운 요리를 선보일 준비가 되었다.

제러미가 공상에서 퍼뜩 깨어나 코리를 쳐다보려고 의자를 빙그르르 돌렸다.

"그렇게 생각해요?"

제러미가 물었다. 코리가 키득거리며 손을 뻗어 기사 가운데 케이티와 맷이 사라진 기간을 상세히 설명한 부분을 가리켜 보였다.

"그럼요. 이 멍청이들이 실종된 지 일주일이 거의 다 됐잖아요. 그들은 이제 끝났어요. 솔직히 더러운 늪지대에 푹 담가졌다고 봐야죠."

제러미는 코리의 솔직함에 웃음을 터뜨릴 수밖에 없었다. 자신이 손님들에게 느끼는 정도의 경멸감을 그가 표현하자 제러미는 기분이 좋아졌다.

"그럴 수도 있겠네요. 그리고 있잖아요, 그들이 발견되면 적어도 그 촛불과 기도는 멈추겠죠. 카메라에 찍히려고 안달인 이 관종 환자들을 오래는 참을 수 없을 것 같아요."

제러미가 코리의 냉담함이 어느 정도까지일지 시험해 보

았다.

코리가 큰 소리로 웃음을 터뜨리고 몸을 살짝 숙이며 고개를 끄덕였다. 그리고 그가 당연한 듯이 말했다.

"맞아요! 이제 끝났어요. 주말이면 그들은 벌레 먹이가 될 거예요."

그가 거의 정확히 맞히자 제러미는 약간 실망했다.

"아무튼, 다른 사람 눈총이 느껴지니 이제 돈 받는 값을 하는 게 좋겠어요."

코리가 눈알을 굴리며 말했다.

제러미는 부장이 자신의 파티션 왕국에서 가진 얼마 안 되는 힘을 만끽하며, 두 사람을 빤히 보고 있는 것을 알아차렸다. 코리가 파티션을 가볍게 두드리며 덧붙였다.

"참, 잊어버릴 뻔했네요. 내가 토요일 밤 탭에서 자유 무대에 오를 거예요. 시간 괜찮으면 구경 오세요. 되도록 많은 관객이 필요해요."

제러미가 고개를 끄덕였다.

"그러죠, 노력해 볼게요. 행운을 빌어요."

그러자 코리가 서둘러 자기 파티션 안으로 돌아가고, 제러미는 일을 시작했다.

6

렌은 좌절감이 들었다. 검시실에 있는 신원 미상의 시체들이 끝없이 그녀를 괴롭혔다. 대개 그 괴로움은 시작한 일을 빨리 끝내고 할 일 목록에 있는 항목을 지우고 싶다는 그녀 자신의 신경증적 강박 때문이다. 그녀는 일을 마무리 짓지 못하는 것을 싫어한다. 냉장고 문을 열 때마다 해결하지 못한 일이 떠오르면 특히 더 그렇다. 행정적으로 짜증이 나는 것을 넘어 이 신원 미상의 피해 여성들은 커다란 슬픔을 안겼다. 밤에 눈을 감으면 그들의 모습이 보인다. 자신에게 이름을 달라는, 자기 이야기를 끝내 달라는 그들의 말이 들린다. 렌은 차가운 바디백에 담겨 아무도 찾으러 오는 이 없이 누워 있는 시체들이 있다는 것에 두려움을 떨칠 수 없다. 이들의 외로움이 그녀의 머릿속에서 떠나지 않는다. 잊히는 것보다 끔찍한 것은 없다. 그녀는 지금껏 피해 여성들의 신원을 빠르게 규명해 내는 것을 사명으로 여겨 왔다.

르루가 장갑을 낀 손으로 피해 여성의 오른팔에 있는 분홍색 시반을 살살 쓰다듬더니 렌을 쳐다보았다.

"그러니까 그놈이 사망 시간을 추정하지 못하게 방해하려 한다는 거군요."

그가 질문보다 진술에 가깝게 말했다. 렌은 앞에 놓인 여자에게서 눈을 떼지 않았다.

"그렇다기보다 지금까지는 성공하고 있죠."

그녀가 멍하니 고개를 저으며 대답하고 몸을 돌려 메스 날을 갈아 끼웠다.

"콕 집어 그걸 방해하다니 이상한데요? 이 멍청이들 가운데 검시관이 그걸 할 수 있다는 걸 아는 놈이 몇이나 되겠어요?"

렌이 대답은 하지 않고 대신 내장을 꺼내려고 피부를 갈랐다. 그녀가 화를 내며 고개를 저었다. 르루가 키득거리며 뒤로 물러나 마스크를 다시 매만졌다.

"오직 검시관의 짜증을 돋울 목적으로 그런 짓을 한 게 틀림없겠죠."

그가 농담을 하듯 말하고는 고개를 한쪽으로 기울였다.

"지금 이 자식을 과대평가하는 거예요. 내 경험을 보면

이 자식은 늑대의 탈을 쓴 멍청이일 거든요."

렌이 메스를 멈추고 그에게 화난 눈초리를 던졌다.

"오직 그 목적으로 그랬다고 한 적 없어요. 난 그냥 자기가 한니발 렉터라도 되는 줄 아는 겁쟁이 멍청이 자식이 내 능력을 시험하는 게 기분 나쁠 뿐이에요."

그녀가 전지가위 같은 도구를 꺼내 맨 아래 갈비뼈부터 쇄골까지 뼈를 하나씩 잘라냈다. 갈비뼈를 자르는 힘과 소리는 그녀가 좌절감을 느낄 때마다 완벽한 카타르시스를 준다. 밀도가 높은 쇄골을 자르려면 힘을 더 많이 줘야 하고, 그녀는 이 순간 그 일이 더없이 반갑다.

"그렇다면 이 소식은 더 마음에 안 들겠군요."

그녀가 왼쪽 흉곽으로 넘어갈 수 있도록 르루가 옆으로 비켜섰다. 그녀가 손을 멈추지 않은 채 앓는 소리를 냈다.

"어서 말해 봐요."

그녀가 갈비뼈를 자르는 날카로운 소리 사이로 나직이 말했다.

전화가 걸려 오자 그가 휴대전화 벨 소리를 끄고 그녀의 작업대에 몸을 기댔다.

"우리 쪽에서는 연쇄살인범을 상대하고 있다고 아주 강하게 확신하고 있어요."

"설마요!"

그녀가 일부러 못 믿겠다는 듯 말했다.

그는 아무 말도 하지 않았지만 굳은 표정으로 그녀를 바라보았다.

"그 얘기는 내가 해 줄 수도 있었어요, 존. 근데 내 형사 배지는 언제 줄 거죠?"

렌이 눈을 찡긋하며 대놓고 히죽거렸다. 그가 짜증스럽다는 듯 두 눈을 질끈 감았다.

"알았어요, 알았어. 지금 진짜 놀라운 건 그게 아니에요, 멀러."

그가 작업대 반대편으로 돌아가더니 두 손으로 그것을 짚고 몸을 숙였다.

"이 잠재적 연쇄살인범이 다음 시체를 버릴 장소에 관한 단서를 남기고 있어요. 지금 다음 사건 현장에 관한 실마리를 얻은 걸 수도 있다고 생각하지만 아직 해독하지 못했어요."

"좀 자세히 말해 주셔야죠, 형사님."

렌이 그를 향해 얼굴을 돌리고 고개를 옆으로 쳐들었다.

"진정해요, 멀러. 아직 확실한 건 아니에요. 그놈이 시체에 남기는 쓰레기로 다음 시체를 버릴 장소를 말해 주려는 것 같아요. 트웰브마일리미트 뒤에서 발견된 희생자 있죠? 그녀의 목구멍에 쑤셔 넣어져 있던 종이를 분명히 기억할 거예요."

렌이 하던 일을 멈추고 고개를 끄덕여 계속 말하라고 재촉했다. 최근 시체를 찾은 두 현장에서는 이상한 물건들이 같이 발견되었다. 그녀는 살인범이 극적 효과를 노리는 것 같다는 생각에 비웃지 않을 수 없었다. 목숨을 빼앗는 것만도 충분히 극적인 거 아닌가? 이 학살을 용수철 달린 인형이 든 상자처럼 놀라움을 숨겨 포장해야 할 정도로 간절히 인정받기를 바란단 말인가? 언제나 통제가 중요하다. 이런 괴물은 자신이 주도권을 쥐고 있다는 사실을 모든 사람이 아는 데서 희열을 느낀다. 그러나 렌은 이런 복선이 자신감보다는 불안감을 나타낸다는 것을 안다. 농담을 하고 나서 핵심 주제가 무엇인지 30분 동안 설명하는 것이나 다름없다. 그들은 남들이 알아서 해석하게 내버려 두지 않는다. 필사적이고 불안해서 그런 행동을 하는 것이다. 오직 악명 높은 살인자들, 강박적 자아도취에 빠져 기립박수를 받아야 하는 하찮은 괴물들이 그런 수를 둔다.

BTK(묶고 고문하고 죽인다는 뜻의 Bind, Torture, Kill의 약자-옮긴이)로도 불린 데니스 레이더는 1970년대에 죄 없는 여자들을 그들의 집에서 스토킹하고 짐승 취급하고 죽이기를 멈추지 않았다. 그는 악명을 떨치고 싶어 안달이 난 나머지 경찰에 전화를 걸어 자신의 범행 현장을 알려 주었다. 자신의 범행을 그저 신고만 하기가 점점 지루해진 그는 언론사에 편지와 시를 써 보내기 시작했고 기묘한 살인 모형을 경찰이 찾도록 이곳저곳에 남겨 두었다. 그러나 관심에 대한 갈망이 결국에는 실패의 원인이 되었다. 그는 서둘러 다음 거물이 되고 싶은 나머지 경찰에 편지를 보내 플로피 디스크로 자신을 추적할 수 있을지 진심으로 물을 정도로 엉성했다. 그들은 추적할 수 없다고 말했고, 그는 그 말을 정말 믿었다. 그는 자신이 대단하고 법망을 잘 피할 수 있으므로 배우처럼 주목받고 싶다는 그의 열망을 경찰도 꺾을 수 없으리라 생각했다. 그의 생각은 틀렸다.

"연구실에서 그게 뭔지, 적어도 부분적으로는 알아낼 수 있었어요. 그것은 삼류 소설의 7장이었어요. 여기서 문제, 두 번째 시체를 어느 늪에서 찾았죠?"

"세븐시스터즈 늪요."

그녀가 생각에 잠겨 말했다.

"근데 그건 연관성이 좀 빈약한 것 아닌가요? 이상하다는 데는 동의하지만……."

르루가 손가락을 들어 그녀가 생각을 끝내지 못하게 막았다.

"세븐시스터즈 늪 범죄 현장에서 찾은 책에서 한 장(章)이 뜯겨 나갔어요. 7장요. 그리고 두 가지가 같은 책이라는 걸 확인했어요."

그가 그 말을 하고 뿌듯해하는 표정을 짓더니 여자의 시체를 가리키며 말했다.

"그게 다가 아니에요. 그녀의 옷에 종잇조각이 끼워져 있었어요. 우리는 그게 다음 현장을 가리키지 않을지 조사하고 있어요. 우리 쪽 사람들을 전부 투입했지만 당신도 보라고 복사해 왔어요. 한 사람이라도 눈을 보태면 도움이 될 수 있으니까요."

그가 뒷주머니에서 종이를 꺼내 렌 앞쪽 작업대에 펼쳐 놓았다. 그녀가 장갑을 벗고 복사한 종이를 유심히 살펴보았다.

"이 백합 문장은······."

렌이 희생자의 시체가 놓인 침대 위로 몸을 기울여 종잇조각의 둘레에 있는 무늬를 가리켰다.

"종이에 광택이 있었나요, 없었나요?"

"약간 빛이 났어요. 뭐라더라?"

그가 눈을 가늘게 뜨고 주먹을 쥐었다가 손가락으로 가리키며 말했다.

"무지갯빛요. 볼록 무늬 같은 것도 있었어요."

그녀가 고개를 끄덕이고 복사한 종이를 계속 살펴보았다.

"이쪽에 있는 이건 뭐예요?"

그녀가 종이를 그가 볼 수 있게 기울이자 그가 몸을 약간 숙였다.

"아, 그건 책에 있던 도서 대출 카드예요. 다시 말하지만 언제나 보는 눈이 많아지면 도움이 된다니까요."

"필립 트루도. 아주 익숙한 이름 같은데."

렌이 도서 대출 카드에 쓰인 이름을 응시하며 생각에 잠겨 혼잣말을 했다.

"저, 안타깝지만 거기서 꽉 막혔어요."

르루가 앓는 소리를 내며 손을 내저었다.

"그렇군요, 내가 살인 담당 경찰은 아니지만 시민의 직감으로 보건대, 범인이 범행 현장에 자기 이름과 숫자를 남길 때는 의심해 봐야겠죠."

"알아요, 알아. 이 필립 트루도라는 사람은 찾았어요. 매사추세츠에 살더군요. 이 남자는 중학교에 다니던 한 20년 전 이후로 루이지애나에 온 적이 없대요. 그리고 이 책은

10년 전까지 라파예트 도서관에 소장돼 있었어요."

르루가 설명했다. 그가 찌릿대는 휴대전화를 다시 들여다보더니 한숨을 쉬었다.

"이 전화는 받아야겠어요. 그래도 계속 생각해 봐요."

그가 서둘러 검시실을 나갔다. 렌이 복사한 종이를 뒤쪽에 있는 작업대에 놓고 새 장갑을 꼈다. 그리고 희생자의 시체에서 가슴판을 들어내고 문 위쪽에 있는 시계를 보았다.

"긴 밤이 되겠어, 자기."

7

제러미가 오후 5시 8분에 퇴근 시간을 기록하고 물건을 챙겨 문 쪽으로 걸어갔다.

"토요일 잊지 마요!"

코리가 책상들 너머에서 소리쳤다.

제러미가 안내 데스크에 말 없이 손을 들어 아는 척을 하고 서둘러 그곳을 지나쳐 주차장으로 나갔다. 그는 깊은 한숨을 내쉬자 거의 곧바로 몸에서 스트레스가 빠져나가는 것을 느꼈다. 파티션 안에서의 삶은 정말 야만적이다.

그가 운전석에 앉자 낮 동안 내리쬔 햇볕의 무게가 그를 내리눌렀다. 에어컨을 켜 보지만 더위가 바로 가시지 않는다. 가시기는커녕 뜨겁고 퀴퀴한 공기가 사방에서 그를 공격한다. 창문을 열어 보지만 질식할 것 같은 느낌이 아주 약간 줄어들 뿐이다. 마침내 환기구로 시원한 바람이 터져

나오자 제러미는 참았던 숨을 고르며 목이 졸려 죽는 느낌이 이렇지 않을지, 짧은 순간 구토가 일며 어찌지 못할 공포가 느껴지다 갑작스러운 안도감이 찾아오는 게 아닐지 궁금했다.

하지만 제러미는 안도감을 주는 데는 관심이 없다. 아니, 그는 고통을 가하는 데 온전히 집중한다. 고통의 기술에는 복잡하지만 단순하다는 상반된 특징이 있다. 생리학적으로 고통에는 화학 작용의 완벽한 조화가 필요하다. 감각이 구체화되려면 모든 공격이 딱 정확한 시간에 이루어져야 한다. 자극은 말초신경 섬유에 충격을 전달하고, 결국 몸의 감각피질이 그것을 감지하고 정체를 확인한다. 자극이 중간 어디에서라도 방해를 받으면 감각이 약해질 것이다. 반대로 그 전기 충격이 감지되도록 보내는 행동은 구석기 시대 동굴인이라도 숙달할 수 있다. 날카롭거나 뭉툭한 물건과 힘만 있으면 된다. 얼마나 매혹적인가.

그는 처음으로 고통을 보고 인지한 일을 기억했다. 틀림없이 일곱 살 때였고, 그는 지금도 계속 살고 있는 집 거실에서 책을 읽고 있었다. 그가 책장을 넘길 때 소리가 들렸다. 바깥에서 아버지가 포장이 안 된 진입로에 트럭을 세우는 소리이다. 문이 열렸다 세게 쾅 닫히는 것을 보니 아버지는 흥분한 상태인 것이 틀림없다. 그는 아버지가 발을 끌며 창고로 가면서 혼잣말로 욕을 하고 침을 뱉으며 투덜거리는 소리를 들을 수 있었다.

제러미가 무슨 일인지 보려고 달려 나갔고, 밖으로 나가자 무언가 새로운 소리가 들렸다. 눈앞에 있는 트럭 짐칸에서 나는, 고통에 찬 소리였다. 처음에는 다친 아이가 트럭 뒤쪽에 있는 것이 분명하다고 생각했다. 사람이 고문당하는 소리와 너무 비슷한, 연속적인 울부짖음에 이은 낮고 고통스러운 신음이었다. 그 소리는 매혹적일 정도로 혐오감을 일으켰고, 그는 몸속의 모든 세포가 기대와 설렘으로 떨리는 것을 느꼈다. 늦은 오후의 열기가 무거운 담요처럼 불길하게 내리쬐며 그에게 안전한 곳으로 도망치라고 경고했다. 하지만 그럼에도 그는 보이지 않는 끈에 끌려가듯 트럭 짐칸에서 비명을 지르는 형체로 다가갈 수밖에 없었다.

짐칸 안쪽을 보려고 기어오르자 몸이 비틀린 채 겁에 질린 암사슴이 눈에 들어왔다. 한쪽 다리가 부러진 것이 뚜렷이 보이고 왼쪽 입가부터 어깨까지 상처가 벌어져 있었다. 아주 힘겹고 고통스럽게 숨을 쉬느라 사슴의 옆구리와 배가 오르내리자 제러미의 폐에서도 공기가 새어 나왔다. 사슴의 코에서 피가 뚝뚝 떨어지고 두려움과 고통으로 두 눈이 휘둥그레져 있었다. 지금도 눈을 감으면 여전히 그때 본 사슴의 눈이 보인다. 그는 눈을 돌릴 수 없었다. 몇 초 동안 그곳에 서서 아름다운 생물의 악몽 같은 순간을 함께했다.

때마침 공기를 뚫고 음악이 들려왔다. 그의 아버지가 창고에서 낡은 라디오를 틀었던 것이다. 아버지는 늘 일을 하면서 음악 듣기를 좋아했다. 스피커에서 낸시 시나트라의 〈디이즈 부츠 아 메이드 포 워킨(These Boots Are Made for Walkin)〉이 흘러나왔다.

"제러미, 거기서 내려와. 너 때문에 겁을 먹으면 그 빌어먹을 비명을 그치게 할 수 없단 말이야."

그의 아버지가 집 옆쪽에 있는 창고에서 느릿느릿 걸어오면서 말했다.

아버지가 사냥총을 어깨에 멘 채 제러미의 눈앞에서 비명을 지르는 동물에게서 비키라고 손짓을 했다.

"아빠, 무슨 일이에요?"

제러미가 머뭇거리며 묻고는 사슴이 잘 보이는 곳에서 뛰어내렸다.

아버지가 연갈색 머리를 뒤로 넘기더니 불안해하며 턱을 문질렀다. 그러자 익숙한, 거칠게 긁히는 사포질 소리가 났다.

"그놈이 트럭 앞으로 너무 빨리 뛰어들지 뭐냐. 이 망할 게, 심하게 뒤틀린 채 도로에 누워 있더구나. 거기서 비명을 지르고 있게 둘 수가 있어야지. 총을 가져가지 않았으니 이렇게 데려오게 된 거다."

아버지는 담담하게 말하며, 트럭 뒤로 돌아가 짐칸의 뒷문을 내렸다.

제러미는 처음에는 흰색이었으나 오래 사용해 더러워진 베이지색 방수포 위에 누워 있는 사슴을 볼 수 있었다. 이제 사슴의 혀가 입 밖으로 늘어져 있다. 그가 사슴을 응시하고 있자니 아버지가 큰 손수레를 트럭 뒷문 쪽으로 끌고 와 제러미를 바라보았다.

"네가 여기 있어서 다행이구나."

아버지가 말하며 제러미의 등을 철썩 때리자 그의 몸이 휘청이며 앞으로 밀렸다.

"어떻게 하실 거예요?"

그가 진지하게 물었다.

"그게, 죽여야지. 저걸 너무 오래 고통 받게 두는 건 사람이 할 짓이 아니지."

제러미는 목이 메는 느낌이 들었다.

"죽인다고요?"

그가 물었고 내내 사슴에서 눈을 떼지 않은 채였다.

"그게 인생이다, 애야. 무언가가 불필요하게 고통 받게 내버려 두면 안 된단다. 그리고 이 세상에는 먹이사슬이라는 게 있어. 누군가는 꼭대기에 있고, 누군가는 그 꼭대기 사람들을 위해 무언가를 제공해야 하지. 이 사슴의 희생은 좋은 고기가 되어 줄 거야."

그가 그렇게 말하며 방수포를 홱 잡아당겼고, 그러자 다친 사슴이 갑작스러운 움직임에 몸서리를 쳤다.

"이리 와서 당기는 것 좀 도와 다오."

제러미는 머릿속이 하얘지며 두려워졌다. 그는 마치 로봇처럼 그 옆으로 올라가 아버지를 도와 방수포를 트럭 뒷문 쪽으로 끌어당기고 사슴을 아래쪽으로 떠밀었다. 이제 사슴이 다급하고 절박하게 소리를 질렀다. 사슴은 무언가를 알리려는 듯 울부짖으며 도움을 요청했지만 이미 그들의 무리에서 너무 멀리 떨어져 있었다.

사슴이 불쾌한 털썩 소리를 내며 손수레로 떨어졌다. 무언가가 부러지는 작은 소리와 더 날카롭고 새된 비명이 이어졌다. 아버지가 다급히 손수레를 밀어 사슴을 집 뒤쪽으로 옮겼고 제러미도 말없이 따라갔다. 숲 가장자리에 이르자 제러미는 사슴을 잔디 위에 내려놓도록 도왔다.

"내 옆으로 오너라, 제러미."

아버지가 사슴에서 떨어져 자기 옆으로 오라고 손짓하며 말했다.

그가 사슴의 뒷다리 옆에 바싹 붙어 서서 발사 자세를 잡은 다음 총을 사슴의 머리 방향으로 내렸다. 사슴이 자기의 불행한 운명을 감지한 듯 더 크게 울부짖었다.

"자, 눈 사이를 겨냥해야 해. 다친 동물은 빨리 보내 줘야 하니까."

그가 나직이 말했다. 말을 마치자 그가 경고도 하지 않고 방아쇠를 당겼다. 갑작스러운 소리에 제러미의 몸이 움찔했다. 사슴의 머리가 충격으로 다시 튀어 오르는 찰나, 잠깐 모든 것이 느려진 것처럼 보였다. 그러고 나서 침묵이 세찬 비처럼 요란하게 내려앉으며 그의 몸을 떨게 했다. 그의 아버지와 그, 두 사람은 잠깐 함께 서 있었다.

제러미는 돌아보면 그날이 자신의 성장 과정에서 결정적이었다고 생각했다. 그는 그날 정신적 괴로움과 육체적 고통, 죽음의 해방을 모두 보았다.

제러미가 현관으로 걸어 들어가 바로 안쪽에 있는 구리 접시에 열쇠를 던졌다. 그는 금속과 금속이 부딪치는 갑작스러운 소리가 지하실 손님들을 깜짝 놀라게 했으리라고 짐작했다. 그들의 두려움을 생각하자 흥분에 휩싸였다. 그가 곧장 주방 개수대로 걸어가 솔로 손을 세게 문질러 사무실에서 묻었을 것이 뻔한 세균들을 닦아 냈다. 그러고는 셔츠 단추를 풀며 들뜬 기분으로 지하실 문을 향해 걸어갔다. 가다가 전략적으로 벽에 박아 놓은 고리에 셔츠를 걸려고 잠깐 멈출 뿐이었다. 그는 속에 입은 흰색 티셔츠를 반듯하게 펴고 삐걱거리는 지하실 문을 열고 계단을 내려갔다.

8

 렌이 카드를 갖다 대 검시실의 큰 문을 열고 뒤쪽 주차장으로 내려갔다. 그녀가 소형 검은색 승용차 운전석에 미끄러져 들어가며 재빨리 버튼을 눌러 문을 잠갔다. 많은 사람이 먹잇감을 노리는 자들이 가까이에서 기다리는 줄 모른 채 자기 자동차에 앉아 있다가 어떤 일을 당했는지 보아 왔기 때문이다.

 그녀는 자리에 앉아 집으로 출발하기 전에 잠시 마음을 가라앉혔다. 뜨거운 바람을 타고 소리를 낮춘 말소리가 차 안까지 들려오고 그녀가 고개를 들어 보니 르루가 뒷문으로 나와 손으로 머리를 쓸어 넘겼다. 그녀는 소리쳐 그를 부르려다가 그가 통화할 참임을 알아채었다. 그가 전화기 화면을 누르더니 전화기를 얼굴 앞으로 들어 올리는 것이 보였다. 스피커로 들리는 상대방의 목소리가 급박했다.

"벤인데요, 책에는 아무것도 없었어요."

르루가 큰 소리로 한숨을 쉬고 자기 차 운전석으로 들어가 선 바이저에서 담배를 슬며시 꺼냈다.

"빌어먹을, 일부 지문도 없어요?"

"안타깝지만 그래요."

벤이 정말 실망한 듯한 목소리로 말했다.

"이번에는 뭐라도 건졌을 줄 알았어요."

르루가 담배를 쥔 손을 입술 앞에 대고 잠시 가만히 있다.

"이 자식이 도서관에 갈 때 장갑을 끼었다는 거예요? 어떻게 범죄 현장에 증거를 그렇게 아무것도 안 남길 수가 있냐고요?"

그가 분통을 터뜨리며 담배에 불을 붙이더니 서둘러 깊이 빨아들였다.

"이런, 처음에는 멀러가 이놈 때문에 쩔쩔매더니 이제 당신이에요? 대체 내 전문가들은 다 어디로 가 버린 거예요?"

렌은 이 말에 짜증이 일었지만 그가 내뿜은 자욱한 연기가 열린 창문으로 서서히 새어 나가는 것을 그냥 지켜보았다. 르루는 텔레비전에서처럼 말끔하게 끝나는 사건은 없다는 것을 충분히 알 정도로 오랫동안 이 일을 해 왔다. 하지만 보통은 어느 정도가 되면 실마리를 찾을 수 있었다.

심지어 세상에서 가장 치밀하고 지극히 교활한 연쇄살인범 가운데 한 명인 이즈리얼 키즈조차 결국에는 실수를 했다. 그는 모든 일을 세심하게 고려했다. 때로는 비행기를 타거나 자동차로 가거나 기차를 타기도 하며 언제나 여행을 가서 무작위로 희생자를 납치해 죽였고, 도착하면 사용할 수 있도록 살해 도구를 미국 전역에 묻어 두었다. 이렇게 직전 희생자와 다음 희생자와의 거리를 두려 노력하다가 자신이 사는 도시에서 저지른 범죄 때문에 붙잡히게 되었다. 그는 그날 저녁 털려고 계획한 앵커리지의 작은 커피숍에서 젊고 예쁜 바리스타를 보자 수년 동안 신중히 연마한 자제력을 잃어버렸다. 그는 아무런 계획 없이, 오래 생각하지 않은 채 그녀를 자기 차로 납치해 강간하고 살해했다. 그의 충동적인 납치는 CCTV에 찍혔고, 도망가려고 도시를 빠져나가면서 현금카드로 돈을 인출하다 은행 카메라에 다시 찍혔다. 그로 인한 공포 시대는 자신의 약간의 부주의 때문에 끝이 났다. 그녀는 이 살인범에게도 비슷한 운명이 닥치기를 바랐다.

르루 형사가 초조한 마음을 가라앉히려고 독한 연기를 다시 한 번 빨아들이자 그의 얼굴이 자욱한 연기에 가려졌다. 그가 권모술수에 능했던 이즈리얼 키즈를 감히 넘볼 정도의 연쇄살인범이 뉴올리언스에 나타난 것은 아닌지 모르겠다고 말했다. 스피커 너머로 벤이 웃음을 터뜨리고, 그 뒤로는 커피 머신이 요란하게 작동하는 소리가 들려왔다.

"음, 뭐 적어도 멀러도 막혔으니 다행이지."

르루가 다시 한 번 한숨과 함께 신음 섞인 소리로 대답했다.

"원점으로 돌아간 것 같네요. 연락 고마워요."

"뭘요."

벤이 서둘러 전화를 끊었다.

렌은 언짢아하기도 어려웠다. 그들도 다 할 수 있는 만큼 열심히 했다. 르루의 몰골은 정말 말이 아니다. 그가 담배꽁초를 주차장 바닥에 튕겨 던지고 주차장을 빠져나갈 때 렌은 그의 눈 밑에서 다크서클을 발견했다. 그녀도 한숨을 쉬며 시동을 켰다. 검시실 주변의 거의 버려진 거리의 고요를 깨뜨릴 정도로 거북하게 큰 라디오 소리가 스피커에서 터져 나왔다. 그녀는 소리를 끄고 자동차 블루투스에 전화를 연결한 다음 집으로 가는 짧은 시간 동안 들을 팟캐스트를 골랐다. 하지만 팟캐스트도 머리를 식히는 데 도움이 되지 않았다. 그녀는 도서 대출 카드에 쓰인 이름에 관한 생각을 멈출 수 없었다. 르루는 필립 트루도가 관심을 돌리기 위한 장치라고 했지만 렌은 그 이름의 익숙한 느낌을 떨칠 수가 없다.

살면서 필립 트루도라는 사람을 몇 명이나 만날까?

그녀가 자신이 사는 거리로 접어들며 이 사라지지 않는 석연치 않은 느낌에 주의를 기울여야 할지 르루와 다른 형사들이 꼼꼼하게 살펴본 후에 매사추세츠에 사는 남자를 제외했으리라고 믿어야 할지 고민에 빠졌다. 그리고 갑자기 방향을 바꿔 진입로로 들어가서는 곧 무너질 것 같은 낡은 현관으로 걸어 들어갔다. 그녀의 집은 누가 봐도 낡았지만 그녀는 그 집의 독특함과 여러 특이한 점을 좋아한다.

렌이 현관 옆에 있는 고리에 열쇠를 살며시 걸고 주방으로 들어가 가방을 바닥에 내려놓았다. 진이 빠졌지만 잠이 오지는 않을 것 같아 오븐 시계를 확인하고 커피를 내렸다. 그녀의 친구들은 대부분 긴 하루를 마치고 적포도주를 양껏 마시지만 렌은 포도주가 별로다. 그녀에게 적포도주는 햇볕에 놓아둔 밍밍한 포도 주스 맛 같고 마시면 머리만 아프다. 갓 내린 커피의 따뜻하고 익숙한 냄새를 맡자 곧바로 마음이 편해졌다. 그녀는 조리대에 기대어 졸졸거리며 커피가 만들어지는 소리를 들었다.

필립 트루도.

그녀가 오랫동안 잊혔던 기억이 저절로 떠오르기를 바라며 속으로, 그다음에는 소리 내어 그 이름을 반복해 뇌어 보았다. 그녀는 위층에서 자고 있는 남편 리처드를 깨우지 않으려 조심했다. 그는 일찍 출근해야 하므로, 렌은 자신의 올빼미 성향으로 그의 휴식을 방해하지 않으려고 노력했다.

그녀가 커피를 두 손으로 받쳐 들고 거실로 가 오래 사용해 닳은 소파에 풀썩 주저앉았다. 리처드는 새것으로 바꾸고 싶어 안달이지만 렌은 이 소파와 헤어질 수 없다. 그녀는 소파가 자신을 잘 안다는 점이 좋다. 새 가구는 언제나 친해질 시간이 아주 오래 필요하고, 그동안은 자신이 원하는 대로 가구에 안길 수 없을 것 같다. 그녀는 새 소파의 뻣뻣함에 인내심을 발휘할 수 없고, 최근에는 더 말할 것도 없다.

그녀는 커피를 마시면서도 지나간 하루를 내려놓을 수 없어 자고 싶은 생각이 조금도 들지 않았다. 그녀의 마음이 자꾸 검시실에 있는 희생자에게 돌아간다. 붇고 상처 난 그녀의 시체가 렌의 생각을 단속하는 것 같다. 그녀를 살해한 범인은 영리하다. 냉동고에 들어갔던 시체가 사망 시간을 알아내야 하는 사람을 절망하게 만들리라는 것을 알 만큼 지능적이다. 이번에는 더 똑똑해졌다. 자신의 정체를 숨기기 위해 더 조심했고, 이는 그놈이 배우고 적용하는 것까지 가능하다는 이야기이다. 그가 희생자들의 목숨을 끊는 데 쓰는 방법조차 계속 바뀐다. 마치 실험이라도 하는 듯하다. 그의 왕성한 호기심과 연구원 같은 치밀함은 위험한 조합이다.

"렌!"

"어, 왔어? 안녕, 자기."

익숙한 목소리에 그녀가 생각에서 벗어나 퉁명스럽게 대답했다.

리처드가 하품을 하며 그녀 맞은편에 있는 일인용 소파에 털썩 앉으며 다리를 웅크렸다.

"깼어?"

그가 활짝 웃자 그녀가 가만히 숨을 내쉬며 웃었다.

"미안해, 깨우고 싶지 않았는데. 긴장을 좀 푼 다음에 자러 가려고 했어."

"그래, 좀 전에 보니 잠깐 현실에서 풀려나 있던데. 내가 이름을 두 번 부른 후에야 깨어나더라고."

"오늘 밤에 좀 힘들었거든."

그녀가 몸을 뒤로 기대고 커피를 한 모금 마셨다. 그가 몸을 숙이고 손을 마주 잡은 다음 팔꿈치를 무릎에 올렸다.

"그래, 어쩐지 오늘 밤 오래 걸릴 것 같더라니."

그는 늘 그녀를 이해해 준다. 때로 그녀는 어떻게 그럴 수 있는지 놀랍지만 그가 이해해 주는 것을 결코 당연하게 여기지 않는다.

"이번 건은 특히나 절망스럽네. 잔인한 건 말할 것도 없고."

그녀가 한숨을 쉬고 입술을 깨물었다.

"난 그냥 무조건 이 자식을 찾아내고 싶어."

"렌, 바로 그게 문제라니까. 당신이 그자를 찾아낼 필요는 없어. 그건 형사들 일이잖아. 당신은 당신이 가장 잘하는 일에 집중해. 당신한테 주어진 정보만 분석하라고."

그녀도 그 말이 옳다는 것을 안다. 하지만 그는 필립 트루도에 관해서도, 그녀에게 그것을 찾아낼 연결점이 있다는 기분이 계속 든다는 것도 모른다. 그녀는 그에게 그 이야기를 하는 대신 그의 비위를 맞추려고 소파에서 일어났다.

"그래, 나도 알아."

"자러 가자."

렌이 고개를 끄덕이고 리처드가 슬리퍼를 끌며 계단으로 향하는 사이 개수대로 걸어갔다. 그녀가 커피 잔에 남은 약간 식은 커피를 배수구에 쏟고, 개수대 위 창문에 비친 자신의 모습을 바라봤다. 오늘 밤은 유난히 초췌해 보인다.

창틀에 있는 바질 화분을 보니 시들기 일보 직전이다. 그녀는 수돗물을 받아 물을 좀 주며 몇 시간 후면 바질이 다시 생생해질 것이라고 생각했다.

"많이 마시렴, 아가."

그녀가 불을 끄고 침실로 올라가며 이 연쇄살인범이 한 번이라도 화분에 물을 준 적이 있을지 생각했다.

9

 길이 막히면 학교까지 가는 데 몇 시간이 걸릴 수도 있다. 제러미는 때로 차가 서서히 움직여도 개의치 않았다. 누구에게도 방해받지 않고 온전히 혼자 생각할 수 있는 시간이기 때문이다.
 오늘은 그런 날이 아니다.
 그는 불안에 휩싸여 있다. 다리 안쪽엔 마치 수많은 작은 벌레들이 기어다니는 것 같다. 진정하려고 다리를 떨고 발을 까딱여 보지만 소용없다. 제러미는 앞으로 자신이 어떤 인생을 만들어가야 할지 고민해 온 시간이 길었다. 이제 거의 그 결정을 실행에 옮길 때가 되었고, 그 생각이 머릿속에서 떠나질 않는다. 마치 자신이 만든 게임이 눈앞에서 재생되는 것처럼, 장면 하나하나가 생생하게 펼쳐진다. 이미 그 세계의 분위기가 느껴지고, 절박한 냄새까지 맡아지는 기분이다. 제러미가 라디오를 켜고 콧등을 살짝 잡았다가 지역 방송국 채널을 맞춘다.

"20대 백인 여성 희생자가 오늘 이른 아침 이 지역의 유명 바 뒤에서 발견됐습니다. 시체는 검시관에게 이송되었고 오늘 부검할 예정입니다."

제러미는 심장 박동이 빨라지고 얼굴이 붉어지는 것을 느꼈다. 이 무능한 형사들이 그의 손님을 한 명 더 받았다는 것을 알게 될 때마다 그의 온몸에 특유의 전율과 흥분이 휘몰아친다. 그들이 쫓는 범죄자들과 다르지 않은 존재가 되는 걸 막는 건 단 하나, '도덕'이라는 허울뿐이다. 그 도덕은 입김만 닿아도 깨질 듯한 유리처럼 언제든 산산이 부서질 수 있는, 그런 위태로운 허상일 뿐이다.

그리고 검시관이 있다. 죽은 사람이 말을 할 수 있다고 검시관들이 어떻게 믿든 죽은 사람은 말을 못한다. 그들은 때때로 사인을 알아낼 수는 있지만, 희생자들이 소중하고 헛된 공기를 마지막으로 크게 들이마실 때 그들의 마음에 저마다 어떤 생각이 떠오르는지는 가늠조차 하지 못한다. 법의병리학자들은 심장 박동이 멈출 때 무슨 일이 일어나는지 정확하게 설명할 수 있다. 하지만 극심한 고통이 어떤 모습인지 상세히 기술하는 논문을 낼 수도, 그런 고통을 일으키는 데서 오는 무한한 기쁨을 목록으로 만들 수도 없을 것이다. 그들은 골절단기를 사용하지만 두 손으로 누군가의 목을 감아쥔 적은 없다. 부검 보고서에서는 진정한 죽음과 고통을 설명할 수 없다. 진짜로는 설명할 수 없다. 그것은 원시적이며, 교실이나 연구실에서는 가르칠 수 없는 것이다.

이른바 전문가라는 그들은 무엇이 그들을 기다리는지 모른 채 여전히 확고한 패턴이 있는 체계적 살인자를 쫓고 있다. 반복적 행동에 변화가 일어날 줄은 누구도 예측하지 못한다. 그들이 유효 기간이 지난 지 오래된 프로필을 서둘러 하나씩 밝혀내는 동안 그는 최고작을 계획할 것이다.

앞쪽에서 차가 움직이자 그가 몸을 흔들며 깊은 사색에서 깨어났다.

잡을 수 있으면 잡아 보라지.

10

죽은 건가?

렌은 너무 짙은 어둠에 압도되어 질식당할 거 같다. 어둠 속에서 엄청난 열기가 그녀를 휘감는다. 심장이 고동치고 어둠이 붉어졌다. 흐느낌이 목구멍에 갇히자 그녀는 입을 벌리려 안간힘을 썼다. 가슴이 욱신거리고 도와 달라고 외치려 있는 힘을 다하지만 목소리가 나오지 않는다.

그러다 돌연 어둠이 사라지고 눈앞에 부모님이 보인다. 그들은 새하얀 방에, 어머니가 아버지의 팔을 꼭 붙잡은 채 함께 서 있다. 극심한 고통으로 두 사람의 얼굴이 일그러져 보인다. 그녀가 부모님을 한꺼번에 끌어안는다. 어머니의 아늑한 사과 향과 아버지의 깨끗하고 따뜻한 향을 맡는다. 그녀는 안도감이 공기를 가득 채우도록 잠시 그들에게 꼭 붙어 있다.

하지만 한기가 느껴졌다.

두 사람은 그녀를 같이 끌어안지 않는다. 그녀는 부모님의 얼굴을 쳐다보려 고개를 쳐든다. 그녀가 눈물로 얼룩진 그들의 얼굴을 살피지만 그들은 그녀를 보지 않는다.

"엄마, 아빠!"

그녀가 두 손으로 그들의 뺨을 만지며 애원한다. 그들은 서로 꼭 붙은 채 그녀와 계속 거리를 둔다. 그녀는 다시 열기를 느낀다. 극심한 열기의 파동이 메스꺼움과 함께 요동친다. 그녀가 다시 귀가 아플 정도의 소음 속에서 더 큰 소리로 부모님을 부르려 애쓴다.

"엄마! 여기가 어디예요? 도와주세요!"

그녀가 간절히 빌지만 반응이 없다. 어머니의 눈이 울어서 빨갛고 퀭하다. 그녀는 절망한 듯 보이고 렌이 울부짖어도 반응하지 않는다. 그때, 하얗고 정적에 휩싸인 공간을 가르는 소리가 울려 퍼진다. 익숙하긴 하지만 부모님의 목소리도, 그녀의 목소리도 아니다.

"넌 죽을 거야, 렌."

남자가 무심하게 말한다.

피가 얼음물처럼 차가워진다. 그녀는 뒤를 돌아보고 싶지 않아 여전히 부모님에게 매달린 채 그들의 얼굴을 응시한다. 두 사람이 흔적도 없이 연기처럼 사라진다. 그들이 눈앞에서 사라지자 그녀는 무릎을 꿇고 쓰러진다.

숨 막히는 흐느낌이 한 번 더 흘러나오고 그가 다시 입을 열자 그녀의 몸이 벌벌 떨린다.

"다리에 무슨 문제라도 있나, 렌?"

그가 묻는다. 그녀는 허벅지를 내려다보고 무릎을 펴고 일어나려 애쓴다. 발로 땅을 딛으려 하지만 마치 물에서 걷는 것 같다. 몸이 기우뚱하더니 휘청인다. 그가 웃는다. 낮고 비열한 웃음소리가 그의 입술 사이로 빠져나왔다.

그녀가 비틀거리며 다시 무릎을 꿇으려 하자 그가 낄낄거린다.

"내 다리."

그녀가 작게 말한다. 마치 고목의 죽은 나뭇가지인 듯 다리에 아무 감각도 없다. 마침내 그녀가 고개를 돌려 그 공간을 가로질러 자신에게 다가오는 그를 바라본다. 그는 먼지 한 점 없이 깨끗한 흰색 티셔츠와 청바지를 입었고, 거의 살균한 것처럼 보인다. 얼굴은 희미하다. 그가 걸어오자 그녀의 폐에서 공기가 마구 빠져나가는 것 같다. 그녀는 뜨거운 부지깽이를 목으로 쑤셔 넣어진 듯해 심하게 기침을 하고 구역질을 한다.

"쉬!"

그가 옆에 쭈그려 앉더니 입술에 손가락을 대고 부드럽게 속삭인다. 얼굴은 희미해도 그녀는 그가 웃고 있다는 것을 알 수 있다. 그녀가 그에게서 멀어지려 본능적으로 두 팔로 몸을 끈다. 필사적으로 그와의 거리를 넓히려 무거운 다리를 끌고 미끄러운 바닥을 손바닥으로 짓누른다.

"도망가 봐."

그가 뒤에서 나직이 말한다. 그녀가 울음 소리를 내어보려 하지만 입속에서는 아무것도, 숨조차 나오지 않는다. 방이 구부러지고 출렁이더니 열기가 그녀를 압도한다.

"도망가 보라고!"

그가 더 크게 말한다. 그녀가 눈에 띄게 몸을 떨자 그가 소리 내 웃는다. 그녀가 고개를 저으며 한 팔로 몸을 앞으로 민다. 그때 모든 것이 흐릿해지고 흰색 방이 무거운 커튼을 친 것처럼 바뀐다. 어둠이 마치 카메라 렌즈처럼 그녀의 시야를 에워싸고 무시무시한 한마디가 마지막으로 들린다.

"도망가!"

그가 소리를 질렀다.

*

렌은 빛이 방으로 쏟아져 들어오자 침대에서 일어나 앉았다. 거친 숨이 한꺼번에 터지고 온몸에 땀이 흥건하다. 순간적으로 그녀는 끔찍한 악몽에서 깨어 이제는 안전해졌는지 분간할 수 없었다. 그녀가 눈을 가늘게 뜨고 주위를 바라보며 상황에 적응하려 애썼다. 가슴에서 심장이 고동치자 잠시 숨을 고르느라 숨을 멈췄다.

"세상에. 이렇게 끔찍한 악몽은 처음이야."

그녀가 혼자뿐인 침실에서 잠긴 목소리로 말하며 침대 옆으로 다리를 내밀고 흔들어 보았다. 그녀는 알람보다 먼저 일어났고, 그녀가 자는 쪽 침실 창문으로 햇빛이 그대로 쏟아져 들어왔다. 블라인드가 약간 벗겨진 페인트에 걸려 비뚤어져 있다.

평소보다 심해질 이유도 없건만 편집증이 도지는 것을 그녀는 어쩔 수 없었다. 이 신원 미상의 피해 여성들이 그녀를 집까지 따라오고, 그녀는 살인범까지 따라올까 봐 늘 두려워한다. 그녀가 언짢은 생각을 털어내려 고개를 저었다. 너무 이른 시간이다. 그녀는 블라인드를 제 위치로 조정하고 샤워를 하러 갔다.

샤워기 물이 따뜻해지기를 기다리며 이를 닦는 동안 마음이 다시 산란해졌다. 그녀는 루틴대로 샤워를 하며 다음 휴일에 관해 계속 생각했다. 이 도시 곳곳에서 발견된 서로 연관된 시체들에서 얼마간 멀어져야 한다. 그러나 지금 같아선 홍강을 들여다보지 않고 보내는 하루가 상상 속에서나 가능하다. 그녀는 남편과 함께 그냥 어딘가에 앉아 편하게 쉬고 싶다고 생각했다. 리처드가 이번 달에 "제 아내를 닮으셨네요."라는 농담을 하도 많이 해서 그녀는 그 농담이 다시 약간 재미있어지려던 참이었다. 그녀가 눈을 깜빡이며 현실로 돌아와 수도꼭지를 꾹 잠그고 샤워를 마쳤다. 오늘의 스파는 여기까지고, 이제 현실로 돌아가기 위해 옷을 입어야 한다.

*

렌이 사원증을 센서에 갖다 대고 무거운 철문을 밀었다. 약간 퀴퀴한 공기가 바로 달려들고 그녀는 그 기운을 안고 사무실로 향했다. 렌은 사원증을 책상에 던지고, 새로운 서류 더미가 '새 사건' 바구니에 들어 있는 것을 보았다. 그녀가 한숨을 쉬며 고개를 저었다. 평소에 그녀는 일이 많아도 흔들리지 않는다. 하지만 이 지역에서 시체가 또 발견됐다는 뉴스가 전해지고 언론이 지역 사회를 공황에 빠뜨리기 시작한 지금은 어쩔 수 없이 압박감을 느낀다. 여기에 새 사건 무더기까지 얹을 수는 없다.

"두 사람 바로 이리 와 줄래요?"

렌이 외치며 의자에 털썩 주저앉았다. 믿음직한 두 병리학 보조원이 거의 바로 사무실로 달려왔다. 한 명은 아직 잠이 덜 깼는지 그대로 돌진해 해부학 도해서가 가득 꽂힌 책장에 머리를 부딪칠 뻔했다. 그가 부딪치기 직전에 멈추며, 두 볼이 새빨개졌다. 그는 늘 신경이 예민하다.

"안녕하세요, 멀러 박사님. 무슨 일이시죠?"

"어서 와요. 오늘 아침 두 사람이 한 사건씩 부검 준비를 처음부터 끝까지 해줘야겠어요."

그녀가 바구니에 있는 두 서류철 가운데 하나를 열며 말했다.

"약물 과다 복용 의심 사건으로 보이고, 23세 여성, 탭아웃 뒤에서 발견됐네요. 그녀에게서 되도록 많은 시료를 채취하세요. 복도 벽장 왼쪽에 항응고제가 들어 있는 새 용기들이 있어요."

나이가 더 적은 보조원이 서류철을 받고 고개를 끄덕였다.

"알겠습니다. 장기를 전부 적출할까요?"

그가 이미 문 쪽으로 걸어가며 말했다.

"네, 준비를 마친 다음 적출해 주세요. 외상 흔적은 찾지 못했는데, 뭐라도 발견하면 부르세요."

렌이 다음 서류철을 열고 문 앞에 남아 있는 보조원을 향했다.

"이번 건은 56세 남성이에요. 단순한 자살 같아 보이네요. 집에서 발견됐고, 입천장에 총상이 있고, 유서는 없지만 이해할 만하죠. 왼손잡이니까 왼손에 화약 잔류물이 있는지 꼭 검사하세요."

렌이 부담이 덜한 사건들을 보조원들에게 맡기고 의자에서 일어나 검시실로 향했다.

"오늘은 잡고 말 거야."

그녀는 소리 내어 다짐을 했다.

*

검시실에서의 시간이 쏜살같이 지나고, 렌은 르루에게 연락을 받고 함께 범죄 현장에 와 있다. 그녀는 그가 도로 경계석을 따라 걷고 있는 것을 바라보았다. 그동안 두 사람다 이 주변에서 심하게 부정적인 기운을 느꼈고, 바 옆에 있는 이 골목에서 사건의 진실을 밝힐 증거를 반드시 찾아내야 한다고 생각했다. 렌은 대학에서 범죄학도 전공해 이런 사건에서는 검시실 안팎에서 큰 도움이 되고 있다.

렌은 이 근처를 얼마나 자주 다녔는지 생각했다. 범인이 어떻게 아무한테도 들키지 않을 수 있었는지 상상하기 어렵다. 밤에도 수백 명이 이 골목을 지나다닌다. 바 뒤쪽에 있는 도로로 나가는 지름길이자 번잡한 큰길을 피해 몰래 마약을 거래하는 곳이기 때문이다. 하지만 한편으로 생각하면 버번에 절어 휘청거리는 술고래야 주변에서 무슨 일이 벌어지든 관심이 없을 테고, 누울 곳을 찾아 힘겹게 걸어갈 때라면 더 말할 것도 없다. 아마 범인은 침착하게만 행동하면 이곳에 시체를 버리기가 얼마나 쉬운지 알았을 것이다. 렌은 살인자의 심리를 이해하고 싶었다. 하지만 그녀는 르루에게는 이제 그럴 마음이 없다는 것을 안다. 그는 그저 범인이 누구인지 찾고 싶어할 뿐이다.

희생자가 누워 있던 바닥은 오래된 커피를 주전자째 들이부은 듯 아직 얼룩이 남아 있다. 마치 그 밑에 있는 땅이 표면 위로 답을 밀어 올리려 애쓰는 것처럼 보인다. 렌이 그렇게 무력해하면서도 범죄 현장에 마음을 빼앗기는 일은 흔치 않다.

"그 자식이 호텔에 장식된 예술품 같은 사람들을 선택했군요."

르루가 고개도 들지 않고 말했다. 렌은 무슨 뜻인지 궁금해 눈썹을 찡그렸다. 그녀가 묻기도 전에 그가 말을 이었다.

"쉽게 잊히지만 안 보이는 건 아니죠. 괜찮지만 대단하거나 인상적이지 않고요."

그가 설명했다. 맞는 말이다. 이 희생자들은 특별히 눈에 띄지 않았다. 대단히 존경받는 지역 사회 구성원은 아니지만 주변부로 완전히 밀려나지도 않았다. 그렇다. 그는 과거의 연쇄살인범들이 그랬듯 떠돌이나 매춘부의 목숨을 빼앗지 않았다. 그는 그런 식의 범행에는 언제나 사회 정의라는 동정이 따른다는 것을 안다. 같은 이유로 세상의 이목을 끄는 사람들을 선택하면 늪지대 물이 한 방울 떨어지자마자 그에게 관심이 집중될 것이다. 그래서 그는 영리하게 공주도 거지도 아닌 사람들을 선택했다.

렌이 머리카락을 위쪽으로 한데 뭉쳐 잡은 뒤 머리끈을 여러 번 감아 단단히 묶고 빠져나온 머리가 없도록 매만졌다.

"그들은 마치 숲에서 쓰러진 나무 같아요. 나무가 쓰러지면 몇 사람은 진심으로 신경 쓰지만 대개는 공짜 장작을 줍고 싶어 하다가 그 나무를 잊어버릴 테죠."

르루가 그녀를 올려다보았다. 그가 잠시 멈추더니 도로 경계석을 가로질러 천천히 몇 발짝 걸어갔다. 그가 쭈그리고 앉아 바닥에 남은 얼룩을 응시하더니 다시 일어났다.

"그렇다면 그자가 꽤 지능적이라는 얘기네요. 차원이 다른 고의적 살인이니까요."

렌이 말했다. 르루가 고개를 끄덕였다.

"맞아요. 그리고 내 생각에는 앞으로 더 끔찍해질 겁니다."

렌도 속으로 동의했다. 두 사람은 이 살인자의 범행이 지금까지 우연이 아니었음을 분명히 안다. 그들이 서 있는 범행 장소는 신중한 조사와 계획, 복잡한 추론 끝에 정해졌을 것이다.

그들이 범행 현장에 압도된 채 빈손으로 돌아가려 할 때 무언가가 르루의 눈길을 끌었다. 그것은 인도와 도로가 만나는 쪽 경계석 틈새에 깊이 끼워져 있었다. 그가 쭈그려 앉아 뒷주머니에서 손수건을 꺼냈다. 그리고 아쉬운 대로 손수건을 장갑 삼아 조심조심 시멘트 사이에서 밝은 흰색 명함을 끄집어냈다. 렌은 명함 앞면을 확인한 그의 얼굴이 창백해지는 것을 보았다. 그 명함은 검시관 사무소 안내데스크에 놓여 있던 것이다. 공식 문장(紋章) 아래 렌의 성과 이름, 직함이 적혀 있고, 아래쪽에는 사무실 연락처가 있다.

렌이 한 발짝 앞으로 다가가 명함을 잡으려 장갑 낀 손을 내밀었다. 르루가 혼란한 표정으로 그것을 건넸다. 그녀가 오른쪽 모서리에 볼록 무늬로 찍힌 '검시관 사무소' 문장을 손가락으로 어루만졌다. 이것은 예전에 쓰던 디자인이지만 (렌은 6개월 전에 고심해서 명함을 직접 새로 디자인했다.) 분명히 그녀의 것이다. 이 명함은 깨끗하다. 누군가가 최근에 일부러 이곳에 놓아둔 것처럼 말이다. 누가 그랬든 희생자의 시체를 옮기고 범죄 현장을 표시하는 테이프도 치운 후에 명함을 이곳에 두었다. 그들이 현장에 처음 도착했을 때는 그것이 없었다. 있었다면 알아차렸을 것이다. 누군가가 메시지를 보낸 것이다.

렌이 고개를 저었다.

"존, 느낌이 안 좋아요. 정말이에요. 이걸 보니 도망치고 싶어졌어요."

"내 말 믿어요, 멀러. 아직 숨을 필요 없어요. 이 명함에 당신 이름이 있으니 보안 요원을 배치할 테지만, 솔직히 말하면 이 자식은 그저 수사가 어떻게 돌아가는지 안다는 걸 보여 주는 게 기발하다고 생각하는 걸 수도 있어요."

그가 그녀를 안심시키며 주머니에서 증거 봉투를 꺼내고 그녀의 손에서 명함을 가져갔다.

"그리고 이 자식이 사람들, 특히 여자들 겁주기를 좋아한다는 건 분명하잖아요."

"제발, 편집증적 생각을 멈출 수 있게 이자를 좀 잡아 줘요, 존."

르루가 호흡을 가라앉히고 렌의 팔뚝을 잡았다.

"꼭 잡을게요."

그가 자신 있게 말했다.

"그 말에 정말 믿음이 가요."

"으쓱해지는데요."

그가 한쪽 눈을 찡긋하고 그녀를 지나 기다리는 차로 향했다.

"얼른 이 거지 같은 데서 빠져나가 이걸 증거물실에 가져갑시다."

그녀가 고개를 끄덕이더니 눈을 꼭 감고 천천히 심호흡을 한 다음 고개를 돌려 그를 보며 말했다.

"바로 따라갈게요."

11

 제러미가 꽉 찬 강의실에 앉아 그녀에게서 눈을 떼지 않고 있다. 에밀리는 생물학 강의에 집중하며 빠짐없이 필기를 하고 있다. 그녀의 손은 노트 위에서 한 번도 멈추지 않았고, 손목에 늘 차고 다니는 팔찌가 아주 작게 짤랑거린다. 연필이 움직일 때마다 작은 은색 심장 장식도 흔들린다. 그는 그 소리가 자신에게만 들린다고 생각했다. 그녀가 이따금 고개를 끄덕이며 연필 끝을 살짝 기울여 특정 이론에 동의를 표한다. 그녀를 관찰하는 동안 그의 마음이 다시 기대감으로 차올랐다. 자신에게 곧 어떤 일이 닥칠지 전혀 모르는 에밀리를 보고 있으려니 애가 바싹 탔다.
 7시 30분에 세 시간 강의가 끝나고, 그는 노트에 펜을 대지도 않았다는 것을 깨달았다. 생각에 깊이 빠진 사이 세 시간이 몇 분처럼 지나갔다. 짐을 챙겨 옆자리들을 지나 통로로 나서는 그녀에게서 눈을 떼지 않은 채 그가 천천히 일어났다. 그러고는 손을 옆으로 내린 채 손가락 관절을 하나씩 꺾고 친근하게 웃으며 그녀 앞으로 나섰다. 그녀가 그를 바로 알아보지 못하자 그가 나직이 이름을 불렀다.

"에밀리 멀로니 씨."

그녀가 지나가기 전에 그가 귀 가까이로 몸을 기울이고 속삭였다. 그녀가 화들짝 놀라며 잠깐 당황한 웃음을 짓자 그는 한 손을 가슴에 얹고 웃었다.

"칼!"

그녀가 소리쳤다.

"간 떨어지는 줄 알았네. 이런 헛소리를 세 시간 동안 듣고 나면 정말 정신이 멍해진다니까요."

한 학기가 다 지났건만 제러미는 자신이 학교에서 쓰는 가명에 반응하려면 아직도 잠시 시간이 걸린다. 그는 '칼'이라고 위조된 서류를 사용해 대학원 등록을 했다. 학교 시스템에서 행정 업무에 번아웃된 직원들이 놓치는 게 얼마나 많은지 알면, 그저 놀라울 뿐이다. 그는 학교에 있는 동안은 '칼'의 역할에 완전히 몰입해서 지냈지만 아직 그 이름에는 익숙해지지 못했다.

긴 강의가 학생의 인지력에 미치는 영향에 관해 그녀가

수다를 늘어놓으며 두 사람은 강의실 문을 향해 나란히 걸어갔다. 제러미는 그녀의 말을 거의 듣지 않았다. 그의 머릿속은 앞으로 몇 분 사이에 일어날 일을 재점검하느라 정신없이 돌아갔다. 조금의 실수도 용납되지 않는다. 사소한 문제라도 완전한 실패로 이어질 수 있다. 그들은 모퉁이를 돌아 생물학과 건물에서는 보이지 않는 곳으로 갔다. 그가 오른쪽 주머니에 든 작은 플라스틱 클로로폼병을 감싼 천을 신중히 움직였다.

"이번 시험에서 계산기를 사용하게 해 줄까요?"

그녀가 전화기로 이메일을 대충 훑어보며 물었다. 그가 어깨를 으쓱하고 뾰족한 끝을 일부러 바깥쪽으로 구부려 놓은, 엄지손가락에 낀 반지로 플라스틱병에 조심스레 작은 구멍을 뚫었다. 두 사람이 주차장으로 들어갈 때 따뜻한 액체가 플라스틱병을 감싼 천을 흠뻑 적신 것이 느껴졌다.

"우리에게 주판 같은 걸 줄지도 모르죠. 우리를 준비시키려는 게 아니라 현실 세계에서 현대 기술이 사용된다는 사실을 그냥 무시하는 거예요."

그가 목소리를 가다듬는 동안 그녀가 말을 이었다. 그녀가 열쇠를 꺼내 자동차 문으로 다가가면서 소리 내 웃었다.

"저, 주말에 실습 자료 검토하고 싶으면 연락 주세요."

그가 웃으며 고개를 끄덕였다.

"네, 그럴게요."

그의 크로스백에서 책이 빠져나와 시멘트 바닥에 툭 떨어졌다. 그가 책을 주워 열린 가방 주머니에 아무렇게나 쑤셔 넣는 순간 에밀리의 시선이 책에 고정되었다.

"무슨 책이에요? 생각 없이 읽을 책을 찾고 있거든요. 당신도 알겠지만, 10년 후 내가 마침내 의사가 됐을 때 읽게요. 그때도 시간이 없겠지만."

그녀는 활짝 웃었고 그는 불편한 표정으로 웃음을 키득거렸다. 그가 약간 당황했지만 정신을 차려야 했다.

"아, 무슨 공포소설 선집이에요. 느긋하게 현실에서 도피할 수 있는 책은 아니죠."

그가 다시 정신을 차리고 본능적으로 머리카락을 쓸어넘기려다 손을 멈췄다.

"하지만 스터디 일정은 꼭 잡아요. 내가 문자 할게요. 그럼 운전 조심하세요."

"그래요, 그럼. 나중에 봐요, 칼."

그녀가 차 문을 열려 몸을 돌리자마자 그가 하나로 묶은 그녀의 적갈색 머리를 왼손으로 붙잡고 한쪽 무릎을 굽혀 그녀의 허벅지 위쪽을 밀어 균형을 잃게 만들었다. 그리고 그녀가 무슨 일인지 이해하기도 전에 그녀의 머리를 뒤로 홱 잡아당겨 약에 적신 천으로 입과 코를 막았다. 그녀는 열쇠를 떨어뜨리고 그의 두 손을 할퀴며 통제력을 되찾으려 하지만 소용없었다. 극심한 공포가 몰려왔다.

그는 크게 뜬 그녀의 두 눈을 내려다보며 완전히 힘이 빠질 때까지 참을성 있게 기다렸다. 마침내 팔다리가 축 늘어지자 그는 그녀의 차 트렁크에 그녀를 싣고 잠깐 숨을 돌리며, 다음 일을 계속하기 전에 생각을 가다듬었다. 아드레날린이 잦아들자 오른손에 장갑을 끼고 다른 주머니에서 케타민병을 꺼내 작은 주사기에 조금 채웠다. 그가 에밀리의 팔을 더듬어 혈관을 찾은 다음 클로로폼의 약효가 떨어져도 계속 정신을 차리지 못하게 약을 주사했다.

범퍼 밑에서 무언가 반짝이는 것이 살짝 보이자 그의 눈이 씰룩거렸다. 몸싸움을 하면서 그녀의 팔찌가 콘크리트 바닥에 떨어졌던 것이다. 그가 몸을 숙여 그것을 집은 다음 처음으로 가까이에서 살펴보았다. 이제야 심장 한쪽 면에 가느다랗게 'E'가 새겨져 있는 것이 보였다. 그가 팔찌를 주머니에 넣었다.

그는 만약을 대비해 그녀의 손목을 등 뒤로 한 채 케이블 타이로 묶고는 자동차 열쇠를 주워 집으로 돌아가기 위해 운전석에 앉았다. 그는 숨을 길게 내쉬고 물티슈로 두 손을 닦은 다음 직접 염색한 갈색 머리카락을 백미러에 비춰 보며 제자리로 쓸어 넘겼다. 일회용 염색약이 이마에 난 땀방울과 섞이기 시작했다. 그가 칼의 숱 적은 턱수염을 재빨리 떼어내고 만족감에 활짝 웃으며 턱을 문질렀다.

"잘했어, 칼."

그가 혼잣말을 했다.

12

"오늘 밤 그냥 집에 있어야 할까 봐."

렌이 머리카락이 더 긴 부분을 조금씩 잡아 컬을 만들며 말했다.

머리카락 한 줄기가 다른 머리카락 사이에 바람 빠진 풍선처럼 축 늘어지며 말을 듣지 않는다. 그녀가 욕실에 서서 약장 거울을 응시했다. 그녀는 방금 샤워를 하고 거의 일 년 전에 산 '외출용' 검은색 레이스 블라우스를 입었다. 요즘은 외출을 잘 안 하기 때문에 립밤 말고 무언가를 더 바른 것만으로도 이번 외출이 특별해졌다.

침실에 있던 리처드가 그녀 왼쪽으로 걸어왔다. 그는 평소에 입는 셔츠와 바지를 벗고 회색 운동복 바지와 오래된 티셔츠를 입고 있다. 그가 연갈색 머리카락을 문지르더니 고개를 저으며 말했다.

"절대 안 돼. 렌, 하룻밤이라도 외출해서 일 말고 다른 걸 생각해야 해. 당신은 쉴 자격이 있어."

"나도 알지만 어차피 애들이 일에 관해 물을 텐데. 다들 이 끔찍한 사건에 관해 자세히 알고 싶어 하고, 마티니를 몇 잔 마시면 특히 더해지겠지."

그녀가 다른 쪽 머리에 컬을 만들고 이미 다 만든 쪽을 부풀리며 대답했다.

"내 친구들은 특히나 더해."

"자, 이미 옷도 입고 예쁘게 꾸몄잖아. 그걸 낭비할 수야 없지."

"오늘 밤은 이렇게 꾸민 채 그냥 집에 있어도 될 거 같아. 로맨스가 죽었다고 누가 그랬더라? 앞으로는 이런 모습으로 쉴 생각인지도 모르지."

그녀가 어깨를 으쓱하며 활짝 웃었다.

"그래, 날 계속 행복하게 하려면 아내가 매일 밤 이것저것 발라 광을 내야 한다고 내가 늘 말하긴 했지."

"그럴 줄 알았어."

그가 몸을 숙여 거울에 자기 얼굴이 그녀의 얼굴과 나란히 비치게 했다.

"린지 생일에 바람을 맞힐 수는 없잖아."

렌이 대답하는 대신 눈알을 굴렸다.

"그래, 좋아, 알아들었어."

그녀가 마지막 컬을 만들고 머리를 흔들었다.

*

렌이 서둘러 브레넌스로 걸어 들어갔다. 그녀는 이미 늦었다. 그녀가 테이블이 들어찬 초록색 공간을 훑어, 크게 웃으며 근사한 루이지애나 해산물 요리를 즐기는 사람들 사이에서 친구들을 발견했다. 린지와 데비, 제나가 고정된 둥근 자리에 앉아 있고, 마리사가 맞은편 푹신한 연분홍색 의자에 앉아 있다. 그녀를 알아본 그들이 열광적으로 손을 흔들었다. 린지가 팔을 흔들다 데비에게 술을 조금 쏟았지만 렌은 그 혼돈 속에서 벌써 마음이 편해졌다.

"늦어서 미안해, 얘들아! 변명이라도 지어낼 수 있지만 지금쯤이면 나를 충분히 알겠지."

렌이 마리사 옆 의자에 슬며시 앉자 다 같이 웃음을 터뜨렸다. 린지가 환하게 웃으며 라임 조각을 끼운 럼앤코크 잔을 렌에게 밀어 주고 잔을 잡으라고 손짓했다. 그녀가 늘 마시던 술이고, 오늘 밤은 이 한 잔으로 끝이다. 검시

관은 언제나 비상 대기 상태니까.

"우리야 물론 알지. 그리고 바꾸고 싶은 생각도 없어. 네가 이렇게라도 와 줘서 기쁠 뿐이야!"

렌은 자신의 잔을 린지의 잔에 가볍게 부딪치고, 웃으며 앞에 놓인 애피타이저 접시들을 눈여겨보았다.

데비가 렌 바로 앞에 먹음직스럽게 놓여 있는 굴을 가리켰다.

"이것부터 먹어 봐. 정말 죽여 준다니까. 아주 끝내줘."

"그러면 너 자신의 사인을 밝힐 수 있으니 경력을 한 단계 끌어올릴 수 있을 거야."

다들 약간 술이 올라 왁자하게 웃고 렌도 웃지 않을 수 없었다.

"더 높이 올라가는 거야 언제나 환영이지. 자, 이 굴이 뭐가 그렇게 치명적이라는 거야?"

"이건 오이스터 젬(J'aime은 '나는 사랑한다'라는 뜻의 프랑스어로, '나는 굴을 사랑해'라는 요리명-옮긴이)이거든."

데비가 과장된 프랑스어 억양으로 말했다.

"옥수수빵크럼블 때문이야."

제나가 덧붙이며 굴을 맛있게 먹었다.

"더 이상 말하지 마."

렌이 더 생각할 것 없이 자기 몫을 먹고 나서는 친구들이 과장한 것이 아님을 깨달았다. 크리올토마토그레이비를 푹 끼얹고 옥수수빵크럼블까지, 이 굴을 맛보기 위해서라면 당장 리처드와 헤어질 수도 있을 것 같았다.

"세상에. 너희가 말한 것 이상으로 맛있는데."

그녀가 호들갑을 떨며 술을 한 모금 마셨다.

다섯 여자들은 일과 아이들, 사랑하는 남자, 가십에 관해 그동안 밀린 이야기를 나눴다. 분위기가 편하다. 어느 정도 음식 접시와 술잔이 비자 린지가 수업 시간에 그러하듯 손을 번쩍 들었다. 마리사가 그녀를 가리키며 발언권을 주자 다들 한 번 더 웃음을 터뜨렸다.

"그래, 린지?"

그녀가 키득거리며 호명했다.

"나 점 보러 가고 싶어, 얘들아! 제발, 안 될까?"

그녀가 손을 모아 간청했다.

"아, 물론 당연히 되지."

데비가 테이블 가운데 영수증과 함께 놓인 자기의 카드를 집으며 고개를 끄덕였다. 제나도 와인 잔에 남은 화이트 와인을 단숨에 들이킨 뒤 역시 카드로 계산을 마쳤다.

"그러자. 가서 우리 시어머니가 앞으로 얼마나 사실지 물어봐야겠어."

"제나! 너무 심한데!"

린지가 조금 크다 싶게 소리쳤다. 제나가 활짝 웃으며 어깨를 으쓱했다.

"반만 농담이야."

렌이 웃으며 일어나 핸드백을 들었다.

"나도 좋아."

"멀러 박사님, 지금 박사님이 기꺼이, 감히 말하자면 신나서 허튼소리를 들으러 가겠다고 한 거야?"

마리사가 놀리며 렌의 어깨를 붙잡고 한 손은 자기 가슴에 올렸다.

"보텀오브더컵이라는 데로 가자! 여기서 몇 분만 가면 돼!"

데비가 결정을 내리고 손가락으로 전화기 화면을 움직였다. 그녀가 전화기 화면을 돌려 뉴올리언스에서 가장 오래되고 가장 훌륭한 찻집 겸 점집이라고 극찬하는 리뷰를 보여 주었다.

"보텀오브더컵으로 가자!"

그들이 한목소리로 유쾌하게 소리쳤다.

조금만 걸어가면 되는 곳이고, 컨티 거리와 차터 거리에는 상쾌한 바람이 불었다. 그녀는 이 길을 수백 번 걸어 다녔지만 언제나 이 도시에 매혹되고, 밤이면 특히 더했다. 불빛이 길 위에 그림자를 드리웠다. 마치 부두교(서아프리카에서 서인도 제도의 아이티로 16~19세기에 팔려 온 흑인 노예들이 믿던 종교-옮긴이) 정령이 사제들에게 불려 나오는 것처럼 그림자가 길의 일부가 되었다. 밤에는 뉴올리언스가 아늑하면서도 으스스해진다. 프렌치쿼터 특유의 정교한 철제 장식과 완벽하게 어우러지듯, 풍성한 양치식물과 걸이 화분들이 발코니에서 리본처럼 흘러내려 있다.

보텀오브더컵 문 앞에 도착해 친구들이 환성을 지른 후에야 렌은 마법에서 깨어났다.

"안녕하세요. 저희 모두 10분씩 점을 보면 될 것 같아요."

린지가 손으로 일행을 가리키자, 그들이 고개를 끄덕여 동의했다.

카운터에 있는 남자가 웃으며 자세를 고쳐 앉았다.

"아주 좋습니다. 오늘 밤 찻잎이나 타로, 손금 중 어떤 것을 원하시나요?"

린지가 빙 돌아가며 의견을 물었다.

"어떻게 할래, 얘들아?"

렌이 먼저 말했다.

"나는 타로가 좋을 것 같아."

그녀에게 가장 익숙한 건 타로 리딩이다. 스스로 회의론자라고 말하지만, 타로 카드에는 왠지 모르게 마법 같은 느낌이 있다. 설령 전부 헛소리일지라도, 예술적이고 연극적인 분위기 덕분에 그 과정을 즐긴다.

"전부 타로로 할게요!"

린지가 선언하듯 말했다.

렌이 대기 공간에 있는 검은색 의자에 가만히 앉아 앞에 있는 탁자에 핸드백을 올려놓았다. 이런 곳 탁자에는 흔히 디자인이 화려한 황도 12궁도가 그려져 있다.

"기다리는 동안 차 마실 사람?"

데비가 고개를 들어 메뉴를 보고 렌도 그녀의 시선을 따라갔다. 벽에는 열두 가지 차와 함께 기묘한 세계로 발을 들이고자 하는 사람들에게 꼭 맞는 분위기를 조성해 주는 듯한 다양한 영적 물건들이 전시돼 있다.

"그래, 차 정말 좋다. 어떤 차 마실 거야?"

렌은 차의 이름과 재료를 훑어보며 많은 종류와 재료의 조합에 약간 당황했다.

"난 수도사블렌드랑 버킹엄궁전가든파티 중에서 결정을

못 내리겠어."

데비가 키득대며 말했다.

"아, 이름만 본다면 당연히 버킹엄궁전가든파티지."

그녀가 메뉴에서 그 차를 찾으며 말했다.

"게다가 재스민이랑 수레국화 꽃잎은 너무 예뻐서 놓칠 수 없겠어."

데비가 고개를 끄덕이고 다시 카운터로 걸어갔다. 그녀가 돌아오기 전에 아름다운 중년 여성이 가게 뒤쪽에서 우아하게 걸어 나왔다. 머리카락은 단단히 틀어 올렸고 데이비드 보위만큼이나 광대뼈가 두드러져 보였다. 그녀 옆에 중년 남자가 나타났다. 그의 눈은 친절해 보이고, 깨끗하게 면도를 했으며, 곱슬곱슬한 금발이 길게 흘러내려 있다.

"안녕하세요. 전 마틴이라고 해요. 한 번에 두 분씩 봐 드릴 수 있답니다."

조각상 같은 얼굴의 여자가 설명했다.

"한 분은 절 따라오고 한 분은 여기 있는 리오를 따라가세요."

그녀가 옆에 있는 남자를 가리키고는 따라오는 사람을 앞으로 안내하려고 손을 내밀었다.

린지가 벌떡 일어나면서 렌의 손을 잡았다.

"잠들기 전에 얘부터 할게요. 살인 사건이랑 상관없이는 한 몇 달간 가장 늦게까지 밖에 있는 거거든요."

"내 차는!"

렌이 반대했다. 데비가 급히 다가와 렌의 손에 종이컵을 덥석 쥐여 주었다.

"내가 가져왔어."

그녀가 한쪽 눈을 찡긋하자 렌은 입술을 꾹 다물었다.

"고맙구나, 친구야."

그녀가 과장스레 말하면서 마지못해 일어섰다.

마틴이 렌의 팔을 가볍게 만지며 어디로 갈지 알려 주었다. 그녀가 좁은 복도를 지나 오른쪽에 있는 문 안쪽으로 렌을 안내했다. 방 안에는 검은색 탁자가 있고 그 위에 골동품 가지형 촛대와 모양이 비슷한 작은 초록색 전등이 놓여 있다. 테두리가 금색인 큼직한 거울이 탁자 위쪽 벽에 걸려 있고, 타로 한 벌이 탁자 가운데 놓여 있다.

"자, 편하게 앉으세요."

마틴이 웃음을 띤 채 탁자 맞은편에 앉으며 렌에게 의자를 빼 주었다.

"끝나고 가져가실 수 있게 타로 리딩을 녹음할까요?"

"고맙습니다, 그러면 좋겠어요."

렌이 탁자 쪽으로 다가앉으며 방 안에 부드럽게 흐르는, 스파에서나 들릴 법한 경음악에 귀를 기울였다. 그녀가 몸을 숙여 가장 위에 있는 카드 뒷장의 복잡한 디자인에 감탄하며 바라보았다. 마틴이 부드럽게 웃으며 살며시 카드에 손을 뻗었다.

"아름답지 않나요? 아주 오래된 거예요. 할머니가 물려주셨죠. 많은 역사가 담긴 카드랍니다."

마틴이 잠시 가만히 있다 고개를 들어 렌의 눈을 바라보았다. 서로 눈을 마주 보다 그녀가 카드를 옆으로 밀며 말했다.

"카드를 보기 전에 손금을 잠깐 봐도 괜찮을까요?"

제안을 거부할 수 없는 듯 렌이 말없이 고개를 끄덕였다. 손에 있는 선이 무언가를 말해 준다는 데 회의적이지만 그녀는 호기심에 거절하지 못했다.

마틴이 렌의 손을 가져다 뒤집더니 손바닥을 유심히 보다가 더 잘 보려는 듯 손가락으로 손금을 잘 펼쳤다.

"여기 보이시죠? 반지 같은 거요."

그녀가 렌의 검지 아래쪽에 있는 작은 아치 모양의 선을 손가락으로 따라 그리며 물었다. 실눈을 떠야 보이기는 해도 있긴 있다.

"네. 정말 약간 반지 같아 보이네요."

"솔로몬의 반지라는 거예요. 이건 당신이 지도자라는 의미예요. 당신은 강하고 독립적이며 머리가 아주 좋아요. 때로는 이런 특징들이 당신의 삶을 움직일 수 있다는 말도 해 주는군요. 일과 성공이 더 창의적인 충동을 억누르는 거지요."

마틴이 자신의 의견을 말했다. 렌은 어쩔 수 없이 마음을 들킨 기분이 들었다.

손가락 밑에 있는 선 하나가 어떻게 이 여자한테 모든 걸 말해 준다는 거야?

마틴이 활짝 웃으며 렌의 손을 다른 방향으로 돌렸다.

"이 선요."

그녀가 약지 아랫부분에서 엄지와 검지 사이까지 손바닥 가운데를 가로지르는 아주 희미한 선을 가리키며 말했다.

"이 선은 독특해요. 시미안 선(두 개의 주요 손금, 즉 지능선과 감정선이 하나로 합쳐져 있는 선-옮긴이)이죠."

그것이 어렴풋이 보이지만 렌은 마틴의 얼굴을 보며 표정을 읽는 데 더 신경을 썼다. 마틴이 눈썹을 찡그리더니 마치 위로하려는 것처럼 다른 쪽 손으로 렌의 손을 움켜쥐었다.

"이 선은 당신이 삶을 추상적으로 보기 어려워한다는 걸 말해줘요. 당신은 검은색과 흰색은 보지만 회색은 보지 못해요. 분석적 본성이 가장 큰 자산이지만 지금 상황에서는 해로운 것이라는 느낌도 강하게 들어요."

렌의 입이 저절로 벌어졌다.

"그 상황이라는 게 뭐죠?"

그녀는 자신이 마틴의 말에 맞장구를 치다니, 믿기지 않았다.

"카드가 얘기해 줄지 보죠."

마틴이 차분히 말하고 카드를 렌에게 건넸다.

"왼손으로 카드를 두 묶음으로 나누세요. 나누고 싶은 마음이 가장 강하게 드는 곳에서 나누세요."

렌은 하라는 대로 하지만 아무 느낌도 들지 않아 아무렇게나 나눈 다음 두 묶음을 뒤집어 탁자에 놓았다. 마틴이 두 묶음에서 맨 위에 있는 카드를 한 장씩 가져다 뒤집어 놓았다.

두 카드 다 마틴 쪽을 향해 있다. 달과 여사제. 그녀가 카드들 위에 두 손을 살며시 놓더니 렌의 얼굴을 살폈다.

"이 카드들이 저를 향해 있네요. 아니, 더 중요한 건 이것들이 당신 반대쪽을 향해 있다는 거고, 그러면 의미가 달라져요."

마틴이 말을 시작하더니 시선을 거두고 카드를 바라보았다. "달은 내면의 소리를 들으라고 말해요. 당신은 메시지를 받지만 그것을 막고 있어요. 손금이 말해준 것으로 보건대 그 해답에 더 귀를 기울이지 못하게 만드는 건 당신의 분석적 본성 때문인 것 같아요."

렌은 지금까지 들은 해석을 어떻게 이해해야 할지 확신이 서지 않았다.

"여사제 카드죠."

마틴이 말을 이었다.

"흥미롭네요. 이것 역시 직감을 믿는 것에 관한 카드지만 당신에 관해서는 이 카드 역시 비밀이 당신을 감싸고 있다고 말하네요. 당신 삶에 지금 있거나 과거에 있던 누군가가 당신은 온전히 이해하지 못할 수도 있는 비밀에 당신을 휘말리게 했어요."

렌은 메시지와 비밀을 연결하려 머리를 쥐어짰지만 그저 혼란할 뿐이었다. 마틴이 카드 두 묶음을 하나로 합치더니 한 번 더 섞었다. 그러더니 카드를 렌에게 내밀고는 마침내 그녀와 눈을 맞추며 말했다.

"카드를 한 장만 뽑아 주세요."

부드러운 목소리지만 지시에는 힘이 실려 있었다. 렌이 말없이 중간에서 카드를 뽑아 마틴에게 돌려주자 마틴이 카드를 탁자에 뒤집어 놓았다. 카드가 바닥에 닿자 마틴이 손을 입가로 가져가 검지를 아랫입술에 올렸다.

"검 10번이에요."

그녀가 알려 주며 등에 긴 검이 10개 꽂힌 채 엎드려 있는 그림 속 남자를 손가락으로 짚어 보였다. 그 카드는 설명을 듣지 않아도 섬뜩하고 불길한 분위기가 느껴졌다.

"배신이에요."

마틴이 속삭이듯 말하며 고개를 들었다.

"그가 끔찍한 짓을 저질렀어요."

그 말에 렌은 몹시 당황했다.

"누가요? 누가 끔찍한 짓을 했다는 거예요?"

마틴이 고개를 저었다.

"누구인지는 당신이 알아요. 자신의 직감을 따르세요."

그녀가 달 카드와 여사제 카드를 다시 만지며 말했다.

렌은 목이 메어 왔다.

"어떻게요?"

그녀가 몸을 살짝 앞으로 숙이며 조심스럽게 물었다.

마틴이 마른침을 삼키며 다시 고개를 저었다.

그들이 서로 눈을 마주 보았다. 그녀의 머릿속은 질문으로 가득하고 심장이 다시는 편안한 리듬을 되찾지 못할 것처럼 쿵쾅거렸다. 그때 마치 신호처럼 가게 앞쪽에서 도자기가 산산조각 나는 날카로운 소리가 들려와 이 침묵을 깨뜨렸다. 렌이 의자가 쓰러질 뻔할 정도로 서둘러 일어났다.

"고맙습니다, 마틴."

그녀가 불쑥 말했다. 그녀가 빙 돌아 재빨리 문을 지나 복도로 나갔다. 뒤를 돌아보니 마틴은 카드에 두 손을 올린 채 그대로 앉아 있었다.

"어땠어? 너 꼭 유령이라도 본 것 같다. 그렇다면 놀라웠다는 뜻 같은데?"

제나가 몸을 숙인 채 깨진 찻잔 조각을 주우며 말했다.

"우리가 여기를 난장판으로 만들었어."

렌은 마치 안개 속에 있는 듯한 기분이었다. 그녀가 황도 12궁도가 그려진 탁자에서 핸드백을 집어 들었다.

"아주 좋았어. 근데 지금 가야 해서 그래."

그녀가 서둘러 말했다.

"이런, 일 때문이야?"

리오가 뒤쪽에서 린지를 데리고 나오자 마리사가 일어섰다.

"안 돼! 내 생일에 누가 죽었단 말이야?"

그녀가 불평을 했다. 렌이 급하게 그녀를 포옹했다.

"안타깝지만 그랬네."

그녀가 거짓말을 했다.

"생일 축하해, 린지. 오늘 재미있었어. 외출해서 같이 축하할 수 있어서 정말 기뻐."

그녀가 얼굴에 억지웃음을 짓고는 가려고 돌아섰다.

"렌!"

마틴의 외침이 들렸다. 그녀의 손에 작은 정사각형 봉투가 들려 있었다.

"녹음 시디예요."

복도 중간에서 만나 시디를 건네받으며 렌은 한 번 더 숨을 급히 들이마셨다.

"고마워요, 마틴."

렌이 떠나면서 잠깐 뒤돌아 마틴이 고개를 끄덕이는 모습을 보았다. 그녀는 핸드백을 쥐고 차로 걸어가며 이 느낌을 머릿속에서 떨쳐내려 필사적으로 노력했다.

사기야. 그냥 운이 좋아 맞힌 거야. 언론 보도 같은 데서 날 봤을 거야.

그녀가 시디를 핸드백에 아무렇게나 넣고 핸드백을 조수

석에 내려놓았다.

그냥 집에 있을 걸 그랬어.

*

렌은 출발한 지 얼마 안 돼 어느 바 앞에 정차해 있다가 우연히 그 앞에 서 있는 르루를 발견했다. 그녀는 그가 바 앞문을 향해 걸어가다 말고 잠깐 멈춰 서 담배를 한 모금 빨아들이는 모습을 지켜보았다. 그가 시원한 밤공기 속으로 연기를 내뿜고, 렌은 유독한 연기가 미풍에 실려 빙글빙글 올라가는 모습을 지켜보았다. 연기가 잠깐 춤을 추다 공기 중으로 흩어지고, 그녀는 연기가 사라지는 것을 보면서 잠시 마음을 가라앉혔다. 다시 르루를 보니 그 역시 잠시라도 탈출이 필요했던 것이 분명해 보였다.

"어머, 정말 미안해요, 오빠!"

젊은 여자가 르루의 팔에 세게 부딪치자 그가 중심을 잃고 휘청거렸다. 그녀는 웃음 섞인 목소리로, 아찔하게 높은 하이힐을 신은 채 똑바로 서 있으려고 노력하며 연신 사과했다.

어이없는 광경에 렌은 피식 웃음을 터뜨렸다. 그녀가 차를 대충 주차하고 르루를 따라 안으로 들어갔다. 2년째 르루와 파트너로 일하는 윌리엄 브루사드 형사가 이미 바 스툴에 앉아 있다. 앞에 놓인 유리잔에 술이 반밖에 남지 않은 것으로 보아 몇 시간째 바에 눌러앉아 있는 것이 분명하다.

"안녕하세요, 두 분."

그녀가 그들 옆에 앉으려 스툴을 당기며 인사했다.

"뭘러! 이런 데서 만나다니 놀랐어요. 게다가 이런 시간에. 잘 시간이 지나지 않았어요?"

르루가 장난스레 웃으며 대꾸했다.

"하하. 차를 타고 지나가다 밖에 나와 계시는 걸 봤어요. 이런 우연을 지나칠 수는 없죠."

윌은 술 선반 위쪽에 높이 놓인 텔레비전에서 시선을 떼지 않았다.

"이런 헛소리가 아직도 힘을 얻다니 믿어져요?"

그가 화면에 나오는 뉴스를 고갯짓으로 가리키며 물었다.

르루와 렌이 그의 시선을 좇아 텔레비전 화면 쪽으로 눈을 들었다. 지역 뉴스에서 젊고 열정적인 기자가 인터뷰 중인 중년 남자를 클로즈업해서 비추고 있다. 남자는 지쳐 보이고 불안하게 손을 비비며 말을 했다.

"그건 주술이에요. 악마 숭배자들이 이 사회에 숨어들었고, 우리가 예수님의 가르침을 다시 믿고 따르지 않으면 무고한 사람이 더 많이 어둠에 희생될 겁니다."

화면 속의 남자가 사람들을 개종시키려 하고 있었다.

그가 손을 높이 쳐들고 큰 소리로 말을 이어가자, 기자는 그의 설교를 들으며 열정적으로 고개를 끄덕였다. 그러고 나서 카메라는 한곳에 모여 우려의 목소리를 내는 시민들과의 인터뷰로 넘어갔다. 그들은 놀랍도록 다양한 문구가 적힌 티셔츠와 청반바지를 입고 야구모자를 쓰고 있었다. 마이크를 든 남자 뒤에서 사람들이 광분해서 서로 목소리를 높였다.

"우리 사회는 악마적 행위에 희생될 위험에 빠져 있습니다!"

마이크를 든 남자가 소리쳤다.

"다음은 우리 아이들입니다! 모르겠어요? 이 악마의 제자들이 아이들을 침대에서 끌어내 제 주인에게 제물로 바칠 거라고요! 경찰이 이 괴물들을 빨리 찾아 체포해 늪지대에 던져버려야 합니다. 이게 악마 숭배자 무리의 짓이라는 걸 왜 올리언스 교구의 선량한 사람들밖에 모르는 거죠?"

두어 번 중간에 끼어들려던 기자가 마침내 물었다.

"그렇다면 최근의 살인 사건들이 경찰에서 밝힌 것과 달리 개별 사건들이 아니라고 생각하시는 건가요?"

사람들이 알아들을 수 없게 각자 대답을 외치자 그들의 비공식 대변인이 대단히 열심히 고개를 끄덕였다.

"경찰이 우리에게 거짓말을 하고 있어요! 그들은 주술이 이 사회에 얼마나 깊숙이 파고들었는지 우리가 모르길 바라죠. 이 사건은 악마와 악마 신봉자들이 벌인 짓입니다. 내 말 명심하세요!"

르루가 싱긋 웃으며 화면에서 눈을 돌리고는 바텐더가 다가오자 윌의 술잔을 가리키며 말했다.

"같은 걸로 주세요."

그녀가 웃으며 고개를 끄덕이고는 바 아래쪽에서 유리잔을 꺼내 맥캘란 12년산 싱글몰트 스카치위스키를 가득 따랐다.

"건배."

그가 건배를 청하며 잔을 들자 렌이 보이지 않는 잔을 부딪치는 시늉을 했다.

윌이 고개를 저으며 잔을 들어 한 모금 마셨다.

"이렇게 악마 어쩌고 하며 두려워하는 건 구시대 발상 아닌가? 다시 1980년대가 돌아와 성난 고딕 록 마니아들이 지능적으로 살인을 하고 다닌다고 추정해도 다 받아들여야 하다니."

"일어날 일이 일어난 거지."

르루가 한숨을 쉬었다.

윌이 눈썹을 찡그리고 고개를 돌려 그를 바라봤다.

"우리가 정말 이성적 사고가 완전히 무너지는 걸 그저 받아들여야 하는 지경에 이르렀다고?"

르루가 어깨를 으쓱하고 술을 한 모금 마셨다.

"뭐, 그런 셈이지."

그가 위쪽에 있는 텔레비전 화면을 가리켰다.

"사람들이 똥줄 타게 두려운 나머지 있지도 않은 패턴을 찾는 거라고. 자기들도 희생자들처럼 겉으로는 멀쩡해 보이는 사이코패스한테 눈 깜짝할 사이에 납치될 수도 있다는 걸 감당할 수 없어서 이런 헛소리를 만들어 내는 거야."

"그렇게 말도 안 되는 소리를 할 때는 사람들이 정말 혐오스러워."

윌이 고개를 저으며 몸을 뒤로 기울였다.

"이 사람들이 초점을 다른 데로 돌린다는 게 문제야. 그들은 지하실에 살며 이 기괴한 범행들을 저지른 멍청한 단독범을 찾는 대신 메탈리카 티셔츠를 입은 사람이면 무조

건 달려들라고 사람들을 부추기는 거라니까."

"그래. 게다가 이 뉴스 방송국들이 헛소리를 지껄일 눈부신 무대를 마련해 주고 있으니."

"웩, 이 얘기는 더 하지 말자고."

윌이 화제를 돌렸다.

"그 자식이 책에 남긴 종이에서는 아직 아무것도 안 나왔어?"

르루가 고개를 저었다.

"안 나왔어. 벤이 이쪽저쪽 다 막다른 길에 이르고 있어."

"이 자식은 자기가 세상 누구보다 똑똑하다고 생각하는 게 분명해. 그리고 이런 모든 상황을 틀림없이 즐기고 있을 거야."

윌이 비웃으며 다시 텔레비전 화면을 가리켰다.

르루가 고개를 끄덕이며 입술을 약간 오므렸다.

"그 자식이 누구보다 똑똑하다고 생각한다는 말에는 동의하지만 이 악마 어쩌고 하는 데는 화가 났으리라는 데 진짜로 돈이라도 걸 수 있어."

"그래? 압박감을 덜어줘서 좋아할 줄 알았는데. 사람들이 테드 번디(많은 여자들을 유괴, 강간, 살해한 연쇄살인범으로, 잘생기고 카리스마 있다고 여겨졌다.-옮긴이) 같은 유형은 더 이상 찾지 않을 거잖아. 이 바보들이 찰스 맨슨(자신만의 교리를 만들어 가르치며 추종자들이 끔찍한 연쇄살인을 저지르게 만들었다.-옮긴이)과 그 일당을 걱정하게 만드니."

"그자가 그렇게 단순할 것 같지는 않아. 적어도 프로파일링에 따르면 그래."

"그렇게 생각해?"

윌이 믿지 못하겠다는 듯 물었다.

"아무래도 이번 건은 그 이상한 감을 믿어야 할 것 같군."

르루가 웃으며 팔꿈치를 카운터에 대고 몸을 숙였다.

"그래, 내가 완전히 틀리지 않기를 바라자고. 내가 보기에 그 자식은 아주 체계적 살인범의 전형 같아. 렌, 이 자식의 극악무도함이 레벨업된 최근의 발견에 관해 윌에게 얘기해 줄래요?"

윌이 한숨을 쉬며 과장되게 고개를 떨궜다.

"알고 싶지 않은 내용일 거라는 느낌이 오는데."

"마지막 시체 있죠? 그 자식이 냉동고에 넣었어요."

렌이 결국 끼어들었다.

"잠깐, 뭐라고요? 냉동고에 넣어요? 왜요?"

"그러면 정확한 사망 시간을 알아내는 데 방해가 되거든. 시반 같은 게 제대로 진행되지 않으니까."

르루가 끼어들며 말했다.

"오, 정확한데요. 설마 내 일을 노리기라도 하는 거예요?"

렌이 놀렸다. 윌이 고개를 저으며 물었다.

"다른 때는 그러지 않았던 거죠?"

"네. 이번에만 그랬어요."

르루가 거울을 흘끗 올려다보며 눈을 깜빡이더니 강하게 실눈에 힘을 줬다. 그가 일어나 부산스러운 바 쪽으로 몸을 돌리더니 눈을 크게 뜨고 집중을 해서 살폈다.

"뭘 보는 거야?"

윌이 몸을 돌리고 목을 길게 뺐다.

르루가 테이블 사이로 곧장 걸어가다 누군가의 술잔을 세게 밀쳤다.

"이 머저리 새끼야!"

낯선 사람이 손을 들어 셔츠를 털며 불만스럽게 그를 불러 세웠다. 르루가 그를 무시하고 입구 오른쪽 벽 앞에 가서야 멈춰 섰다. 렌이 눈을 가늘게 뜨고 바의 양쪽 끝을 바라보았다. 그리고 진갈색 패널에 압정으로 꽂은 흰색 포스터가 그의 주의를 끌었다는 것을 알아챘다. 마디 그라 기간(뉴올리언스에서 1월 6일부터 사순절 전날까지 열리는 화려한 축제 기간-옮긴이)을 맞아 상당한 군중이 몰려올 것을 알리는 서곡으로, 버번 거리에서 열리는 재즈 페스티벌의 광고 포스터이다. 그녀는 르루가 손을 뻗어 가장자리에 볼록 무늬로 찍힌 백합 문장을 쓰다듬는 것을 지켜보았다. 무지갯빛 광택이 있었다.

　마지막 시체와 함께 남겨진 종잇조각과 똑같은 것이었다.

13

 제러미는 에밀리가 깨어나는 모습을 모니터 화면으로 지켜보았다. 눈을 빠르게 깜빡이며 뜨는 것을 보니 분명 머리가 지끈거리나 보다. 그녀는 눈을 필사적으로 깜빡여 클로로폼과 케타민으로 인한 몽롱함을 몰아내려 애쓰다 자신이 칠흑 같은 어둠 속에서 무언가 축축하고 스펀지 같은 것 위에 앉아 있다는 것을 재빨리 깨달은 듯하다.

 그녀는 아마 자신이 왜 밖에 있는지 궁금해할 것이다. 하지만 어떤 상황인지 깊이 생각해 보기도 전에 어둠 속에서 날카로운 스피커 소리가 크게 울리자 그녀는 자리에서 벌떡 일어섰다. 그녀가 서둘러 균형을 잡고 소리가 나는 곳을 찾으려 눈을 깜빡이다 제러미의 목소리가 들리자 다시 깜짝 놀란다.

 "안녕하세요, 손님 여러분. 잠시 제 말에 집중해 주시기

바랍니다."

목소리를 벌써 알아차렸으려나?

"여러분 근처에 플래시가 있을 겁니다. 그걸 사용하세요. 이 늪지대에서 누구도 실수로 익사해선 안 되니까."

에밀리가 발밑에 뻗어 있는 이끼와 나무뿌리에 얼굴을 바싹 붙이고 움직이면서 주변을 유심히 살폈다. 제러미가 잘 보이는 편안한 위치에서 지켜보기에는 너무 우스꽝스러운 광경이었다. 야간 투시 카메라가 모든 것을 초록빛으로 물들이고, 에밀리는 바닥에 얼굴을 들이밀고 있는 외계 생명체처럼 보였다. 현실 속 그녀는 코앞도 볼 수 없었다. 그녀가 닥치는 대로 늪지의 축축한 땅만 더듬거리다가 무언가 이질적이고 단단한 것에 발이 부딪혔다. 플래시다.

"여러분은 내 소유지에 무작위로 옮겨졌습니다. 주변에는 울타리가 있고 그 안쪽 여러 곳에 스피커가 높이 설치돼 있습니다."

지금쯤이면 틀림없이 알았겠지.

그녀의 얼굴색이 변했다. 확실히 알아차린 것이다. 스피커에서 흘러나오는 것이 자기 실습 파트너의 목소리임을. 이곳에서 눈을 뜨기 전에 마지막으로 본 사람의 목소리임을.

그가 만족스럽게 웃으며 계속 말했다.

"간단한 게임입니다. 내가 경기장을 지나갈 때 최선을 다해 나를 피하기만 하면 되는 거예요. 아주 쉽지요? 이 게임의 이름은 살아남기입니다, 친구 여러분. 탈출을 시도해도 좋아요, 할 수 있다면 말이지만. 여러분의 자유를 가로막는 건 수 에이커의 늪지대…… 그리고 나뿐입니다."

그녀가 플래시를 켰다. 빛줄기가 앞으로 뻗어 나가 주변을 온통 뒤덮은 이끼를 드러냈다. 빽빽이 늘어선 낙우송의 낮은 가지들이 굶주린 맹수처럼 주위에서 손을 뻗고 있는 듯 보였다. 그는 그녀가 철저히 혼자이며, 이 직면한 환경에 질식할 듯 느끼도록 만전을 기했다. 가슴이 들썩이더니 그녀가 아이처럼 흐느껴 운다.

"걱정할 것 없어요, 난 공정한 사람이니까. 충분히 먼저 출발하게 해줬어요. 그리고 잊지 말고 모든 걸 눈여겨보세요. 지금이 감각이 살아 있는 몸뚱이로 누리는 마지막 몇 시간이 되기 쉬우니까."

에밀리는 몸이 마비되는 듯한 두려움이 온 신경계로 확장되는 느낌에 앞으로 휘청였다. 잠깐 동안이지만 제러미는 그녀가 무너질지도 모른다고 생각했다. 그러나 대신 그녀는 숨을 깊이 들이마시고 두 눈을 감았다. 다시 그녀의 얼굴이 거의 평온해졌다. 그녀가 방금 발견한 플래시로 피부를 자세히 살펴본다.

자국을 찾고 있군. 역시 똑똑해.

그녀가 팔에 만지면 약간 아픈 작은 멍이 있는 것을 발견했다. 그는 자신에게 약물이 주입됐다는 사실을 그녀가 알아냈다는 것을 알 수 있다. 그녀가 발에 신은 낡은 모카신을 내려다보더니 카메라로 확인할 수 있을 정도로 큰 뱀이 발 위로 미끄러져 지나가고 그녀는 절망감에 비명을 질렀다. 지붕처럼 우거진 나무에 가려 달빛이 한 줄기도 비치지 않고, 쉬지 않고 계속되는 매미 소리에 그녀는 신경이 곤두섰다. 다른 무엇보다 소리로 감정이 조종당하기 쉽다. 어딘가에서 올빼미가 울자 그녀가 약간 움찔한다.

그가 마이크를 다시 입술에 가져다 댔다.

"이제 시작합시다. 근데, 충고 하나 할까? 도망가."

그가 잠시 망설였지만 그녀는 망설이지 않았다. 도망간다. 그녀가 울퉁불퉁한 땅과 얽힌 낙우송 뿌리에 걸려 넘어져 가며 정신없이 안전한 곳을 찾는다. 그리고 갑자기 다른 소리가 어둠을 가르자 그녀는 귀를 막았다.

음악 소리. 그가 음악을 틀었다.

14

 렌이 직원 전용 출입구를 통과해 범죄 연구소로 들어갔다. 그녀가 얼마 전 바닥을 수리한 복도를 또각또각 빠르게 걸어 르루와 만나기로 한 사무실로 향했다.
 모퉁이를 돌자 안에서 전화 통화를 하는 르루가 보였다. 얼굴에 웃음이 번진 것을 보니 앤드루와 사적인 통화를 하고 있음을 알 수 있다.
 "크림 일은 정말 미안해. 빈 통을 냉장고에 넣어 놓는 거 당신이 정말 싫어하는데, 내가 꼴통이었어."
 르루가 멋쩍어하며 잘못을 인정했다.
 앤드루의 큰 목소리가 전화기 밖으로 튀어나와 그의 말을 렌은 거의 다 알아들을 수 있었다.
 "존, 괜찮아요. 요즘 이번 사건이 계속 늘어지는 거 알아요."

그는 르루의 직업에 무엇이 요구되는지 다는 이해하지 못했다. 최근 들어 더 그렇다. 뉴올리언스의 고급 식당 총괄 셰프로서 터무니 없이 오랜 시간을 일하는 것은 그도 비슷하지만 일로 인한 스트레스의 성격은 아예 다르다. 까다로운 고객과 무능한 라인 요리사들은 교대 시간을 지키지 못하게 만들고 악성 리뷰까지 달리게 하기도 하지만, 인간이 다른 인간에게 거리낌 없이 행하는 끔찍한 짓을 목격하는 건 비교할 수 없이 훨씬 큰 스트레스를 줄 것이다. 하지만 그는 공감하려 애쓰고 있고, 그 점이 중요하다.

"그래, 이번 건은 좀 이상한 사건이고, 아버지를 실망시키지 않을까 걱정이 돼."

"존, 침울해하지 말아요. 당신은 최선을 다해 할 일을 하고 있잖아요."

앤드루가 마치 등을 토닥이듯 말하자, 렌은 르루의 얼굴이 부드러워지는 것을 보았다.

"그리고 그 포스터를 찾고부터 제대로 가고 있는 거고요."

"그래, 그래. 그건 맞아."

"하지만 또다시 커피에 넣을 크림이 떨어지면 오늘만큼 잘 이해해 주지 않을 거예요."

렌이 참지 못하고 입을 막은 채 웃음을 터뜨리자 그 소리에 르루가 깜짝 놀란 표정을 지었다. 그가 올려다보고 웃더니 고개를 저으며 스피커 통화 중인 앤드루를 바꿔 주었다.

"앤드루, 멀러한테 인사해."

"안녕하세요, 렌!"

앤드루가 스피커에 대고 크게 외쳤다.

"안녕하세요, 앤드루! 루이지애나에서 내가 제일 좋아하는 셰프님, 잘 지내시죠?"

렌이 활짝 웃으며 의자에 앉았다.

"아, 알잖아요, 요식업계를 단번에 사로잡고, 우울해하는 남자친구를 달래 가며 살고 있는 거."

렌이 보니 르루는 눈알을 굴리며 한숨을 쉬고 있었다. 그가 몸을 숙여 스피커를 다시 자기 방향으로 돌렸다.

"알았어, 오늘 수다는 여기까지만. 집에서 봐, 앤드루."

"어딜 가나 분위기 깨는 사람이 꼭 있다니까. 자기가 렌을 초대해 놓고선."

앤드루가 마지막 농담을 끝내기도 전에 전화가 끊겼다.

렌이 다시 웃으며 의자를 돌려 그들이 있는 사무실을 둘러보았다.

"난 앤드루가 정말 좋아요."

"네, 그는 정말 착하고 사랑스러운 사람이에요. 그건 그렇고, 안으로 들어갑시다. 그 포스터, 아직도 믿기지 않아요. 정말 운명 같았다니까요. 빌어먹을, 거울에서 그걸 보다니!"

르루는 흥분과 탈진이 뒤섞인 눈빛으로 말하며 격앙된 몸짓을 멈추지 않았다

"이번 주말에 열리는 재즈 페스티벌 포스터예요. 무늬며 색, 지종까지, 그 종잇조각하고 정확히 일치해요."

렌이 일어섰다.

"벤하고 회의하기로 한 거죠?"

그들이 연구실 구역으로 들어가니 벤이 작업대 옆 스툴에 앉아 있다. 그는 키가 크고 말랐으며, 둥근 금테 안경을 끼고 검은 머리를 바싹 밀었다. 르루의 파트너 윌이 주머니에 두 손을 넣은 채 안절부절못하며 그 옆에서 기다리고 있다.

"어때요?"

르루가 렌과 함께 다가가며 두 팔을 활짝 벌리고 물었다.

"틀림없이 같은 종이예요. 둘 다 폐지 파편이 고르게 분포된 재생지인 게 보이실 테고, 원본에 있는 광택이 여기에도 있어요."

벤이 요점을 강조하려고 희생자의 시체 근처에 남겨진 종 잇조각과 바에서 가져온 포스터를 나란히 놓고 설명했다.

르루와 윌은 자랑스러워하는 벤을 따라 활짝 웃지 않을 수 없었다.

렌이 좋은 분위기에 찬물을 끼얹었다.

"이곳에 유기할 새 희생자를 이자가 이미 죽였을까요, 아니면 아직 찾고 있을까요?"

"확실히야 알 수 없죠. 지금 시점에 어떤 일이 일어나지 않도록 막을 수는 없을 거예요. 앞으로 일어날 일에 대비할 뿐이죠."

르루가 침울해져서 대답했다.

렌이 눈을 돌리며 고개를 저었다.

"정말 보통 인간이 아니에요, 이자."

"늪지대 살인자 돌아오다!"

벤이 경박하게 말했다. 렌이 갑자기 말을 멈추더니 재빨리 사람들 쪽으로 고개를 돌렸다.

"늪지대 살인자라고요?"

벤이 쓸데없는 말을 했다고 느끼며 렌과 르루를 차례로 바라보았다.

"그게, 잔인할 만큼 폭력적인 방법이나 늪지대 물이

나……."

렌이 급하게 복도로 나가 냉온수기를 발견하고는 곧장 그곳으로 갔다. 작은 종이컵으로 물을 마시는 동안 생각이 마구 뒤엉켰다. 그녀가 서둘러 마음을 가라앉히고 사람들이 있는 곳으로 돌아갔다.

"죄송해요, 목이 너무 말라서."

르루가 나중에 확인해 봐야겠다는 듯 그녀를 보며 한쪽 눈썹을 찡그렸다.

그가 말을 이었다.

"자, 이제 시간과 장소를 알았으니 계획을 세웁시다. 축제 시작까지 몇 시간 안 남았어요. 이 결과를 경찰서로 가져가 윗분들 의견을 들을게요. 멀러, 같이 갈래요?"

"늪지대 살인자라는데 가야죠."

그녀가 열려 있는 문으로 나가며 말했다.

*

렌은 자신이 검시관 사무소 책임자라는 사실이 갑자기 훨씬 더 감사해졌다. 형사들과 경찰서에 들어가며 왠지 분위기가 더 무거워진 듯 느껴졌다. 오래된 커피 냄새와 좌절감이 습한 미풍처럼 온몸으로 퍼졌다.

부서장은 첫눈에도 위압적이다. 탄탄하고 울룩불룩한 팔뚝에 벗겨진 머리, 누구라도 주눅 들게 만들 만한 무시무시한 회색 눈. 키가 190센티미터쯤 돼 보이는 그는 타고난 권력자 같아 보였다. 지금 그가 오늘 아침 가장 먼저 올라온 서류와 보고서를 살펴보고 있다. 새로 발견한 증거가 사건과 어떻게 연결되는지 르루와 윌이 곧바로 전했다. 그들은 부서장 사무실로 쳐들어가 흥분을 감추지 못하고 동시에 말을 쏟아냈다. 그가 큼직한 손을 들어 책상에 던져진 것을 다 읽을 때까지 조용히 하라는 제스처를 했을 때에야 겨우 말을 멈췄다. 르루는 부서장이 앞으로 정확히 어떻게 할지를 머리로 빠르게 정리하고 있다는 걸 알았다.

"그러니까 그곳이 시체 유기 장소라고 생각한다고요?"

그가 재빨리 르루, 윌과 차례로 눈을 맞추며 물었다. 그가 잠시 렌을 바라봤지만 긍정의 표시로 고개를 끄덕일 뿐이었다.

르루가 고개를 끄덕이고 팔꿈치를 양 무릎에 대고 몸을 숙였다.

"그렇게 생각합니다."

"축제를 취소해야 할까요? 이제 와서 그게 가능할까요?"

월이 물었다. 부서장이 고개를 저으며 등받이에 몸을 기대고 대답했다.

"절대 안 되죠. 엄밀히 말하면 축제는 이미 시작됐어요. 이 시간에도 수많은 사람이 뉴올리언스로 모여들고 있어요. 하루 종일 계속되는 행사니까요."

르루가 포스터를 가리키며 강조했다.

"이 포스터에는 행사가 오후 네 시에 시작된다고 돼 있어요."

"그러니까 아직 사람들을 내보낼 수 있어요. 그 자식이 어떤 일까지 벌일지 전혀 모르잖아요. 시체 유기면 그나마 다행이지만 훨씬 나쁜 일을 벌일 수도 있으니까요."

월이 걱정하며 덧붙였다.

"사람들을 내보내려다 더 큰 혼란이 일어날 수 있어요."

렌이 강조하려 손가락을 세우며 끼어들었다.

"멀러 박사님 말이 맞아요. 어떤 식으로든 사람들을 내보내면 그자가 겁을 먹을 거예요. 이 머저리가 오늘 밤 무언가를 할 계획이라면 사람들이 예정보다 일찍 떠나는 걸 보고 알아차릴 거예요. 이곳 사람들은 이미 불안해하고 있어요. 유령에게 내쫓길 필요까지는 없다고요."

부서장이 턱을 두드리고 포스터를 손가락으로 만지작거

리며 결론을 내렸다. 그가 자리에서 일어나 책상 맞은편으로 걸어갔다.

"팀을 꾸려 봅시다. 가능한 모든 경찰을 동원해 축제 장소를 상어 이빨처럼 겹겹이 둘러싸세요. 모든 사람의 움직임을 지켜볼 수 있게요. 누가 불만을 제기하면 사람을 난도질하는 연쇄살인 용의자가 돌아다닌다고 일깨워 주세요."

르루가 렌 쪽으로 몸을 돌려 지시했다.

"멀러, 우리랑 같이 일할 팀원을 어서 소집해요."

부서장이 고개를 끄덕이고 문을 나서며 동의했다.

"물론이죠. 어서 전화하세요. 박사님이 처음부터 현장에 있어야죠."

"그럼요. 지금 부를게요."

렌이 전화기를 꺼내 팀원들에게 문자 메시지로 소집을 요청했다.

그녀가 르루와 월을 따라 복도로 나가, 두 사람이 경찰관 몇 명에게 회의 내용을 전달하는 것에 귀를 기울였다. 일상적인 업무가 이루어지던 경찰서 내부에 순식간에 위기감이 고조되었다.

"르루, 이리 들어오세요. 깊이 고민한 시간 없어요."

부서장이 큼직한 손을 흔들어 부르고는 회의실로 사라

졌다.

  렌도 루르를 따라 회의실로 들어갔다. 모든 사람이 웅성거렸다. 팽팽한 긴장감과 아드레날린이 반씩 섞여 공기가 탁하게 느껴졌다. 부서장의 굵고 낮은 목소리가 큰 칼처럼 공기를 갈랐다.

"자, 이거예요."

  부서장이 회의실 앞쪽 게시판에 재즈 축제 포스터를 붙이며 선언하듯 말했다. 그가 압정을 꽂고 사람들 쪽으로 돌아섰다.

"세븐시스터즈 늪과 트웰브마일리미트 살인범이 오늘 밤 이곳에 나타날 가능성이 큽니다. 증거를 믿을 수 있다면 그 자식은 죄 없는 생명을 더 해칠 계획입니다. 르루, 브루사드, 이리 나오세요."

  르루와 윌이 불안한 눈길을 주고받으며 명령에 따랐다. 살인범에 대한 새로운 소식이 엄습하자 방 안이 혼돈에 싸였다. 르루는 사람들 앞에 서기를 싫어한다. 렌이 보니 그의 목이 벌써 빨개져 있다. 그도 그녀처럼, 많은 사람 앞에서 중압감을 느끼며 중요 정보를 알려 주느니 혼자 조사하고 발품을 들이는 편을 좋아한다. 르루가 목소리를 가다듬으며 게시판에 붙은 포스터를 다소 과장되게 가리키며 말했다.

"자, 우리는 지난번 희생자의 시체에서 발견된 종잇조각과 거의 완벽하게 일치하는 것을 발견했습니다. 그것은 오늘 시내에서 열리는 재즈 축제 포스터의 조각입니다. 여러 범죄 현장에서 찾아낸 최근의 패턴을 보면 재즈 축제 장소나 그 근처에 시체가 유기될 가능성이 아주 큽니다."

젊은 순찰 경찰관이 손가락을 들었다가 팔꿈치를 팔걸이에 툭 떨어뜨리며 믿을 수 없다는 듯 의심을 드러냈다.

"아니, 대체 이자가 어떻게 그런 대규모 축제 장소에 시체를 유기할 마음을 먹을 수 있다는 겁니까? 지금까지는 밤에 시체를 유기했습니다. 이자의 자신감이 갑자기 그만큼 강해졌다고 믿어야 할까요?"

그가 몹시 짜증 난 듯 얼굴을 찡그리며 물었다.

윌이 르루보다 먼저 나서서 말했다.

"자, 지금 이자의 계획을 정확히 안다는 게 아닙니다. 그걸 알면 벌써 방송국에서 프로그램을 만들자고 달려오고 더 죽는 사람도 없겠죠."

그가 농담을 했다. 방 안에서는 웃음이 터져 나오고, 야유를 보낸 남자는 이를 드러낸 채 고개를 옆으로 홱 돌렸다. 르루도 씩 웃지만 곧바로 앞에 놓인 상황에 집중한다. 렌은 그가 아직 더 하고 싶은 말이 있다는 걸 느낄 수 있었다. 그녀는 그가 계속 말해주길 바랐다.

"우리는 모든 징후로 보아 축제에서 중대한 일이 벌어지리라는 것밖에 모릅니다. 자, 지금 이게 거짓 경고인지 장난인지는 전혀 상관없습니다. 우리는 더 위험을 감수할 수 없고, 지금 대규모로 움직인다고 나중에 우리를 비난할 사람은 없을 겁니다."

르루가 분명하게 말했다.

회의실에 모인 사람들은 더 많은 이의 생명을 혹시 모를 위험에 빠뜨리느니 과잉 대응이 훨씬 낫다는 데 동의하는 듯 보였다. 부서장이 낮고 근엄한 목소리로 웅성거림을 잠재웠다.

"지금은 이게 최선입니다. 축제 현장에 가서 모두 눈을 크게 뜨고 촉각을 곤두세우세요. 오늘 저녁 휴대폰을 들고 있는 사람이 보이면 그걸 그대로 입에 처넣어 버릴 겁니다."

그가 경고하듯 말했다.

키득거리는 소리가 다시 회의실을 채우고, 르루와 윌이 활동 작전을 설명하자 사람들이 불안감에 웅성거렸다. 윌이 축제 장소의 지도를 잘 펴서 게시판에 압정으로 꽂았다.

"그곳에는 무대가 세 곳에 설치돼 있습니다. 중앙 무대와 좀 더 작은 무대 둘이죠."

윌이 지도의 세 부분을 가리키며 설명했다.

"뻔한 얘기지만 관객들은 대부분 세 곳의 무대와 음식 파는 곳에 모일 겁니다. 사람들은 시끄러운 재즈 음악을 가까이에서 듣는 것과 먹는 걸 좋아하니까요. 사람들이 많이 다니는 이 주변에 대부분 인원을 배치한 다음 나머지 구역에 인원을 분산 배치할 겁니다."

르루가 고개를 끄덕여 찬성하고 모아 쥔 두 손을 턱으로 가져갔다.

"모든 입구와 출구를 이중으로 막아야 합니다. 아무도 우리 모르게 들어가거나 나가지 못하게요."

그가 덧붙였다.

렌은 방에 있는 몇 사람이 여전히 의심쩍은 얼굴을 하고 있는 것을 보았고, 르루도 그런 표정을 읽었다는 것을 알았다. 그녀의 머릿속에도 어쩔 수 없이 의문이 생겼다. 이 살인자가 정말 이다지 뻔뻔할까? 정말 이 정도로 어리석을까? 시체를 처음으로 버릴 때부터 그의 자신감은 언제나 보통 사람보다 높아 보였다. 힘을 이렇게 과시할 정도로 자신감이 넘쳐나는 것이 불가능한 일은 아니다. 하지만 그녀는 르루의 계획과 많은 인원이 실제로 도움이 될지도 의심스러웠다. 이 살인자는 사람들 사이에 잘 섞여 든다. 그는 보통 사람들이 그 옆을 지나가며 가방을 꼭 움켜쥐거나 그를 피해 건너편으로 가게 만들지 않는다. 온 팔에 새긴 악마 문신도 없고 무시무시하게 생기지도 않았다. 그녀는 프로파일링에 근거해, 그가 희생자들을 대부분 자발적으로 따라오게 설득했다고 믿었다. 그는 그들을 납치하지 않았다. 그는 직접 혼란에 빠져드는 것이 아니라 멀리 떨어져 혼란을 일으키는 데 관심이 있다.

렌이 회의실에 들어올 때보다 불안한 마음으로 주위를 둘러보았다.

15

 제러미가 전화기 화면에 있는 버튼을 누르고 스피커를 마이크 옆에 세웠다. 그날 밤을 위해 세심하게 준비한 플레이리스트의 곡이 어둠 속에서 들리자 그는 기대감에 미소를 지었다. 그는 오디오 시스템이 있는 창고를 나가더니 잠시 멈춰, 시든 목련나무에 물을 주고, 하얗고 여린 꽃잎 사이로 손가락을 부드럽게 스쳤다. 제러미는 상쾌한 밤공기를 들이마시며 음악에 맞춰 어깨를 들썩였다. 데이비드 보위의 〈서프러제트 시티(Suffragette City)〉가 수 에이커의 외딴 늪지대에 울려 퍼지자 그가 마지막으로 장비를 점검했다. 허리에 두른 권총집에 꽂혀 있는 글록 22를 살짝 만지고, 바지 오른쪽 다리께에 있는 큼직한 주머니를 톡톡 두드려 43센티미터짜리 톱니 모양 사냥칼이 잘 들어 있는지 확인했다. 그가 등에 멘 산탄총 끈을 조이고 나서, 눈앞에 뻗어 있는 숲의 심연으로 천천히 걸어 들어갔다.

어릴 때 부모님은 늘 그의 호기심을 억눌렀다. 그가 가장 흥미로워하는 것들을 계속할 수 있도록 격려하지 않았다. 작은 동물들을 해부해 몸속의 구조 원리를 탐구하기 좋아하는 그의 성향이 사람들을 불편하게 만들었다. 그리고 아버지가 돌아가신 후에는 진짜 잠재력을 발휘하지 못하게 방해하는 어머니에게 전보다 훨씬 더 분노했다. 그래서 여러 해 전에 스스로 어머니에게서 벗어났을 때 마침내 안도감을 느꼈다. 이제 그는 거칠 것 없이 호기심을 채우고 마음껏 게임을 할 수 있다.

그는 자신이 도망가라고 알려 주었을 때 다른 두 손님도 그 말을 들었을지 궁금했다. 그들이 두려움에 한 곳에 있지 않고 움직인다면 언젠가 다른 사람을 만날 수 있을 것이다. 그러면 조금 골치 아파질 수 있다. 그는 골치 아픈 일을 좋아하지 않지만 때로는 어쩔 수 없다는 것을 받아들인다. 스페인이끼 밑에서 야간 투시경을 쓴 그는 얽힌 나무뿌리를 밟고 걸으며 앞에 펼쳐진 숲을 유심히 살폈다. 아무것도 보이지 않자 그가 전화기 잠금을 해제했다. 소유지 곳곳에 설치한 다양한 보안 카메라에 앱이 연결되고 그가 조작하는 대로 카메라가 생명체를 찾아 움직였다. 그는 화면을 살살 터치하며 여러 방향을 살펴보다가 어둠 속에 있는 에밀리를 비추는 화면에서 멈췄다.

밤의 어지러운 소리가 경쾌한 음악과 뒤섞였다. 그는 에밀리가 낙우송에 등을 기댄 채 손가락으로 귀를 막고 있는 것을 볼 수 있었다. 그녀가 숨을 고르고 눈을 어둠에 적응시키려 애쓰는 모습을 지켜보며 그는 그녀가 지금 어떤 생각을 할지 궁금했다. 그녀가 주변을 유심히 살피며, 아마 그가 가까이 있는지 궁금해하는 것 같았다. 막 지루하려던 참에 그녀가 앞으로 움직였다. 그로 하여금 원하는 것을 얻기 위해 노력하게 만들려는 것 같다. 이제 그녀가 빠른 걸음으로, 플래시를 최소한으로 사용하며 늪지대의 땅을 가로지른다. 그녀를 놓치지 않기 위해서 더 많은 화면을 계속 눌러야 한다. 도전에 맞닥뜨리자 그의 심장 박동이 빨라졌다.

갑자기 그녀가 멈췄다. 그는 그녀가 왼쪽에 주의를 집중하더니 중간에 딱 멈추는 것을 보았다. 그녀가 플래시를 끄더니 거슬리는 음악 사이로 무슨 소리가 들리는지 들으려 애를 썼다. 그녀를 안절부절못하게 만든 것이 무슨 소리인지 제러미에게도 들렸다. 나뭇가지가 툭 부러지는 소리가 수백만 킬로미터 밖에서 나는 듯한 동시에 바로 위에서 들리는 듯하기도 하리라. 갑자기 한 줄기 빛이 그녀를 감쌌다.

"누구세요?"

여성의 겁에 질린 새된 목소리가 플래시 불빛 뒤에서 튀어나왔다.

에밀리가 숨을 내쉬고, 제러미는 그녀의 온몸이 떨리는 것을 볼 수 있었다.

"에밀리, 전 에밀리예요."

그녀가 한 손을 가슴에 올리고 강한 빛을 막기 위해 눈을 감은 채 더듬더듬 말했다.

불빛이 낮아지고 플래시를 든 쪽에서도 안도의 한숨 소리가 들렸다.

"아, 다행이다."

케이티가 피곤한 눈을 감고 굳은 피가 덕지덕지 묻은 손으로 나무를 짚어 균형을 잡은 채 쪼그려 앉았다. 나방이 불빛에 이끌리듯 에밀리의 시선이 그 모습에 고정되었다.

"누구세요?"

에밀리가 플래시를 켜 제러미를 짜증 나게 하는 손님을 비췄다.

"케이티예요. 하지만 내가 누구인지는 전혀 중요하지 않아요."

그녀가 쏘아붙이듯 말했다.

"그자가 어쨌든 우리를 죽일 테니까요. 그래도 당신을 만나다니 정말 기뻐요!"

그녀가 이마를 문지르며 나직이 울음을 터뜨렸다.

한심하군.

에밀리가 고개를 저었다.

"그가 나를 죽일 리는 없어요."

케이티가 한심하다는 듯 킬킬거리며 일어섰다.

"그래, 알겠어. 근데, 봐요. 당신은 여기 온 지 얼마 안 됐잖아요. 우리는 며칠 동안 그자와 함께 있었어요. 그가 당신을 어디에서 데려왔죠?"

제러미는 웃지 않을 수 없었다.

"칼은 내 실습 파트너예요. 우리는 같은 대학원 과정을 들어요."

그녀는 고개를 좌우로 조금씩 돌리며 경계를 늦추지 않는다. 늘 방심하지 않는 태도이다.

"칼이 누구예요? 그 사람도 여기 있어요?"

케이티는 혼란하고 불만에 찬 듯 보였다.

제러미가 크게 웃었다.

에밀리가 한쪽 눈썹을 찡그리고 시선을 옆으로 휙 돌렸다.

"이 모든 짓을 하는 자예요. 그와 며칠 동안 함께 있었다는 줄 알았는데요."

그녀도 혼란해 보였다. 제러미는 아주 즐거웠다.

케이티는 분명 화가 나 보였다.

"빌어먹을 칼이 누군지 몰라도 이자의 이름은 제러미예요."

"알았어요. 그건 그렇고, 여기에 또 누가 있죠? 다른 사람이 더 있나요?"

에밀리가 물었다.

그는 칼 같은 사람이 더 있을지 모른다는 생각에 에밀리의 얼굴이 다시 공포에 질리는 것을 볼 수 있었다.

케이티가 너무 피곤한 나머지 낮게 훌쩍거렸다.

"내 친구 맷요. 그도 근처에 있을 거예요. 제러미가 벌써 발견한 게 아니라면요."

에밀리가 숨을 헉 들이마시고 주위를 둘러보았다.

"알았어요, 케이티. 이제 움직여야 해요. 맷을 찾자고요."

그녀가 단호하게 말했다.

그는 케이티의 플래시 빛이 약간 흐려지는 것을 보았다. 에밀리도 그것을 알아차렸다.

"플래시를 끄는 게 좋을 것 같아요."

그녀가 흐려진 빛줄기를 가리키며 말했다.

케이티가 같잖다는 듯 실소를 지으며 고개를 저었다.

"절대 안 돼요. 며칠 동안 칠흑같이 어두운 지하실에 있었단 말이에요. 내가 빌어먹을 이 어둠 속에서 발을 헛디디고 싶겠어요?"

에밀리가 입술을 깨물고 냉정을 유지하려 애쓰며 설명했다.

"빛이 흐려지는 걸 보면 곧 그렇게 될 거예요."

목소리가 날카롭고 짜증이 담겨 있었다.

케이티가 빛을 자기 얼굴로 휙 돌리더니 어깨를 으쓱했다.

"아까도 말했지만 그자가 우리를 보내 줄 리 없고 나는 어둠 속에서 죽고 싶지 않아요."

에밀리가 마지못해 수긍하고 그녀를 따라 걸었다.

노래가 끝났다. 에밀리와 케이티는 안도하며 하늘을 쳐다보았다. 그때 갑자기 밴 모리슨의 〈문댄스(Moondance)〉가 어둠을 채우자 두 사람 다 움찔하며 놀랐다. 둘은 끈적한 스페인이끼를 피해 고개를 숙이고, 발을 디딜 때마다 발목까지 늪에 빠지는 우거진 덤불 사이를 느릿느릿 걸어갈 수밖에 없었다. 그는 루이지애나 늪지대의 숨 막히는 소음과 소름 끼치게 경쾌한 음악 속에서도 에밀리는 온 힘을 다해 경계심을 늦추지 않는 것을 볼 수 있었다.

"무슨 소리죠?"

그녀가 멈춰 서더니 무질서한 소음 속에서 어떤 특별한 소리를 가려내기 위해 목을 길게 뺐다.

이제 제러미가 움직였다. 그가 소리 내지 않고 그들을 향해 천천히 미끄러지듯 나아갔다. 그는 그들의 시야가 미치지 않을 만큼 멀지만 여러 감각을 동원해 그들을 관찰할 수 있을 만큼 가까운 곳에서 멈췄다. 케이티가 두려움에 몸이 굳은 채 사방으로 불빛을 비추는 통에 에밀리가 드러내놓고 화를 냈다.

"맷?"

그녀가 큰 소리로 외쳤다.

에밀리가 케이티를 붙잡더니 손을 냅다 입으로 가져가 거칠게 말을 막았다.

"칼이 들으면 어쩌려고 그래요?!"

그녀가 케이티의 귀에 대고 쌀쌀맞게 속삭였지만 제러미에게도 충분히 들렸다.

그는 이제 계속 웃고 있다. 마치 텔레비전을 보는 것 같다. 오늘 밤 계획이 이렇게 순조롭게 흘러갈 줄은 몰랐다. 케이티와 에밀리가 마치 무대 위 배우처럼 자신들의 역할을 지금까지 잘 해주고 있다.

케이티가 에밀리의 손을 떼어 내더니 화난 표정으로 에밀리를 쏘아보고 플래시를 옆으로 내렸다.

"맷이면요?"

그녀가 딱딱거렸다. 에밀리가 조용히 하라고 손가락을 입술 위에 대고, 잘 들으려고 목을 길게 뺐다. 금속이 찰칵이는 익숙한 소리가 들렸다. 제러미가 산탄총을 시끄럽게 장전하며 자신도 무대에 올랐다.

"엎드려요!"

에밀리가 날카롭게 소리치고 땅에 엎드리며 케이티를 끌어당겨 몸을 움츠리게 했다.

에밀리가 본능적으로 머리를 감싸고, 케이티는 비명을 지르며 누더기 인형처럼 진흙에 철퍼덕 쓰러졌다. 두 사람이 습지 바닥에 닿는 동시에 제러미가 쏜 탄환이 그들 뒤에 있는 나무를 맞혀 나무껍질이 터지며 연기가 났다.

에밀리는 그것이 어떤 총인지 안다. 전에 칼에게 말한 것처럼 어릴 때 아버지는 그녀에게 모든 종류의 무기에 관해 가르쳐 주셨다. 총을 가질 마음은 없었지만 그때 배운 지식은 아직 남아 있다.

"투쟁이냐 도망이냐, 아가씨들. 투쟁이냐 도망이냐."

제러미가 작게 혼잣말처럼 중얼거렸다.

그는 눈앞의 광경에서 한 번도 눈을 떼지 않았다. 그가 서 있는 자리에서도 그녀들의 두려움이 느껴졌다. 마치 바닷물이 밀려와 공포와 절망의 냄새로 공기를 채우는 것 같다.

"가요, 케이티! 어서!"

에밀리가 몸을 낮춘 채 케이티를 힘껏 밀치며 도망을 선택했다.

케이티가 흐느끼며 앞쪽으로 비틀거리다 두 손으로 얼굴을 가리고 소란을 일으켰다.

"케이티, 조용히 하고 움직이라고요, 젠장!"

그녀가 버럭 소리를 질렀다.

케이티를 싫어할 줄 알았다니까.

두 사람을 짝지은 데는 이유가 있었고, 그들 사이에 반감이 커지자 제러미는 기분이 좋았다.

케이티가 두 손과 무릎으로 땅을 짚은 채 흐느끼며 고개를 저었다.

"못 해요. 못 한다고요!"

그녀가 울부짖었다. 에밀리가 곧바로 케이티 옆으로 가서 팔로 목을 두르고 입을 막았다. 그녀가 아무 말 없이 케이티를 끌고 빠르게 걷기 시작했다. 제러미는 두 사람과 나란히 빠르게 움직이며, 자신을 보지 못하는 사람을 볼 수 있는 데서 오는 강자의 힘을 즐겼다. 두 사람이 끝없이 펼쳐진 나무 사이로 죽을힘을 다해 나아가다 마침내 쉬려고 멈추었다. 에밀리는 피곤한 나머지 쓰러지기 직전이었다.

"여기 오래 있을 수는 없어요."

에밀리가 헐떡이며 말하더니 두 손을 허리께에 올리고 주변의 어둠을 실눈으로 살펴보았다.

"계속 움직이지 않으면 쉬운 목표물이 될 거예요."

케이티가 고개를 저었다.

"도대체 어디로 간단 말이에요?"

그녀가 두 손을 번쩍 들었다가 철썩 소리가 나도록 다시 진흙을 짚었다.

"상대는 총을 가진 미친놈이에요. 바보처럼 이리저리 뛰어다니다 그 자식이 나무 위 같은 데서 우릴 쏠 거라고요. 아침이 될 때까지 여기 가만히 숨어 있어야 해요."

"그게 계획이에요? 해가 뜨면 정말 그자가 그냥 떠날 것 같아요?"

에밀리가 눈을 꼭 감고 허리를 숙였다.

"그자가 그냥 자기를 피하면 된다고 그랬잖아요. 피하기만 하면 된다고요."

에밀리는 사람을 버리고 갈 사람이 아니다. 그 사람이 아무리 짜증을 유발한데도. 제러미는 그녀가 스스로를 영웅으로 여기는 것을 알고 있다.

"이자의 말을 정말 믿는단 말이에요? 당신을 며칠이나 가두어 놓고 몇 달에 걸쳐 나랑 친구가 될 만큼 인내심을 가진 사람이 그를 피해 몇 시간 숨어 있는다고 우리를 그냥 포기할 것 같아요?"

케이티가 어깨를 으쓱하고, 에밀리는 한숨을 쉬며 어깨에서 거미를 털어냈다.

"그러니까 여기 어디 있는 친구를 찾고 싶지 않다는 거예요? 맷을 혼자 죽게 내버려 두고 싶다고요?"

제러미는 마음을 송두리째 빼앗겼다. 그녀는 생존 본능이 아주 강한 사람임에도 사리 판단을 제대로 못하는 낯선 이를 돕자고 그 본능을 무시하려 하고 있다.

"아마 벌써 죽었을 거예요."

"우리는 여기서 죽지 않을……."

에밀리가 말을 멈추었다.

나뭇가지가 툭 부러졌다. 그리고 두 사람 모두 발을 끄는 소리를 들었다. 케이티가 공포에 질려 눈을 크게 뜨고 에밀리를 쳐다보았다. 에밀리가 뒤에 있는 나무를 움켜쥐고 숨을 멈춘 채 필사적으로 주변을 살폈다.

이번엔 내가 아니라고, 친구들.

제러미가 혼자서 히죽거리며 다음 사람이 도착하기를 기다렸다.

"케이티!"

어둠 속에서 한껏 낮춘 남자 목소리가 들려왔다.

케이티가 자리에서 일어나 플래시로 손을 뻗었다.

"맙소사, 맷?!"

그녀가 믿을 수 없다는 듯한 목소리로 속삭였다.

플래시가 딸깍 켜지고 나무 사이로 빛줄기가 뻗어 나왔다. 더러운 옷을 입고 머리가 헝클어진 남자가 6미터쯤 떨어진 곳에 서 있다. 그의 얼굴에 웃음이 떠오르고 케이티도 안도하며 웃음을 터뜨렸다. 에밀리가 숨을 내쉬며 숨었던 곳에서 앞으로 나왔다. 그들이 경계를 늦추고 서로를 향해 걸음을 떼었다. 제러미는 그들의 행동이 재미없어지자 고개를 저으며 권총을 들어 그들이 모일 장소를 겨냥했다.

"당신을 찾다니 믿기지 않아요!"

케이티가 달려가 맷을 덥석 안자 그가 고통에 얼굴을 찡그렸다.

"그러게요. 이런 무릎으로는 절대 계속 걸을 수 없을 줄 알았는데 아드레날린이 솟구쳤나 봐요."

에밀리가 굳은 피와 젖은 진흙이 덕지덕지 묻은 맷의 오른 무릎을 내려다보았다. 그녀의 눈에 공포가 고스란히 드러나고, 난데없는 '핑' 소리에 순간적으로 두려움이 극에 달했다. 제러미의 권총에서 발사된 총알이 맷의 관자놀이를 찢고 들어가며 케이티의 얼굴에 핏방울을 흩뿌렸다. 맷이 날다가 총에 맞은 새처럼 바닥에 툭 떨어지고, 케이티가 비명을 질렀다. 하지만 케이티가 소름 끼치는 장면을 이해하기도 전에 에밀리가 그녀의 팔을 잡고 달리기 시작했다.

"행운을 빕니다, 신사…… 음, 이제 그냥 숙녀 여러분이군."

제러미가 활짝 웃으며 총을 권총집에 넣었다.

16

 렌은 예상치 못한 출혈처럼 갑자기 그 냄새를 맡았다.

 냄새는 희미했다. 하도 희미해서 그녀는 검시실에서 너무 오래 있다 보니 환취를 맡은 게 아닐까 생각했다. 훈련받지 않은 사람의 코에는 그것이 역겨운 축제 음식이나 길거리에서 잘못 산 고기 냄새 같을 수 있다. 하지만 렌은 그것이 숨 막히게 더운 날씨에 초기 부패가 일어나는 시신의 악취가 틀림없음을 안다.

 처음에는 언제나 썩은 양파 냄새 같다. 하지만 이만하면 참을 수 있다고 생각하는 순간 냄새가 변한다. 마치 많은 사람이 사는 아파트에서 모두 각각 다른 음식을 만드는 탓에 냄새가 뒤섞인 것 같은 악취로 바뀐다. 그다음에는 숨이 막힐 듯 심해진다. 여러 가지 상한 냄새가 알 주머니에서 터져 나오는 새끼 거미들처럼 폭발해 감각들을 물리적으로 공격한다. 죽음의 냄새는 일단 시작되면 수그러들 줄 모른다.

검시 보조원 한 명이 불안감에 수다를 늘어놓으며 렌 옆에 서 있다.

"여기저기 경찰이 있는 건 알지만 그래도 좀 불안해요. 솔직히 말하면, 지금 우리가 여기 있는 게 정신 나간 짓 같아요. 폭발물 탐지견들이 투입된 건 맞죠?"

그녀가 주변의 눈치도 보지 않고 너무 큰 소리로 말했다.

"경찰 소리는 그만하는 게 좋겠어요."

렌이 낮게 경고했다.

"지금 이 작전의 핵심은 큰 혼란을 막기 위해서지 조장하려는 게 아니니까요."

"그렇죠. 죄송해요."

"냉정을 유지해요. 곧 상황이 심각해질 수도 있고, 내가 옆에서 달래줄 수 없으니까요."

"물론이죠. 아니에요, 준비됐어요."

렌은 잠시 너무 심하게 말했나 싶은 생각이 들었다.

"불안해하는 게 정상이에요. 나도 불안해요. 하지만 불안감을 무시하고 우리가 할 일을 해야죠. 자, 무슨 냄새가 나죠?"

렌이 물었다. 젊은 여자의 코가 벌름거리더니 눈이 커졌다.

"그 냄새죠?"

"맞아요."

렌이 대답했다.

"젠장."

"당황하지 마요. 냉정하게, 신중하게 움직여야 해요."

렌이 알려 주었다. 그녀가 수없이 모인 사람들 건너편에 있는 르루에게 시선을 고정했다. 그는 평범해 보이려 노력했지만 말끔히 다림질한 양복을 입은 터라 눈에 띄었다.

"침착하게 날 따라와요."

렌과 젊은 검시 보조원이 축제 참가자들 사이를 뚫고 지나갔다.

"대체 뭘 먹는 거야?"

플라스틱 컵을 든 여자가 옆 사람이 뒤적거리는 종이 접시를 보려고 목을 길게 뺐고, 남자가 어깨를 으쓱하더니 방어적인 태도로 접시를 멀리 치웠다.

"버번치킨 비슷한 거랑 밥이야. 몰라. 왜 그래?"

"뜨거운 쓰레기 같은 냄새가 나."

그녀가 코를 찡그렸다.

"아니, 버번 소스 냄새밖에 안 나."

그가 단호하게 말하고 지레 몸을 움츠리는 그녀의 코 밑에 접시를 가져다 댔다.

렌은 여자가 대꾸하기 전에 지나갔다. 이제 시체 썩는 악취가 공기 중에 퍼져 나가 사람들이 알아차리기 시작할 것이다. 그녀가 동료를 끌고 트럼펫 연주자 앞을 지나갔다. 엷은 안개가 낀 듯한 대기에 그가 경쾌한 음을 꽝꽝 쏟아 냈다. 그 주변에서 몇 사람이 춤을 추고 있다. 그들은 가장 행복한 순간에만 지을 수 있는 진짜 웃음을 웃으며 상대를 끌어당기고 돌린다. 하지만 렌은 이곳의 화려한 반짝이는 껍데기 아래에서 시체가 썩고 있음을 안다. 그녀가 눈을 깜빡이며 르루 쪽으로 인파를 헤치고 나아가 옆에 멈춰 서서 고개를 옆으로 돌리고 작게 말했다.

"가까워졌어요. 냄새 맡았죠?"

그녀가 시선을 획 돌려 그와 눈을 맞추자, 그가 사람들을 살피며 고개를 끄덕였다. 그들이 냄새를 따라 함께 움직였다. 검시 보조원이 전화 화면을 보는 척하며 약간 뒤에서 그들을 따랐다. 르루가 눈을 부릅뜨고 필사적으로 냄새나는 곳을 찾고 있다. 감정 조절에 엄격한 사람이 이렇게 빈틈을 보이자 렌은 섬뜩한 기분마저 들었다. 렌이 심호흡을 하고 정신을 집중하려 애썼다.

"눈알이 얼굴에서 튀어나올 것 같아요. 진정해요."

르루가 자신을 심각하게 굳은 표정으로 바라보자 렌이 충격을 받고 말했다. 그녀가 얼굴에서 절망감을 지우고 다시 말했다.

"파리를 찾아요."

"한여름 루이지애나에서 벌어지는 지저분한 음악 축제에서 파리를 찾으라는 거죠. 알겠습니다."

"검정파리의 끈기와 자제력을 잠깐 상기시켜 드려야 할까요?"

"그럴 리가요. 알았어요. 떼로 몰려 있는 파리를 찾으라는 거잖아요."

그녀가 고개를 끄덕이고 다시 사람들 쪽으로 시선을 돌렸다. 사람들을 빠르게 살피며 모든 것을 최대한 주의 깊게 보려 애썼다. 그들이 술에 취해 흥청거리는 사람 무리를 뚫고 작은 무대로 다가갔다. 작은 무대라지만 거대한 중앙 무대에 비해서 작다는 것이다. 무대를 받치는 기반 목재는 오랫동안 여름마다 햇볕에 구워져 휘고 흠이 생기고 색이 바랬다. 이제 활기찬 재즈 밴드가 낡은 무대 바닥 위에서 몸을 흔들고 발을 쿵쿵거리며 경쾌한 곡을 연주한다. 음악이 춤을 추고 점점 커지며 애를 태우다 마지막에는 무질서한 소리의 파도로 부풀어 오른다. 바닥보다 높이 설치된 악기들에 오후의 햇빛이 반사돼 트럼펫과 색소폰이 순금처럼 반짝인다.

무대 왼쪽 뒷부분에서 옅은 검은색 구름이 나타났다. 그녀가 무대와 관객을 나누는 금속 바리케이드에 아주 가까이 가지 않았다면 소리를 듣기는커녕 그것을 볼 수도 없었을 것이다. 파리 구름이 야생화 벌판을 분주하게 돌아다니는 벌처럼 웅웅거린다. 이곳은 시골 들판이 아니고, 그것들도 벌이 아닐 뿐이다. 이 곤충들은 달콤한 냄새와는 거리가 먼 무언가를 찾고 있고, 살이 썩는 역한 냄새를 더 좋아한다.

렌이 둥글게 열을 지어 부서진 나무 널판 사이로 들어가는 파리 떼에 시선을 고정한 채 르루의 셔츠 옆쪽을 붙잡아 비틀었다. 그가 즉시 멈췄다.

"무슨 일이에요?"

그가 그녀 쪽을 보지도 않고 물었다.

"무대 밑이에요. 뒷부분 왼쪽."

그가 그곳으로 눈길을 던지고 숨을 급히 들이마셨다.

"따라와요."

그가 바리케이드의 끝 쪽을 향해 옆으로 밀고 나갔다. 경비원이 높은 나무 스툴에 앉아 있다. 그가 한쪽 다리를 스툴 다리 가로대에 접어 올리고 멍하니 음악에 맞춰 고개를 까딱거리고 있다. 르루가 그에게 다가가 귀 가까이 몸을 숙였다.

"뉴올리언스 경찰입니다."

그가 속삭임보다 약간 크게 말했다.

그가 재킷을 열어 배지를 대충 보여줬다. 경비원이 그것을 휙 내려다보더니 고개를 끄덕였다. 르루가 어깨 너머를 흘끔 보았다.

"우리가 무대 쪽을 살펴봐야 하지만 관객들을 전부 공포로 몰아넣을 필요는 없습니다. 도와주실 수 있나요, 성함이……?"

"블룸입니다."

젊은 경비원이 대답하고 목소리를 가다듬으며 자세를 바로 앉았다. 그가 까칠하게 자란 수염을 훑고는 손을 허벅지에 올렸다.

"그럼요, 형사님. 들어가세요. 제가 여기서 아무 일도 일어나지 않게 하겠습니다."

르루가 그의 어깨를 툭 쳤다.

"감사합니다. 가죠, 멀러."

그가 손짓하며 렌과 검시 보조원을 들여보내고, 세 사람은 무대 왼쪽을 빙 돌아갔다. 그 냄새가 틀림없다. 그들이 파리 쪽으로 다가가자 공기가 무겁고 흐릿해진다. 마치 죽음과 부패로 가득한 다른 세계로 걸어 들어가는 것 같다. 렌이 무릎을 꿇고 나무가 약간 썩어 부서진 널판 사이를 유심히 들여다보았다. 그녀의 눈이 어둠의 장막에 적응하자 익숙한 형태가 나타났다. 축 늘어진 채 움직임 없이 거의 무대 중앙 바로 아래쪽에 누워 있는 것이 검정파리 떼의 원천이었다. 그녀가 그쪽으로 다가가자 참을 수 없는 역한 냄새가 났다.

"무대 밑으로 들어가는 길이 있나요?"

그녀가 입을 틀어막은 채 몸을 일으켰다.

"이 뒤쪽에 문이 있어요."

렌이 뒤쪽으로 돌아가 보니 르루가 벌써 쭈그리고 앉아 있다. 그가 손으로 걸쇠를 철컥 열었다. 그녀가 뒷주머니에서 작은 플래시를 꺼내 '딸깍' 하고 켰다. 빛줄기가 앞으로 뻗어 나가다 움직이지 않는 물체 주위로 휘어지며 멈췄다. 20대 여성으로 보이는 뒤틀린 시체가 그녀의 눈앞에서 빛을 받았다. 그 여자는 비행기에서 뛰어내리며 낙하산을 펴기 전 잠깐 자유 낙하하는 것처럼 팔을 쭉 뻗은 채 엎드려 있다. 렌이 그녀의 오른 무릎 위치의 뼈와 살이 엉망으로 짓이겨진 것을 재빨리 확인했다. 다리부터 머리까지 빛을 죽 비추다 반쯤 뜨인 희생자의 눈이 악마의 눈처럼 빛나자 그녀는 잠깐 숨이 턱 막혔다. 희생자의 두 눈이 렌을 마주 응시했다. 응시하되 아무것도 보지 못한다. 그녀의 얼굴은 흙과 피, 얼룩으로 지저분하다. 렌이 플래시를 끄고 작은 문에 쭈그리고 앉아 잠시 마음을 진정시켰다.

"예상대로 상황이 안 좋아요."

그녀가 말했다.

그가 작게 "제길."이라고 내뱉는 소리가 들렸다.

"어쩔 수 없이 내가 더 가까이 가야겠어요."

르루가 손등으로 이마를 닦았다.

"저 밑으로 기어 들어가겠다니 진심은 아니죠?"

"끝까지 들어가겠다는 건 아니지만 조금만 더 가까이 가면 상황을 정확히 알아낼 수 있을 거예요. 희생자의 오른손에 뭐가 있는 것 같아요."

렌이 무대 끝으로 이동해 앞에 있는 나무를 발로 가볍게 찼다. 나무가 부서지자 그녀가 르루를 바라보았다.

"약한 곳을 찾았어요."

그녀가 썩은 나무를 뜯어내자 그가 옆에서 몸을 숙였다. 작은 구멍이 생겼다. 르루가 전화기 불빛을 되도록 멀리 비취 어둠 속을 응시했다.

"꼭 이렇게까지 해야겠어요, 멀러?"

렌이 고개를 끄덕이고 머리를 대충 둥글게 말아 올려 묶었다. 그녀가 뒷주머니에 손을 뻗어 검은색 니트릴 장갑을 한 켤레 꺼내 착착 소리가 나게 꼈다.

"그럼요. 이제 잘 지켜봐 줘요."

그녀가 플래시를 켜 입에 문 다음 어둠 속으로 쑥 들어갔다. 그녀가 눈앞에 있는 시체를 향해 천천히 나아가는 사이 머리 위에서는 음악 소리가 쿵쿵 울렸다. 무대 밑 공간은 비좁고 더웠다. 고개를 푹 숙인 채 불편한 자세로 쭈그리거나 기어갈 공간밖에 없다. 그녀는 앞으로 기어가며 돌과 울퉁불퉁한 땅에 무릎이 눌리며 불쾌한 아픔이 느껴졌다. 조금씩 가까워지자 이 젊은 여자가 얼마나 잔인하게 죽었는지 여실히 드러났다. 목에 길게 난 자상을 포함해 많은 상처와 멍이 온몸을 덮었고 구불구불한 검은 머리카락이 마른 피와 젖은 피로 얼굴과 목에 엉겨 있다.

"맙소사."

렌의 입에서 외마디가 튀어 나가려다 이 사이에 문 플래시에 막혔다. 르루가 입구에서 안절부절못하며 기다리고 있다. 그가 눈을 가늘게 뜨고 시체를 보고 있다.

"그 안은 암울할 것 같군요."

그가 한숨을 쉬며 말했다.

렌이 고개를 젓더니 시선을 약간 돌려 어깨 너머로 그를 흘끗 보았다.

"이번에는 정말 잔인해요, 르루. 본 중에 최악이에요."

"젠장. 이제 이 자식을 잡을 때가 된 것 같아요."

렌이 앞에 있는 시체로 시선을 돌려 닿을락 말락 하는 것을 잡으려 끊임없이 손을 뻗고 있는 듯 바깥쪽으로 벌어진 오른손을 바라보았다. 손에 무언가가 쥐여 있고 렌은 장갑 낀 두 손으로 굳은 손가락을 하나씩 조심조심 억지로 폈다. 애쓴 끝에 지도의 선과 기호가 드러났다. 렌이 지도에 표시된 묘지들과 무덤의 유명한 매장자들의 이름이 정리된 범례임을 이내 알아차렸다. 세인트루이스 공동묘지 1구역의 지도이다.

"누구 봉투 가진 사람 있어요?"

렌이 뒤쪽을 향해 외치고 지도를 활짝 폈다.

이건 세인트루이스 공동묘지 1구역을 찾은 관광객들에게 가이드 투어 전에 나눠주는 지도 같은 거다. 눈앞의 광경에 넋을 잃고 구경하러 온 이들을 위해 준비된 것이다. (이곳은 무덤이 모인 곳이라기보다 역사와 미신, 죽음과 예술이 얽힌 압도적 공간이기에, 많은 관광객들이 찾고 있다.-옮긴이) 이 지도는 꽤나 정교해서 죽은 자들의 도시 사이사이, 작은 통로들 경계에 심어진 나무들까지 담을 정도로 자세했다. 렌이 눈으로 통로를 따라가며 무언가 그것에 속하지 않는 것, 이 지도가 죽은 여자의 손에 꼭 쥐어 있어야 했던 이유를 말해 주는 표시를 찾는다. 그녀가 지도의 중앙 근처 무덤들이 밀집한 곳에서 작은 빨간색 X 표를 발견하고 자기도 모르게 헉하고 숨을 멈췄다.

"왜 그래요?"

르루가 물었다.

"여기 세인트루이스 공동묘지 1구역 안내 지도가 있고, 한 곳이 빨간색으로 표시가 돼 있어요. 그자가 오늘 우리에게 남긴 선물은 이 희생자만이 아닌 것 같아요."

"제길. 알았어요, 어서 나와요. 여기는 다른 사람들에게 맡기고 그쪽으로 넘어갑시다. 이 일을 막아야 해요. 빨리요."

렌이 고개를 끄덕이더니 지도를 봉투에 넣고 봉한 다음 심하게 상처 입은 시체를 마지막으로 한 번 더 살펴보았다. 그때 미처 알아차리지 못한 것이 눈에 띄었다. 희생자의 오른 손목에 너무 깨끗해 도드라져 보이기까지 하는 흰색 스마트워치가 채워져 있다. 새것이고 희생자의 나머지 소지품과 달리 사용한 흔적이 없다. 그녀가 죽기 전이나 죽을 당시에 이 시계가 손목에 채워져 있었을 리는 만무하다.

"멀러. 가자고요!"

르루가 참지 못하고 언성을 높였다.

그의 머릿속을 휘젓는 생각이 눈에 그대로 나타났다. 그녀는 그가 이제 어떻게 움직일지 이미 계산하고 있다는 것을 알 수 있다. 그는 이쪽 세계의 진정한 전문가이다.

렌은 르루에게서 의심과 조바심의 표정을 보았지만 그것에 방해받지 않고 눈앞의 범죄 현장을 꼼꼼하게 살폈다.

"알았어요, 존, 들었어요. 잠깐만요."

그녀가 시계를 살펴보려고 장갑 낀 손을 뻗어 화면을 살짝 두드려 켰다. 푸른 빛이 어둡고 비좁은 공간을 가득 채웠다. 비밀번호를 누르라는 메시지가 떴다.

"지도 이리 줘요, 멀러. 가자고요!"

르루가 냅다 소리를 질렀다.

그녀가 그를 무시하고 조금 전만 해도 너무 숨 막히게 느껴지더니 이젠 깊고 텅 빈 것처럼 보이는 공간을 필사적으로 둘러보았다. 실마리를 찾으려 플래시를 손에 들고 시체 주변을 이리저리 비춰 보지만 흙과 먼지, 곤충밖에 보이지 않는다. 그녀가 절망에 찬 한숨을 힘겹게 내뱉고 시선을 떨궜다.

"뭔가를 본 줄 알았어요."

그녀가 소리쳤다.

그녀는 지도가 안전하게 들어 있는 증거 봉투를 꼭 쥐고 조심조심 출구 쪽으로 몸을 움직였다. 르루와 눈이 마주치자 렌이 팔을 뻗어 봉투를 그에게 건네줬다. 그녀가 작은 빨간색 X 표를 획 바라보았다.

"빨간색 X 표가 있는 묘지 번호 좀 읽어 주세요."

르루가 몹시 화난 표정으로 한쪽 눈썹을 찡그렸다.

"뭐라고요?"

그가 불평을 하면서도 지도를 내려다보더니 번호를 더 잘 보려고 증거 봉투를 반듯하게 폈다.

"글씨가 말도 안 되게 작아요. 150…… 3. 이게 뭔데요?"

"1503…… 1503…… 1503."

렌이 죽은 여자에게 서둘러 돌아가며 작은 소리로 반복해서 읊조렸다. 그녀가 장갑 낀 손으로 시계를 두드리자 시계가 다시 반짝 살아났다. 화면을 옆으로 쓸자 다시 네 자리 비밀번호를 누르라고 나온다. 렌이 숫자를 하나씩 누르다 마지막 숫자를 누르다 말고 망설였다. 그러다 숨을 멈추고 재빨리 마지막 숫자를 눌렀다. 시계의 잠금이 해제되고 화면에 알람 앱 하나가 나타났다.

"렌!"

르루의 목소리가 뚜렷한 절망감에 높아졌다. 렌은 가슴에서 요동치는 심장 박동을 가라앉히려 애썼다.

"갈 거예요, 말……? 무언가 다른 일을 할 거면 나한테 얘기부터 해요!"

"뭔가 찾았어요, 존."

그녀가 마침내 뒤쪽을 보며 대답했다.

"희생자의 손목에 새 스마트워치가 있는데 다른 것들과 상태가 달라요. 틀림없이 사후에 채워진 거예요. 그 묘지 번호 있죠? 1503? 그게 시계 비밀번호고, 지금 내가 열려 있는 하나뿐인 앱을 보고 있어요. 바로 알람이에요."

렌은 말을 멈추고 르루의 표정을 바라보았다. 그의 얼굴이 굳어졌다. 그가 눈을 비비며 증거 봉투를 다른 경찰관에게 건네줬다.

"얼마나 남았어요?"

렌이 알람 앱을 본다. 화면에 하나뿐인 알람이 오후 두 시로 맞춰져 있다.

"지금부터 45분 후예요."

"우리 빨리 움직여야겠어요. 랜드리, 코미에, 폭스, 세 명은 월이랑 움직여. 먼저 가서 공동묘지를 정리해. 나는 멀러랑 같이 따라갈게."

그가 상기된 얼굴로 렌을 돌아보았다.

"어서 나와요. 가자고요."

렌이 구멍을 향해 기어갔다. 그녀는 검시 보조원이 옆쪽에서 서성이는 것을 발견하고 손짓해 불렀다.

"사무소에 전화해서 운반원 두 명 여기로 보내 달라고 해요."

렌이 지시하고는 그녀가 즉시 전화기 버튼을 누르는 모습을 지켜보았다.

렌이 이제 출입 금지선을 따라 몰려 있는 사람들을 헤치고 서둘러 르루를 따라가며 장갑을 되는대로 벗고 무릎을 털었다. 사람들의 얼굴이 공포와 야단스러운 호기심, 혼란으로 일그러져 있었다. 그들은 서로 속삭이며 이목이 쏠린 사건을 조금이라도 보기 위해 고개를 길게 빼어 살피고 있다. 멀리 있는 무대에서는 여전히 경쾌한 음악이 쾅쾅 울리지만 바로 위쪽 무대에 오른 밴드는 공연을 중간에 끝냈다. 렌은 지금까지 공연이 중단된 줄도 몰랐다.

17

　자신의 권총에서 발사된 총알이 목표물을 맞히자 제러미는 말할 수 없이 만족스러웠다. 그는 케이티와 에밀리도 손쉽게 맞힐 수 있었지만 게임을 지금 끝내고 싶지 않았다. 너무 맛있는 식사라 한 입 한 입 오래 즐기지 않을 수 없다.

　그는 케이티와 에밀리가 방향을 잃은 채 초록빛 땅을 이리저리 뛰어다니는 것을 지켜보았다. 제러미는 계속 그들을 지켜보며 그들이 안전한 거리를 확보했다고 느끼게 두었다. 케이티가 얼굴에 묻은 맷의 뇌 물질을 정신없이 닦아 내느라 발을 헛디디며 뒤처졌다. 그녀는 멍청하고 맷은 거의 네안데르탈인이나 다름없었지만 적어도 에밀리는 투사에 가깝다. 그녀는 의욕을 불러일으키게 한다.

　그는 무성한 풀 사이에서 아래위로 까딱거리던 플래시가 깜빡거리다 흐려지더니 어두워지는 것을 알아차렸다.

이제 불이 하나 남았군.

그가 웃으며 막 시작된 블루 오이스터 컬트의 〈(Don't Fear) 더 리퍼(The Reaper)〉에 맞춰 몸을 움직이며 속도를 조금 높였다. 오늘 밤에는 그가 리퍼(긴 망토를 걸치고 큰 낫을 든 해골 모습으로 형상화되는 죽음의 신-옮긴이)이다.

케이티가 숲 가장자리에서 큰 소리로 흐느껴 울어 최고조에 달한 그녀의 목소리는 피에 굶주린 맹수를 느닷없이 맞닥뜨린 토끼 소리와 비슷하다. 제러미가 시계를 힐끗 보고 천천히 만면에 미소를 지었다. 그가 손님들을 이곳에 데려다 놓은 지 몇 시간이 지났고, 지금 보니 케이티의 오른쪽 다리가 자연스럽게 걸을 때보다 높이 올라가면서 걸음걸이가 어색해져 있다. 약효가 나타나는 것이다. 그는 자신의 실험이 뜻대로 되고 있음을 깨닫고 기분이 들떴다.

그는 금주법이 시행되던 시대에 일어난 자메이카 생강 중독에 관해 읽고 나서 영감을 얻었다. 1930년대 미국 남동부의 뛰어난 인물들이 '제이크'라는 이름으로 더 잘 알려진 자메이카 생강 추출액을 미국 법무부의 엄격한 규정을 통과할 수 있는 형태로 만들어 냈다. 그들은 매사추세츠공과대학 교수의 의도치 않은 도움을 받아 맛을 망치지 않고 검사를 통과할 수 있게 인산 트리크레실을 사용했다. 이 획 기적인 밀주 제조법은 결국 많은 애주가들이 발끝을 위로 향하지 못한 채 다리를 높이 뻗고 걷도록 만들었다. 이 마비 증상의 유행은 '제이크 다리'라고 불려졌고, 그로 인해 연구자들은 인산 트리크레실이 신경 세포를 파괴하고 필수적 근육 운동을 돕는 말이집(신경섬유를 둘러싸고 있는 피막-옮긴이)을 손상시키는 위험한 신경 독소라는 사실을 뒤늦게 알아냈다. 그 화학 물질을 상당량 섭취하면 위장 장애와 팔다리 부분에 마비가 일어난다. 그 물질을 매일 정맥주사로 맞은 케이티는 제이크 다리의 사례를 때맞춰 확연히 보여 주고 있다.

케이티가 에밀리에게 다리에 감각이 없어진다고 소리를 지르고, 제러미는 에밀리가 계속 가야 한다고 필사적으로 그녀를 설득하는 것을 볼 수 있었다. 케이티가 지쳐 늪지 바닥에 무릎을 대고 몸을 공처럼 움츠리자 그가 웃음을 지었다.

그는 에밀리가 두려워하며 하나 남은 플래시로 그들 앞에 있는 숲 가장자리를 살피면서 어떻게 할지 저울질하고 있음을 알 수 있었다. 케이티가 흐느끼며 구역질을 하자, 에밀리가 허리에 팔을 둘러 그녀를 일으켜 세우려 했다.

제러미는 에밀리가 그녀를 버릴 준비가 됐다는 것을 느

낄 수 있었다. 분명 자기 보존 본능이 이길 것이다. 그가 산탄총을 장전하고 조준경에 눈을 댔다. 에밀리와 케이티가 그 소리를 들었다. 에밀리가 한 번 더 케이티를 끌고 가려 애썼다. 제러미가 방아쇠를 당기고 목표물을 쉽게 맞혔다. 총알이 오른 무릎뼈를 관통하며 엉망으로 짓이겨진 살과 근육이 다리 앞뒤에서 떨어져 나가자 케이티가 고통에 찬 비명을 내질렀다. 그녀가 상체의 무게를 이기지 못해 허물어져 철벅 소리를 내며 축축한 땅으로 무너져 내렸다.

이제 에밀리의 선택은 분명하다. 그녀가 도망간다.

제러미는 산탄총을 등에 메고 무기력하게 흐느끼는 케이티를 향해 빠르게 걸어가며 칼집에서 사냥용 칼을 꺼냈다. 그가 유령처럼 그녀 앞에 나타나자 그녀의 눈이 공포에 질렸다. 그가 활짝 웃으며 그녀 옆에 쭈그려 앉아 엉겨붙은 머리카락을 귀 뒤로 넘겨주었다.

"쉬."

그가 웃으며 속삭였다.

그가 머리카락을 한 움큼 잡아 그녀의 머리를 뒤로 기울이더니 칼날로 천천히 목을 그었다. 그는 잠시 그녀를 그대로 잡고 그녀가 컥컥 소리를 내며 버둥거리다 축 처지게 내버려 두었다. 제러미가 눈을 감고 늪지대 생물들의 연주와 스피커에서 스르르 빠져나오는 녹음된 음악을 듣는다. 그가 잡았던 케이티의 머리를 놓아 그녀가 진흙탕에 쓰러지게 하고는 자신의 목 관절을 한 번 꺾었다.

 자, 에밀리는 어디로 도망갔으려나?

18

"검시관 사무소의 렌 멀러 박사입니다. 베이슨 거리 425에 구급차가 필요해요."

렌이 전화기를 어깨로 받쳐 들고 가방을 뒤졌다.

르루가 목적지를 향해, 아직 구할 수 있을지 모르는 희생자를 향해 차를 요리조리 몰아가는 사이 시간이 빠르게 흘렀다.

"네, 세인트루이스 공동묘지 1구역요. 응급 상황일 수 있어요. 저희랑 입구에서 만나실 수 있다면 도착까지……."

그녀가 계기판 시계를 보느라 말을 멈췄다.

"8분 걸릴 거예요. 알았어요. 감사합니다."

그녀가 휴대폰을 옆자리에 툭 던지듯 내려놓고, 새 장갑 한 켤레를 재빨리 손에 꼈다. 얼굴에는 침착함과 단호함이 공존해 있다. 머리 꼭대기로 단단히 틀어 올린 번(Bun)에서 몇 가닥의 머리카락이 흘러내려 흙먼지를 덮어쓴 이마와 뺨에 달라붙어 얹혀 있다.

뉴올리언스의 풍경이 창밖으로 빠르게 지나간다. 르루는 앞차에 클랙슨을 거칠게 울려대며 달린다. 사이렌 소리에 비켜주지 않는 차는 모조리 그의 거친 욕설 세례를 피하지 못한다. 운전대를 쥔 그의 손은 핏기 없이 하얗다. 그는 흔하디 흔한, 블록버스터 영화에 나오는 냉소적인 형사와는 거리가 멀다.

"이게 함정일까요, 멀러?"

그가 마침내 신중하고 침착한 어조로 물었다.

렌은 조수석 창문에 팔꿈치를 기대고 관자놀이에 손을 얹은 채 창밖을 바라보고 있다. 그녀가 한숨을 쉬었다.

"아니라고 믿어야죠. 그리고 함정이든 아니든 함정이 아닌 것처럼 대응해야 해요. 하지만 함정으로 드러나도 우리는 충분히 준비돼 있다는 걸 기억해요."

르루가 거의 알아볼 수 없게 고개를 끄덕였다.

렌이 자세를 바로 세우며 말했다.

"게다가 윌과 쌩쌩한 신참들이 거기서 우리를 백업해 줄 거잖아요."

"신참이라……."

그가 고개를 저으며 말했다.

"걔네가 초짜는 맞지만 엄마 배 속을 떠난 지는 한참 된 친구들이에요, 멀러.

"알아요. 그냥 농담하는 거예요. 그들의 능력을 믿지 않는다면 내 안전을 맡길 수 없잖아요."

르루가 진지해졌다.

"난 그저 우리가 공동묘지를 정신없이 뛰어다니며 이 자식이 남긴 독 묻은 빵부스러기를 허겁지겁 집어삼키는 동안, 이 자식이 근처에 편안히 앉아서 우리를 지켜보지 않을지가 걱정이에요."

르루가 베이슨 거리로 우회전했다. 모퉁이가 관광객과 현지인으로 북적거린다. 세 여자가 대형 요가원에서 몰려나와 야외 테이블이 있는 카페로 향한다. 사람들이 밝은 오후에 버터향 진한 크루아상 샌드위치를 오물거리며 밖에서 점심을 즐기고 있다. 그곳 가까이에서 누군가는 살아남으려 필사적으로 싸우고 있을지 모른다.

그들이 공동묘지 입구에 도착하자, 그곳 공동묘지를 위압적으로 둘러싼 흰 벽을 비웃기라도 하듯 키 큰 야자나무가 드문드문 서 있다. 야자나무들이 미풍에 살짝 기울어 갈라진 잎을 흔들며 안에서 기다리는 참상은 전혀 알지 못한 채 이 이상한 명소를 방문한 사람들을 환영한다.

렌이 고개를 끄덕였다.

"알아요. 나도 똑같은 생각이 들어요. 하지만 우리는 시도할 수밖에 없어요. 구급차에 탈 사람이 아직 살아 있기를 간절히 바랄 뿐이에요."

19

 어지럽게 흔들리는 한 줄기 빛만으로 길을 비추며 낯선 지형을 활주하는 동안 에밀리의 발은 거의 땅에 닿지 않았다. 그녀는 제러미가 바라는 그대로 행동했다. 케이티를 버리고 오직 자신의 생존 본능에 충실해 도망가고 있다.
 그는 에밀리를 엄습한 절대적 공포까지 느낄 수 있었다. 그녀가 힘껏 앞으로 나아가지만 걸음을 내디딜 때마다 늪지가 발을 삼키며 소름 끼치는 소리를 냈다. 땅은 끈적거리며 무겁게 그녀를 붙잡고, 그녀의 체력은 빠르게 고갈되어 간다. 제러미가 최종 목표를 이룰 수 있도록 늪지대가 손을 빌려준 것이다. 이곳의 환경은 그의 것이다. 그리고 무엇보다 이곳이 그녀에게서 등을 돌렸다.
 그녀가 멈춰 서서 등을 나무 구멍으로 밀어 넣는다. 거대한 나무줄기의 이끼와 진흙에 몸을 기대자 흙 부스러기와 발버둥치는 곤충들이 어깨로 쏟아졌다.

그는 그녀가 자신이 조용히 움직이고 있다고 생각할지 궁금했다. 그녀의 빠르고 얕은 숨소리가 들렸다. 그가 공기에 퍼진 두려움을 맛보고 더 이상 자제하지 못했다.

"에밀리!"

그의 목소리가 무질서한 소음을 뚫고 크게 울렸다.

"나야 칼, 에밀리!"

그녀가 몸을 움츠리고 애써 흐느낌을 삼켰다. 그가 숨죽인 훌쩍임 소리를 들었다.

"이제 당신밖에 안 남은 것 같네."

그가 킬킬거리며 소리쳤다.

"울타리를 아직 찾아내지 못했나?"

그녀는 그 소리로 그가 가까워지는 것을 알 수 있었다. 그녀가 관목 사이로 발을 끌며 움직이는 동안 그가 일부러 소리를 냈다. 그가 정점으로 치닫고 있었다.

"지금 어느 방향으로 달려가는지 알기는 하는 거야?"

그가 소리 내 웃었다.

"아니, 나 때문에 용기 잃지 말라고. 달려, 토끼야, 달려!"

각본 없는 공연에서 그가 권총을 공중에 발사하고, 에밀리는 본능적으로 발을 재촉했다. 그녀가 큰 소리로 첨벙거리며 개울을 건너다 신발을 다 진흙에 빠뜨렸다. 그녀는 신발을 버려두고 껑충껑충 물에서 나가 잡목 숲을 통과했다. 뾰족한 가시가 팔다리와 얼굴을 마구 찌르고 피부를 찢는다. 이제 그도 달려가 그녀를 따라잡았다. 그녀가 맷과 케이티 같은 운명을 피하려고 이리저리 방향을 틀어가며 움직였다.

난데없이 그것이 나타났다. 그녀가 사막에서 오아시스를 만난 듯 울타리를 바라보았다. 나무 사이로 이어지며 제러미의 왕국과 자유의 경계에 서 있는 철제 울타리. 겨우 2미터 정도라 가속도만 붙으면 넘어갈 수 있다. 그녀가 잠깐 멈췄다가 힘껏 달린 다음 울타리 위로 몸을 날려 오른쪽 발가락과 오른쪽 손가락을 연결 고리에 걸었다. 갑자기 타는 듯한 고통이 느껴졌다. 전기 충격이 그녀의 모든 세포를 장악해 몸이 뻣뻣해지고 경련을 일으키더니 뒤에 있는 악몽 속으로 다시 내던져졌다.

"내가 울타리에 전기를 흘리지 않으리라 생각하다니 조금 불쾌한데."

제러미가 쓰러진 나무를 넘어와 그녀 위를 맴돌며 거들먹거렸다. 그녀는 컥컥 피를 토하며 정신이 오락가락했다. 그녀가 몸을 옆으로 굴려 기어가기 시작했다. 필사적으로 진흙과 이끼를 긁으며 있는 힘껏 앞으로 나아갔다. 계획이 있는 것은 아니다. 그저 뒤에 있는 괴물과 할 수 있는 한 거리를 벌리겠다는 생각뿐이다.

제러미가 천천히 따라가며 슬그머니 칼집에서 사냥칼을 꺼내고는 무릎을 꿇은 채 팔로 그녀의 목을 감아 그녀를 무릎 꿇려 세웠다. 그녀가 몸부림치자 그가 아무 말도 하지 않은 채 검지와 엄지로 그녀의 오른쪽 눈을 크게 벌렸다. 그러고는 트로픽아미드 두 방울을 눈알에 떨어뜨리고 그녀가 눈앞이 흐려진 것을 알아차리기도 전에 왼쪽 눈에도 똑같이 하고는 목을 졸라 꼼짝 못하게 했다.

"하지 마! 그게 뭐야?"

그녀가 머리를 뒤로 당기며 소리쳤다.

"트로픽아미드 점안액."

그가 심드렁하게 말하며 다시 양쪽 눈에 신경 써서 약을 조금씩 더 넣었다.

"눈 검사 해 봤어, 에밀리? 몇 시간 동안 눈앞이 흐려지고, 운전하지 말라는 얘기도 해 주잖아?"

그는 그녀가 자기 말을 이해하지 못한 것을 알고 웃었다. 그녀가 또렷이 보려고 눈을 빠르게 깜빡이지만 소용이 없다.

"'5번 경추 부상, 치명적이지만 생명은 유지할 수 있다.' 라는 말 들어 봤어?"

그가 그녀의 눈을 똑바로 들여다보고 그녀도 그를 마주 봤다.

"그냥 보내 줘요, 제발. 그냥 보내 주면 아무한테도 말하지 않을게요."

에밀리가 애원했다. 그녀를 여기까지 데려온 생존 본능이 타협의 단계로 옮겨 갔다. 제러미가 이마를 숙이자 두 이마가 닿았다.

"말 끊지 마."

그가 한쪽 눈을 찡긋한 다음 다시 고개를 들었다.

"있지, 5번 경추 위쪽의 경수를 자르면 그 사람은 확실히 죽어. 왜 그럴까?"

그가 무심하게 에밀리의 어깨에 붙은 벌레를 쳐 내고 대답을 기다렸다.

"하지 마요. 제발 하지 마요!"

그의 얼굴이 혐오감으로 일그러졌다.

"몰라? 의학대학원 2년 차가 돼서 기본적인 해부학 질문에도 대답을 못 하는 거야?"

에밀리가 눈을 감았다. 그녀가 속삭이듯 말했다.

"제발요."

그가 그녀의 애원을 무시하고 계속했다.

"1번과 4번 척추뼈는 네 횡경막에 숨을 쉬라고 명령을 전달하는 신경들을 둘러싸고 있어."

그가 이렇게 말하며 사냥칼 끝으로 그녀의 횡경막을 겨눴다.

"만약 그 부위를 자르면 너는 숨 쉬는 법을 잊게 되어 질식해서 죽게 돼. 4번 경추, 더 이상 숨 쉬지 못하고 죽는다."

"왜 이런 얘기를 하는 거예요?"

그녀는 이제 공황 상태가 되었다.

"지금 그렇게 하지는 않을 거야, 에밀리. 진정하라고."

그가 계속했다.

"무슨 생각을 하는 거야? 내가 괴물 같아 보여?"

그가 다시 그녀에게 얼굴을 가까이 가져간 다음 칼을 바라보더니 그것을 자기 손에 놓고 비스듬히 비틀었다. 달에서 슬며시 빠져나온 약간의 빛이 칼날에 반사되고 그녀도 그것을 보았다. 늪지대가 한 번 더 그의 뜻대로 움직여 칼날에 스포트라이트를 비춰 준 것이다. 날카로운 통증이 그녀의 허리 아래쪽을 관통해 찌르르 퍼졌다. 그녀는 불에 데인 듯한 통증만 느낄 수 있었다. 그제서야 에밀리는 그가 사냥칼을 자신의 등에 꽂았다는 걸 깨달았다.

"어디가 됐든 5번째 경추 아래쪽에 있는 척수를 자르면 살아 있을 가능성은 커. 하지만 그 아래 부위는 평생 못 움직일 거야."

그가 계속 말하며 에밀리의 다리를 툭툭 두드렸다.

"나는 요추 부위를 선택했어."

그녀가 한 손으로 제러미의 셔츠를 움켜쥐고 손에 잡힌 검은색 천을 비틀며 미친 듯이 주위를 살펴보았다.

"기막히게 잘 짜인 한 편의 비극 같지 않아?"

그가 다시 웃으며 말했다.

그리고는 칼을 한 번에, 거침없이 뽑아냈다.

20

 세인트루이스 공동묘지 1구역이 왼쪽에 나타났다. 현재의 참상이 더해지자 흰 벽 안쪽에 간직된 과거의 어두운 비밀들이 새로운 활기를 띠는 것 같았다. 렌은 이 괴물이 하는 짓을 죽은 사람들이 줄지어 서서 지켜보는 장면을 상상했다. 그는 이 성스러운 도시에서 자신이 벌인 범죄를 죽은 사람들로 하여금 본의 아니게 목격하게 만들었다.

 구급차가 다가오면서 거리의 소음 사이로 사이렌 소리가 울렸다. 르루가 윌의 차 뒤에 주차했다. 르루와 렌이 아무 말 없이 습한 공기 속으로 걸어 나갔다. 모퉁이를 돌아 나타난 현장 경찰들은 심각한 표정에 벌써 얼굴이 땀으로 번들거린다.

 "벽은 아무 이상 없어 보여. 문은 지키고 있고. 랜드리와 녹스가 안에 들어가서 1503 묘지로 가는 길을 확보 중이야."

월은 어느 때보다 진지해 보였고 렌은 그 이유를 잘 안다.

"아무 소식 못 들었어요?"

그녀가 물었다.

그가 고개를 저으며 강렬한 햇빛 때문에 눈을 찡그렸다.

"못 들었어요."

구급차가 주차하고 사이렌을 껐다. 응급구조사 두 명이 차에서 뛰어내렸고 구급차 옆쪽의 작은 보관함에서 구급 가방들을 꺼냈다.

"우리 뒤에 있는 분들 좀 안내해 줘."

르루가 방금 구급차에서 내린 남녀를 가리켜 보였다. 월이 고개를 끄덕이고 돌아 나가 그들에게 상황을 설명하고 함께 르루와 렌을 따라갔다.

뉴올리언스에서 가장 오래된 묘지가 영원처럼 느리게 그들 앞에 펼쳐져 있다. 길이 복잡한 곳에서는 방향 감각을 잃을 수 있다. 이곳은 섬뜩하게 고요하다. 마치 진공 상태 같다. 벽 너머에서 도시가 바쁘게 움직임에도 렌은 소리를, 작은 생명의 신호라도 분간해 내려 안간힘을 썼다. 무전기 잡음만 들리고 죽은 사람들은 비밀을 지키고 있다.

그들이 오른쪽으로 돌아 지하 매장지 쪽으로 걸어갔다.

모든 것이 고요하다. 근처 무덤에 내려앉은 까마귀들조차 평소와 달리 조용하다. 까마귀가 그들을 보더니 발밑에 있는 돌 부스러기를 약간 달싹거린다. 렌은 까마귀도 이 사건이 어떻게 드러나는지 지켜보려고 왔는지 궁금했다.

"삽 주세요! 삽이 필요해요!"

렌이 더 이상 묘지로 사용되지 않는 구역에서 새로 조성된 무덤을 발견하고는 소리쳤다.

르루가 땅이 파헤쳐진 곳을 향해 충동적으로 내달려 무언가 다른 물건을 발견했다. 경찰관들이 급히 몰려와 주변을 둘러쌌다. 그들이 총을 뽑아 들고 돌아다니며 함정은 없는지 살펴보고 있다.

렌은 르루가 발견한 것을 무시한 채 그들 뒤쪽에 있는 관리인 창고로 급히 달려갔다. 예상한 대로 창고는 잠겨 있지만 공교롭게 삽이 작은 구조물에 기대 세워져 있다. 그녀가 삽을 쥐고 무덤 쪽으로 달려가자 르루가 자신이 발견한 물건을 렌의 얼굴에 들이밀었다. 째깍거리는 소리가 크게 들렸다.

"요리용 타이머예요."

그가 숨을 몰아쉬며 말했다.

"아까 다른 현장에서 찾은 알람하고 똑같이 설정돼 있어요. 거의 20분 남았어요."

그가 얼굴이 벌게진 채 땀을 흘리고 있었다.

"누군가가 저 속에 있다면 상황이 안 좋아요. 저 밑에서는 절대 의식이 있을 수 없어요."

그녀가 걱정하며 눈을 가늘게 뜨고 새로 만들어진 흙더미를 바라보았다.

"이걸 파야 해요. 당장요."

르루가 서둘러 재킷을 벗어 바닥에 던지고는 소매를 걷어붙였다.

"당신이 삽을 써요."

그는 무릎을 꿇은 다음 두 손과 팔을 삽처럼 만들어 부드러운 흙을 퍼내기 시작했다.

렌이 맹렬하게 흙을 팠다. 경찰관들이 더 합류하고 그녀는 흙을 아무렇게나 옆으로 버렸다. 오직 삽이 땅에 부딪치는 소리와 사람들의 거친 숨소리밖에 들리지 않았다. 희망이 산산이 부서졌지만 렌은 실망감을 숨기려 노력했다.

그녀는 파헤쳐진 무덤이나 지상 무덤에서 누군가를 발견하기를 희망했다. 산 채 묻힌 사람은 아주 짧게밖에 살아 있지 못하고 45분은 희생자가 아무리 건강하다고 해도 너무 긴 시간이다. 그들은 이 사람이 어떤 관에 얼마나 깊이 얼마나 오랫동안 묻혀 있었는지 모른다. 그들은 누군가가 그 속에 있는지 없는지조차 아직 모른다. 그럼에도 렌은 맹렬하게 땅을 팠다. 희망이 산산이 부서지기는 했어도 아직 복구가 불가능한 정도는 아니니까.

*

르루가 급하게 렌에게 삽을 빼앗아 할 수 있는 한 빠르고 세게 흙 속에 꽂았다. 낡은 요리용 타이머의 시간이 1초, 1초 큰 소리를 내며 줄어들고, 그는 렌의 표정에서 1초도 지체할 수 없음을 읽었다. 며칠째 그곳을 판 것 같은 기분이 든다. 벌써 1미터 가까이 파 내려갔다. 르루가 팔로 이마를 훔치자 이마가 흙과 땀으로 얼룩졌다.

"여러분, 2미터를 다 파야 하면 어떡하죠?"

한 경찰관이 주저하며 물었다. 렌이 고개를 저으며 숨을 크게 내쉬었다.

"그러면 2미터를 파야죠."

르루가 기계처럼 계속 땅을 팠다. 동료들의 걱정에 대꾸하지 않았지만 사실 그도 걱정이 되었다. 적절한 계획과 적절한 도구, 충분한 수분 보충과 휴식 없이 파 내려가기엔 2

미터의 흙은 어마어마한 양이다. 그는 두 응급구조사가 유니폼 셔츠를 벗어 놓고 옆에서 같이 흙을 파내고 있다는 것을 지금에야 알아차렸다. 그가 그 가운데 한 명과 눈을 맞추고는 말없이 고개를 끄덕여 감사를 전했다. 그녀도 고개를 끄덕여 보이고 무덤에서 계속 흙을 퍼냈다.

그들은 잘 돌아가는 기계처럼 함께 이 일에 열중했다. 흙이 사방으로 날아다닌다. 팀에 속한 모든 부품이 대단한 집중력을 발휘한다. 르루가 타이머를 슬쩍 바라보던 그때 삽날 끝이 무언가 단단한 것에 부딪쳤다. 확실히 하기 위해 그가 삽을 다시 내리쳤다. 금속이 나무에 부딪쳤다. 그가 시간을 한 번 더 흘끗 보았다. 4분 남았다.

"무언가에 부딪쳤어요!"

그가 소리치고 천천히 흙 밖으로 드러나는 나무 관 위에서 옆으로 조금 움직여 흙을 더 퍼냈다.

렌이 관 위에 있는 흙을 삽 머리로 긁어모으고, 다른 사람들이 끝 쪽에 모여 쌓인 흙을 퍼냈다. 무덤이 어느 정도 다 파내어졌다. 그놈은 그들이 관을 발견해 열기를 바라겠지만, 그 전에 먼저 어느 정도 고생을 하길 바란 것이다. 관 끝쪽에 있는 손잡이가 드러나자 공기 중에 기대감이 퍼졌다.

"한쪽 끝에서 당겨 봅시다."

윌이 드러난 손잡이 쪽을 가리키며 제안했다.

"흙이 안쪽으로 떨어지지 않게 뚜껑을 열려면 기울이는 게 좋겠어요."

렌이 고개를 끄덕였다.

"세 분이 끌어 올리면 우리가 이쪽 끝에서 방향을 알려 드릴게요. 멈추라고 하면 멈추세요. 관을 너무 수직으로 기울이면 안 되니까요."

그들이 고개를 끄덕이고 손잡이를 꽉 잡았다. 균형을 잡기 위해 한쪽 손은 관 옆쪽에 올렸다. 경찰관들이 관을 힘껏 당기고 렌과 응급구조사들은 반대쪽에서 밀었다. 관이 크게 삐걱대며 흙에서 빠져나왔다.

"멈춰요!"

렌이 소리치며 손을 들어 올렸다. 그들이 멈추고 끝을 잡은 손을 조심조심 놓으며 옆에 쌓인 흙더미에 받쳐지도록 관을 내렸다. 렌이 뚜껑을 비틀고 르루가 달려들어 도왔다. 두 사람이 동시에 힘을 확 주자 뚜껑이 분리되고, 그들이 뚜껑을 들어 위에서 기다리는 사람들에게 넘겨주었다.

시간이 멈췄다. 타이머가 느리게 똑딱거리는 소리만 정적을 가르고 있었다.

"맙소사!"

남자 응급구조사가 경악해 찰싹 소리가 나도록 입을 막으며 소리쳤다.

 관 속에 있는 여자는 20대 후반으로 보였다. 갈색 머리가 진흙에 엉긴 채 사방으로 뻗쳐 있다. 눈은 감겨 있고, 얼룩으로 덮여 있을망정 얼굴은 평화로워 보인다. 토한 흔적이 뺨과 관 안감에 말라붙어 있다. 발은 맨발에, 긁혀서 까지고 피와 흙이 덕지덕지 굳어 있다. 흰색 티셔츠는 낡았고, 몸 왼쪽과 등 둘레로 깊이 스며든 얼룩이 서서히 퍼지고 있었다. 렌이 말해 주지 않아도 경찰관들은 그것이 피임을 알았다. 아주 많은 피. 관 속에 있는 여자는 꼼짝도 하지 않고 조용하다.

 타이머가 울렸다.

21

　제러미가 눈을 떴다. 두 시간밖에 못 잤음에도 피로가 완전히 풀린 듯 개운했다. 그가 침대에서 일어나 앉아 방 블라인드를 들추자 따뜻한 빛이 인사한다. 그가 바다처럼 펼쳐진 넓은 숲과 초록색 풍경을 죽 둘러본다. 그곳은 그만의 아오키가하라, 길 잃은 영혼들이 죽으러 가는 곳, 일본의 이른바 자살 숲이다.

　그는 지난밤 아무데도 가지 못하게 허리 아래쪽을 마비시킨 채 에밀리를 숲에 남겨 두었다. 그가 허리에서 칼을 빼내자 그녀의 눈빛이 광기로 번뜩였다. 그녀의 눈이 그의 눈을 쏘아보며 충격으로 진동하는 듯했다. 그는 그녀 옆에 잠깐 쭈그리고 앉아 그녀가 고통에 숨도 제대로 못 쉬는 모습을 그저 지켜보았다. 그녀가 섬망에 빠져 그를 구명 밧줄인 양 붙잡기까지 했다.

그가 마침내 짙게 드리운 차가운 어둠 속에 그녀를 남겨 두고 떠날 때는 그녀가 소리쳐 그를 불렀다. 돌아오라며 '칼'을 불렀다. 그녀가 자신을 그곳에 혼자 남겨 두지 말라고 빌기까지 했다. 짧지만 깊은 잠에 그녀의 울부짖음이 자장가가 되어 주었다.

이제 그가 깨끗한 셔츠를 입었다. 빳빳한 흰색 셔츠. 그가 멈춰 서 이를 닦으며 금발머리를 정성스럽게 매만졌다. 다시 밖으로 나가면서 그는 발밑에서 나무 널판이 내는 소리를 들었다. 검은색 부츠가 바닥에 부딪치며 쿵쾅거리는 소리를 냈다. 그러자 그는 그녀가 자신이 다가가는 소리를 들을 수 있을지 궁금해졌다. 공포에 사로잡히고 지친 그녀의 육신에 잠깐이라도 잠이 찾아들었을까?

"에밀리!"

그가 멀리에서 외쳤다.

그는 소리가 들리는지 기다렸다. 매미와 새만 그의 부름에 답할 뿐이다.

"죽은 건 아니겠지?"

그가 그저 반농담으로 다시 소리쳤다. 대답할 수 있는 것은 그가 사랑해 마지않는 늪지대뿐이다.

그가 재빨리 빽빽한 숲으로 들어가 나무 덱(Deck) 길에서 내려가 에밀리를 남겨 둔 울타리 쪽으로 향했다. 그는 불안과 흥분에 싸여 있었다.

"에밀리, 날 용서해 주면 좋겠어."

그가 웃음소리를 억누르며 중얼거렸다.

그가 울타리 근처 공터로 들어가 그녀를 발견했다. 그녀가 거의 똑바로 선 자세로 울타리를 등지고 기대 있다. 철망 울타리가 그녀 뒤쪽으로 굽어 큼직한 틈을 만들어 주고 있었다. 그녀는 움직이지 않았다. 잠깐 동안 그는 그녀가 죽었을지도 모른다고 생각했다.

아니, 아니, 그러면 곤란하지.

그가 유심히 살피며 재빨리 그녀를 향해 성큼성큼 걸어갔다. 그녀는 아직 죽을 수 없다. 그러면 그의 계획이 전부 엉망이 될 것이다. 그녀는 그의 메시지, 경고가 되어야 한다.

그가 꼼짝도 하지 않는 형체로 다가가면서 눈을 가늘게 떴다. 쭈그려 앉자 자기 앞에 놓인 사람이 에밀리가 아님을 알았다. 케이티다.

머릿속으로 상황을 정리하는 사이 그의 심장 박동이 빨라졌다.

칼이 빗나갔다.

왜 그랬는지 모르지만 칼이 척수를 빗나간 것이 틀림없

다. 지난밤 그가 떠날 때 그녀는 움직일 수 있는 상태였던 것이 분명하다. 그의 머리가 빠르게 돌아가고 그가 구멍 사이로 팔을 넣어 보았다. 에밀리가 그를 이겼다. 그녀가 케이티를 여기까지 끌고 와 그녀의 몸이 전기 펄스를 흡수하게 한 것이다. 에밀리가 케이티를 전선관 삼아 그녀 위로 기어 올라가 탈출한 것이다. 전기 펄스가 케이티에 막혀 그녀에게는 거의, 아니 전혀 영향을 미치지 않았을 것이다.

그가 자리에 서서 자신이 만든 경기장을 둘러싼 울타리 밖 긴 풀과 넓게 펼쳐진 숲을 바라보았다. 에밀리는 가 버렸다. 그가 아침 해를 향해 눈을 감으며, 그래도 적어도 필요 이상으로 철저히 잘 준비한 것에 안도했다. 그런 상처로는 그녀가 멀리 가지 못할 테고, 멀리 간다 해도 트로픽아미드 덕에 자신의 흐릿한 코끝조차 제대로 볼 수 없을 것이다. 그가 늦지 않게 그녀를 따라잡을 수 있을 것이다. 하지만 이런 생각도 그에게 아무런 위안을 주지 못했다. 모든 것이 엉망이 되었다.

22

 렌이 잠시 숨을 돌렸다. 그러고 나서 곧장 장갑 낀 손을 뻗어 맥박을 짚었다. 눈을 감고 여자의 경동맥을 촉진하는 데 집중했다. 경동맥을 살짝 누르고 약해도 좋으니 생명을 감지하려고 필사적으로 애를 썼다. 그녀의 손가락 밑에서 희생자의 맥박이 아주 미세하게 느껴졌다.
 렌의 세계가 선명한 총천연색으로 밝아졌다. 그녀가 흥분한 눈으로 응급구조사들을 쳐다보며 외쳤다.
 "두 분 차례예요! 맥박이 있어요!"
 두 구조사가 곧바로 움직였다. 그들이 희생자를 약간 옆으로 기울여 셔츠 허리께에 짙은 핏자국을 남긴 원천을 찾아냈다.
 "경추에 상처가 있어요."
 남자 구조사가 충격에서 벗어나 집중력과 전문성을 되찾

고 상태를 보고했다.

"그런데 상처가, 저기, 치료된 것 같아요."

렌이 믿을 수 없다는 듯 몸을 숙였다.

"뭐라고요?"

그녀가 여자의 등 위쪽 상처에 붙어 있는 피 묻은 붕대를 응시했다.

"상처에 붕대를 붙였다고요?"

렌이 혼란한 듯 이마를 찡그리며 물었다.

"전에는 이런 적이 없거든요. 사실 지금까지 이런 일을 한 살인자는 한 명도 떠오르지 않아요."

르루가 그의 손에서 요란하게 울리는 요리용 타이머를 끄려고 애를 쓰며 고개를 저었다. 옆에 있는 경찰관이 가만히 그것을 가져다 딸깍 눌러 껐다. 더 먼 곳에서는 다른 경찰관이 폴리스 라인을 치고 현장 지원을 요청하라고 다른 경찰관들에게 큰 소리로 명령하는 소리가 들렸다.

"환자를 꺼냅시다. 우선 환자를 안정시켜야 해요."

구조사가 지시하듯 말했다. 그들이 렌의 도움을 받아 여자를 관에서 조심조심 옮겼다. 그들은 이미 여러 가지 생명 구조 장비를 부착했고 오랜 훈련 덕에 순조롭게 구조 작업을 해 나갔다. 렌이 잠시 관 속을 다시 들여다보다 다른 사람의 해골이 한쪽에 치워져 있는 것을 알아차리고 숨을 급히 들이마셨다. 이 희생자는 관의 원래 주인과 함께 매장되었던 것이다. 지금으로서는 그녀가 관에 들어갈 때 의식이 있었는지 알기 어렵다. 렌은 산 채 묻히는 악몽에 관해 오래 생각할 수 없었다. 르루가 어깨를 툭 치자 그녀는 생각에서 퍼뜩 깨어났다.

"뚜껑을 봐요."

그가 무뚝뚝하게 말하며 그녀의 눈을 똑바로 바라봤다.

오래된 나무가 어지럽게 긁힌 자국들을 보자 렌의 최악의 공포가 현실이 되었다. 그것은 마치 공포 영화에서 튀어나온 것처럼 보인다. 〈양들의 침묵〉의 버펄로 빌이 희생자들을 가둔 악명 높은 구덩이 속 돌에 박힌 깨진 손톱은 렌의 기억에 영원히 각인되어 있는데, 지금 영화 화면 밖에서 그와 비슷한 현실을 대면한 것이다. 어떤 자국에는 피가 묻어 있고, 희생자의 손을 휙 보니 피가 날 때까지 손톱으로 긁었다는 것을 알 수 있다. 무덤에 묻힌 후 어느 시점에는 어디에 있는지 알아차릴 정도로 의식이 있었던 것이다. 자신을 가둔 나무 뚜껑을, 나무 반대편에서 1미터 깊이의 흙이 기다릴 줄 모르고 그녀가 얼마나 오랫동안 헛되이 긁어 내려 애썼을지는 아무도 모른다.

"이 여자는 살아 있어요, 존."

렌이 긁힌 자국들에 시선을 고정한 채 마침내 말했다.

"맥박이 있고, 나중에 이 자식이 누구인지 기억할 거예요. 그게 중요해요."

르루가 넥타이를 느슨하게 풀었다. 그의 입은 굳게 닫혀 있고 눈에는 간절한 희망 대신 패배의 충격적 섬광이 서려 있다.

"나랑 같은 걸 본 게 맞아요, 멀러? 이 여자는 죽은 거나 거의 다름없어요. 오늘 밤 결국 검시실 침대에 있게 된다고 해도 놀랍지 않을 거예요."

그가 침을 뱉고 몸을 돌려 무심히 흙덩어리를 던졌다.

"빌어먹을 자식이 우리를 가지고 놀았고, 우리는 속아 넘어갔어요."

렌도 같은 생각이었다. 자기 손으로 맥박을 느꼈지만 기껏해야 미미한 정도였다. 희생자가 깨어난다 해도 그녀의 뇌가 뭐라도 명확하게 기억할 가능성은 거의 없다. 하지만 렌은 그 말을 하지 않았다.

"아니에요. 그는 우리를 가지고 놀지 못했어요."

르루가 홱 돌아 그녀를 마주 보았다.

"어떻게 지금 그런 헛소리를 할 수 있어요, 멀러? 그가 우리를 가지고 놀지 못했다고요? 우리는 그 자식이 발견하라고 놔둔 그따위 시계 하나 믿고 서둘러 달려온 바보처럼 보인다고요. 그게 바로 그 자식이 원한 것이었어요."

그의 목소리는 렌이 지금껏 들어 본 적 없는 공격적 어조였다. 그녀는 그런 그의 어조가 두렵지 않고 걱정이 될 뿐이다. 그녀가 천천히 숨을 들이쉰 다음 대답했다.

"아니에요, 존. 그자는 이 여자를 죽일 계획이었어요. 우리를 거짓 희망으로 채우고, 관 속에서 죽은 여자를 발견할 여유밖에 주지 않고 뚜껑이 열리는 걸 엿볼 계획이었어요. 그게 그자의 계획이었고, 계획대로 되지 않았어요."

르루가 누그러지자 그녀가 말을 이었다.

"우리는 뚜껑을 열고 그 속에서 살아 있는 사람을 발견했어요. 그를 보고, 그의 말을 듣고, 빌어먹을, 그의 냄새를 맡았을 사람이죠. 그리고 그녀가 깨어나면 설령 우리에게 수사가 가능하게 옳은 방향으로 이끌어 주지 못한다 해도 그녀를, 한 사람을 살렸다는 사실은 변하지 않을 거예요. 그는 실패했어요. 앞으로 어떤 일이 벌어지든 그는 이미 실패한 거예요."

렌이 먼저 구덩이에서 빠져나가 몸을 숙이고 바지를 털었다. 르루가 고개를 젖히고 앓는 소리를 냈다. 예전의 지친 모습이 다시 얼굴에 드러났다. 그도 일어나 렌을 따라 입구로 향했다. 둘은 발걸음을 나란히 했다. 그들은 목숨을 살리려고 애쓰느라 둘 다 녹초가 된 터라 숨을 가쁘게 내쉬었다. 렌의 머리카락은 묶인 것보다 빠져나온 것이 더 많고 피부는 벌게지고 땀과 뒤범벅된 흙이 잔뜩 묻어 있었다. 르루의 머리카락은 젖은 채 제멋대로 헝클어지고 셔츠도 땀으로 흠뻑 젖었다. 그들은 이 순간에서 멀어져 가며 오늘 하루의 고된 수고가 무의미하지 않았다고 스스로 믿으려 애썼다.

"그가 이 일을 다르게 계획했다고 했죠. 그 자식이 희열을 느끼지 못했다니 다행이에요."

르루가 수긍했다.

"하지만 그건 참가상이나 다름없어요. 그걸 선반에 장식하고 잠깐은 우쭐할 수 있겠지만 그건 결코 진짜가 아니에요. 진짜 승리가 아니라고요. 죄 없는 사람이 한 명이라도 더 목숨을 잃을지 말지가 내 손에 달려 있어요."

PART
TWO

23

 제러미가 근처 무덤에 몸을 기댔다. 오늘 아침에는 습도가 높아 그는 투명하게 펼쳐진 하늘을 보려고 고개를 젖히며 팔로 이마에 맺힌 땀을 닦았다. 세인트루이스 공동묘지는 고요한데, 관광객으로 꽉 차 있을 때도 그렇다. 이제 그들이 그의 희생자를 파내 그에게 실패자라는 낙인을 찍은 지 거의 하루가 지났고, 이곳은 왠지 전보다 훨씬 더 산 자의 세계와 단절된 것처럼 느껴진다.

 뉴올리언스의 매장과 관련해서는 언제나 전설이 풍부하다. 지하수면 위에 있는 이 도시의 땅은 갓 죽은 시체가 묻히기에 가장 불리한 환경에 속한다. 지하에 묻힌 관에 물이 차고 조금만 홍수가 져도 결국 관이 땅 위로 떠오른다. 시체를 무거운 것으로 눌러 놓은 초기 매장사들의 노력은 결국 수압 상승에 거의 언제나 굴복했다. 뉴올리언스 거리에

관들이 떠다니기 시작하면서 새로운 해법이 필요해졌다. 이제 망자들은 땅 위에 묻힌다. 한곳에 모여 있는 미로 같은 무덤은 으스스한 분위기를 자아내 이곳에 죽은 자의 도시라는 이름을 붙여 주었다. 이곳이 부두교의 여왕이랄 수 있는 유명한 마리 라보의 집이라는 점도 잘 어울린다. 지금껏 오랫동안 방문객들은 가장 이루기 어려운 꿈을 그녀가 실현해 주리라는 희망을 품고 그녀의 시체를 둘러싼 돌에 X 표를 세 개씩 그렸다.

이제 지상의 묘지 구역으로 들어가는 것은 허용되지 않는다. 뉴올리언스 교구는 사람들이 계속 무덤을 허물어뜨리자 엄격한 규정을 만들었다. 무너져 가는 이 무덤들은 그대로 아름답지만 무덤에 빛이 비쳐 들면 오래전에 입혀진 천 쪼가리로 빈약하게 가려진 탈구된 해골을 누구나 훔쳐볼 수 있게 될지 모른다. 시 당국은 서둘러 죽은 자들의 존엄성을 보호해야 했다.

하지만 제러미는 간단히 울타리를 뛰어넘어 금지된 세계로 들어갔다.

그는 지난번 이 시간, 이 자리에서 보안 카메라를 망가뜨리고 희생자를 문으로 끌고 들어와 땅속에 묻기 위해 얼마나 서둘러야 했었는지 기억을 떠올렸다. 그는 그러기 전에 조사를 했다. 이 자리가 오래된 지하 매장지이고 시멘트 벽 너머로 안전하게 들어가기만 하면 습한 땅에 있는 얕은 무덤이야 쉽게 팔 수 있다는 것을 알았다. 그는 낡고 잘 부서지는 관 뚜껑을 비틀어 열고 자신이 끌고 온 사람을 넣기 위해 해체된 뼈들을 한쪽으로 치웠다. 무엇보다도 주머니에서 작고 약해 보이는 팔찌를 꺼내 왼 팔목에 채운 다음 그녀를 훔친 무덤 속에 묻은 일은 아주 기분 좋은 기억이다.

제러미는 살인자들이 범행 현장에 다시 돌아온다는 오래된 상투적 믿음을 생각해 내고 지난 몇 시간 동안 느낀 실망감을 딛고 약간의 유머를 발견했다. 그로서는 재즈 축제 장소로 돌아가느니 기괴하고 우아한 공동묘지에서 상투적인 인간이 되는 편이 훨씬 낫다고 생각했다.

그가 주위에서 소란스럽게 술과 음식을 먹고 춤추고 웃던 사람들의 소용돌이를 다시 떠올렸다. 공기가 습하고 답답했지만 온도에 민감한 사람도 오후에는 에어컨의 안락함에서 빠져나오게 할 정도로 미풍이 불었다. 살이 부패하면서 나는 메스껍고 달콤한 냄새가 축제 음식의 악취와 섞이자 그는 안심이 되면서 자신감이 들었다. 그는 몇 안 되는 사람들이 이틀간 부패한 시체의 자극적인 냄새가 설탕

뿌린 도넛과 세상에서 가장 맛있는 검보(Gumbo) 냄새를 누르는 것을 알아차렸을 때 얼마나 기뻤는지를 기억했다. 그때만 해도 그들은 그녀를 볼 수 없었지만 숨겨진 장소를 냄새가 드러냈다. 그녀는 비명을 못 지르게 된 다음에도 무대 밑에서 자신의 존재를 알리면서 계속 사람들을 성가시게 했다. 그는 기대감에 들떴다.

제러미가 눈을 감자 그녀가 보였다. 그는 공포에 질린 큰 눈과 마지막 남은 한 조각 희망이 어두운 늪지에서 아주 꺼지는 모습을 보았다. 이제 눈에서 빛이 모두 빠져나가고 눈꺼풀이 반쯤 감겨 졸린 듯 보인다. 얇고 곧았던 입술 선이 이제 느슨하고 태만해 보인다. 마치 무슨 말을 하고 싶지만 할 수 없는 듯 보인다. 죽은 이는 목소리를 영원히 빼앗긴다. 그들은 마지막에 범죄 현장이나 검시실 탁자에 이르기 전에 실제로 어떤 일을 겪었는지 말해 줄 방법이 없는, 무력한 생체 조직이 담긴 껍데기일 뿐이다. 죽음이 찾아오기 전에는 누구도 죽기 전의 완전한 외로움을 알 수 없다. 심장이 멈출 때 어떤 일이 일어나는지는 생리학으로 정확히 설명할 수 있지만, 다른 사람이 자신의 생명을 끝낸다는 것을 깨달은 순간 영혼에서 흘러나오는 극심한 괴로움은 설명할 수 없다.

처음 꼼꼼하게 계획을 세운 후 모든 일이 실패로 돌아간 지금 제러미는 텅 빈 공동묘지를 서성거리며 마음을 가라앉히려 이 기억들에 매달렸다. 더 큰 사명, 거의 7년 전에 시작했고 다시는 잊어버리지 않을 사명을 되새겼다. 더 이상 실수하면 안 돼.

24

 그들이 병원을 떠난 지 몇 시간 지나지 않아 전화가 왔다. 희생자는 호흡 곤란을 일으켰다가 결국 질식해서 숨졌다. 비상 대기 중이던 의사와 간호사들이 환자를 살리려고 인공호흡을 시도했지만 그녀의 몸은 기능을 멈췄다. 사망 보고서에는 6번 경추 부위의 척수 신경근이 자상으로 절단되었다고 나와 있다. 그녀는 허리 아래로는 마비된 상태였다. 렌은 이 사실을 알고 본능적으로 다리를 흔들어 보았다.
 의사들은 렌이 짐작한 대로 살인자가 자신이 낸 상처를 치료했다고도 썼다. 혈액 손실은 치료하지 않고 두었을 경우에도 심각하지 않아 결정적인 사인은 아니었을 것으로 보였다. 혈액 검사 결과가 희생자의 운명을 훨씬 분명히 보여 주었다. 그녀의 몸에서는 많지도 적지도 않은 독미나리 성분이 검출됐고, 그녀가 산 채로 묻히기 전 정맥 주사로 투여됐을 것으로 보인다. 살인자가 계획적으로 시작한 일을 독미나리가 끝냈다. 렌은 보고서를 처음 읽고 이 대목을 오래 생각했다. 그것은 문학 작품에 자주 나오는 독이고, 그녀는 그 사실로 살인자에 관해 무엇을 알 수 있을지 생각했다.

그 시체가 이제 차갑게 식은 채 그녀의 검시실 작업대에 누워 있고 렌은 병원에서 본 그녀 부모의 얼굴을 떠올렸다. 눈물로 얼룩진 그들의 뺨과 피곤에 지친 눈이 그녀의 기억에 각인됐다. 그녀는 딸이 어느 정도의 공포를 견뎠으며, 무엇을 보고 느끼고 어떤 고통을 겪었는지 그들이 알게 되면 얼마나 슬퍼할지 상상조차 할 수 없었다. 이 살인자의 범죄는 공기로 전파되는 바이러스같이 주된 목표로 가는 길에 있는 모든 사람을 감염시킨다. 그에게는 그것이 모두 부수적 피해이지만 관련된 실제 사람들의 삶은 송두리째 흔들린다. 그들은 살아 있는 딸을 잠깐 되찾았지만 결국 희망이 꺾였다. 그러나 이 상황에서는 어쩌면 죽음만이 진정한 자비일지라도 모른다.

렌이 몇 시간 전 희생자가 숨을 거둔 병원에서 가져온 초록색 소지품 봉투를 쏟아 놓았다. 내용물이 철제 작업대 위 그녀의 시체 옆으로 쏟아졌다. 들어 있는 것이 많지 않다. 흙과 얼룩이 묻은 옷은 의사들이 응급실에서 그녀를 살리려 애쓸 때 잘리고 벗겨졌다. 갈가리 잘린 흰색 티셔츠의 뒷면은 마른 피로 갈색이 되어 있었다. 오른쪽 소매에 말라붙은 토사물은 그녀가 의식을 잃은 다음에 묻은 것으로 보인다. 청바지에 진흙이 덕지덕지 묻어 있다. 렌은 때 이른 죽음에 이르기 전 이 여자에게 무슨 일이 일어났는지 정확히 알아낼 작정이지만 진실을 알게 될까 봐 두렵기도 하다. 그녀는 희생자에게 의식이 있던 마지막 몇 시간 동안 공포 영화 감독조차 상상하지 못할 일들이 일어났으리라는 것을 안다.

렌이 옷을 한쪽으로 치우고 봉투에서 꺼낸 내용물을 다시 살폈다. 한 가지만 남아 있었다. 옷 말고 희생자가 가지고 있던 물건은 보고서에 따르면 왼쪽 손목에서 벗겨 낸 팔찌뿐이었다. 렌의 시선이 장신구에 고정되었다.

그 팔찌는 아주 섬세하게 만들어진 작은 은색의— 해부학적으로 정밀하게 묘사한— 심장 모양 장식이 달려 있었으며, 한쪽 면에는 작은 E자가 새겨져 있었다. 그녀의 동공은 믿기지 않는다는 듯 초점을 맞췄다가 다시 흐려졌다. 그녀는 장갑 낀 손으로 그것을 만져 보았다. 정말로 그것이 여기에, 이 방 안에 있다는 것을 증명하려는 듯. 손끝은 차가운 금속과 닿았다. 먼저 심장 모양의 정교한 장식, 그리고 그다음은 팔찌의 나머지 부분, 그것은 실제였다. 그리고 지금, 여기에 있다.

생각이 뒤죽박죽 얽혔다. 이해할 수 없는 생각들이 빠르게 지나갔다. 긁힌 시디가 튀는 소리가 머릿속에서 끊임없이 들리는 것 같다. 그녀는 이 팔찌를 안다. 이것은 다른 생에서 그녀의 것이었다. 지금 그녀는 평소에 자신이 가장 유능하고 강하다고 느끼는 곳에서, 이 팔찌를 차던 다른 자신과 몇 광년 떨어진 곳에서 다시 그것을 쥐고 서 있다.

이 팔찌는 에밀리 멀로니의 것이다.

이 팔찌는 렌 멀러의 것이다.

25

 제러미는 자신의 화려한 귀환이 어째서 시작부터 덜컹거렸는지 생각하지 않을 수 없었다. 7년. 7년간의 계획과 노력이 이렇게 실망스러운 결과로 이어지다니. 어제 그는 어쩔 수 없이 공동묘지 바깥에 숨은 채, 계획과 달리 전혀 즐겁거나 유리하지 않은 입장에서 일이 완전히 실패하는 것을 무력하게 지켜보았다. 실패를 쉽게 받아들이는 사람은 없겠지만 제러미는 실패가 유난히 더 고통스럽다. 그동안 대개 잘 피해 왔건만 이제 그는 실패에 잠식당하고 있다. 완전히, 전부.

 그는 자기 사건을 수사해 온 사람들의 특정한 기억을 되살리려고 희생자와 살인 방법을 처음부터 꼼꼼하게 계획했다. 그는 여러 가지 단서를 남겼고, 그 가운데는 알아내기 쉬운 것도 있었다. 그가 한 여자의 목에 구겨 넣은 《가장 위험한 게임(The Most Dangerous Game)》(1924년 리처드 코넬이 발표한 단편 소설. 섬에서 벌어지는 인간 사냥에 관한 이야기로, 대중문화에 큰 영향을 미쳐 수많은 영화와 텔레비전 드라마 등으로 각색되었다.-옮긴이)의 몇 쪽은 너무 뻔해 거의 희극적이었다. 그를 잡으려고 혈안이 된 딱한 사람들에게 힘을 과시하다니 오만했는지 모르지만 그는 에밀리를 불러내는 데 전념했다. 그는 그녀가 과거의 삶, 진짜 삶을 기억하기를 바랐다. 그리고 마음속에서는 이미 그녀가 어두운 늪지대에서 겁먹은 토끼처럼 그를 피해 도망가던 장소로 다시 돌아가는 희열을 느낄 수 있었다.

이렇게 오랜 시간이 지났건만 수많은 기억이 희미해진 지금도, 그의 머릿속에 가장 또렷이 남아 있는 것은 그녀의 탈출이었다. 7년 전 그날 아침, 자신의 경기장에 들어서서 에밀리가 탈출한 흔적을 눈앞에 목격했을 때, 그는 견딜 수 없을 만큼 고통스러웠다. 특히 그 즉시 맷과 케이티의 시신을 처리하고, 자신의 실험과 관련된 모든 흔적을 은폐해야 했기 때문에 더욱 그랬다. 그는 그 실패 안에서 수년을 살았다. 집요하게 계획을 다듬고, 다시는 같은 감정을 느끼지 않도록, 완벽하게 준비했다. 그리고 무엇보다— 그녀가 숨을 거두는 순간, 그 마지막 숨을 앗아가는 사람이 반드시 자신이어야 한다는 것, 그것이 그의 집착이 되었다. 에밀리의 죽음은 그의 손으로 연출되어야 한다. 그것만이 완성이다.

꼼꼼하게 계획한 순간이 다시 산산조각 나는 것을 보자 그는 속이 부글부글 끓었다. 그는 인형극을 선보이며 줄을 너무 세게 당겼다. 긴장감에 줄이 끊어지고, 결국 무대 뒤에 숨겨졌던 인물이 드러나고 말았다. 그 장면은 거의 완벽했고, 그가 의도한 공연과 거의 일치했다.

아직 끝난 건 아니다. 아직 할 일이 남아 있다. 하지만 지금 그의 귀에 생생하게 맴도는 건 오직, 삽이 흙을 가르며 반복적으로 땅을 파고 들어가는 소리, 거칠고 빠르게 내쉬는 가쁜 숨소리, 파란 방수포 안쪽에서 힘겹게 숨을 몰아쉬며 중얼거리는 사람들 소리, 그리고 무덤 흙으로 뒤범벅이 된 경찰과 구급대원들의 소리뿐이다. 팔과 손으로 흙을 퍼내며 안간힘을 쓰던 그들 사이로, 70대 남자가 삽 두 자루를 들고 그들 앞에 나타났다. 제러미는 그런 친절을 목격한 기억이 없지만 예상치 못한 도움에도 불구하고 그들이 곧 파국을 맞으리라 확신했다.

그것이 줄곧 위험한 일이었음은 그도 인정한다. 이 정도 규모의 일에는 성공에 대한 확실한 보장이 없지만 그는 믿음을 갖고 과감하게 행동했다. 머릿속에서 종이 울렸고, 그

울림은 그에게 황홀하게 다가왔다. 정적을 뚫고 울려 퍼지는 그 소리는 마치 상황에 어울리지 않는 농담처럼 거칠고 위압적이었다. 제러미는 거리 쪽으로 몸을 돌리고 연인의 사랑에 만족감을 느끼는 사람처럼 공동묘지 벽에 등을 기댔다.

당연한 일이지만 그다음에 일어난 모든 일은 그가 느낀 만족감을 모두 하찮게 만들었다.

"두 분 차례예요! 맥박이 있어요!"

그 말이 지금도 뇌리에서 지워지지 않는다. 하루가 지났건만 그는 그녀의 말을 한껏 오만한 어조로 몇 번이고 다시 들을 수 있었다. 그녀는 전율하며 그 말을 시위에 메긴 다음 노련한 궁수처럼 시위를 팽팽하게 당겨 발사했다. 그 말이 지금도 그를 찌른다.

처음에 제러미는 예상을 깨고 살아남은 희생자가 자기 얼굴을 보았다는 생각에, 그녀가 자신의 이름과 가명까지 안다는 생각에 공포에 질렸다. 하지만 그는 그녀가 마비와 심각한 산소 결핍을 이겨 낸다 해도 그를 실질적으로 위험에 빠뜨릴 정도로 정신을 회복하지 못하리라는 것을 알고 금세 마음이 편해졌다. 그 작은 상자 속에서 근육 경련이 일어나고 발작이 거의 계속된 탓에 영구적 신경 손상이 일어났을 터였다. 그녀의 뇌는 망가졌음이 분명했다.

게다가 제러미는 사소한 오차도 없이 청사진대로 진행되는 계획은 드물다는 것을 처음부터 알았다. 바로 그런 이유로 만일의 사태에 대비해 계획을 세우는 것이고, 제러미는 희생자를 마지막 안식처에 데려다 놓기에 앞서 잠든 그녀에게 독미나리 추출액을 주입했다. 그리고 지금 그 철저한 대비에 감사했다. 물론 그녀가 시체로 발굴되었다면 더 좋았겠지만 그냥 실패로 끝나는 것보다야 대비책을 세우는 것이 훨씬 안전하니까. 독미나리가 혈관을 타고 흐르자 호흡 곤란이 이 계획을 마무리했다.

소크라테스와 똑같이.

그는 신들을 모독하고 젊은이들을 타락시킨 죄목으로 재판받을 당시 70세였다. 동료 시민들로 이루어진 배심원단에게 두 죄목 모두 유죄를 선고받을 때 그는 스스로 사형을 집행하라는 판결을 들었다. 고대 그리스에서는 모든 것이 연극적이었다. 소크라테스는 서둘러 감옥으로 호송돼 독미나리 차를 건네받았다. 그리고 그것을 마신 다음 다리에서 힘이 빠질 때까지 계속 걸어 다녀야 했다. 역사는 우리가 그의 죽음이 조화로웠다고 믿기를 바란다. 그가 철저한 금욕주의자처럼 지시를 이행했다고 믿기를 바란다. 하지만 제러미는 독미나리가 구토, 발작, 호흡 곤란 같은 손상을 입힐 수 있다는 것을 알고 있었고, 마지막 희생자에게서 역사의 반복을 보아 기뻤다.

제러미는 과거의 실패를 곱씹어선 안 된다는 것을 안다. 그는 자신이 부주의해질 정도로 점점 그것에 집착한다는 것을 느끼지만 땅을 향해 급강하하는 비행기처럼 스스로 멈출 수가 없다.

26

 굴뚝새(Wren)는 정말 멋진 작은 생물이며, 부활과 보호, 불멸을 상징한다. 굴뚝새보다 큰 새들이나 포식자들은 몸집이 작다는 이유로 굴뚝새의 놀라운 재주와 지능을 과소평가한다. 굴뚝새는 약한 생물이지만 위험을 감지하면 한 수 앞서 행동함으로써 준비가 덜 된 포식자를 이긴다.

 이 모든 이유로 그녀는 자기 이름을 렌으로 골랐다.

 렌 멀러, 7년 전에는 의사의 꿈을 향해 부단히 노력하던 에밀리 멀로니였다. 에밀리는 곧 자신에게 경악할 일이 닥치리라는 것을 알지 못한 채 사람을 잘 믿고 순진하며 더없이 행복했다. 완벽한 목표물이었다. 그런 다음 그녀는 실습 파트너이자 친구로 가장한 가학적 살인자에게 약물에 기절한 채 납치되고, 사냥당하고, 칼에 찔린 다음 외딴 늪지대(그녀는 지금도 그곳이 어디인지 알지 못한다.)에 유기됐다.

처음에 그녀는 조짐을 눈치채지 못한 자신을 탓했다. 그녀는 그때 일을 머릿속에서 거듭거듭 떠올렸다. 두 눈이 흐릿하고 화끈거리는 가운데 땅에 쓰러져 몇 년처럼 느껴지는 시간을 어떻게 기다렸는지, 허리가 얼마나 욱신거리고 머리는 얼마나 지끈거렸는지, 그가 돌아올까 봐 두려워 움직이지도 못 하고 꼼짝도 하지 못한 채 어떻게 떨고 있었는지, 그녀는 담즙처럼 일어 목구멍을 가득 채운 두려움 속에서 익사할지도 모른다고 생각했다. 하지만 마침내 두려움이 서서히 사라졌다. 그가 그녀의 몸과 정신에 가한 고문은 치유됐다. 그녀는 살아남는 법을 배우고, 결국 앞으로 나아가는 법도 배웠다.

하지만 다시 칼의 뒤틀린 미소가 머릿속을 떠나지 않았다.

그녀는 시간을 거슬러 그때의 저주받은 늪지대로 옮겨져 피 흘리며 멍든 자신을 보고, 허리에 난 깊은 상처를 만져보려 뒤쪽을 더듬었다. 그가 과녁을 빗맞혔다. 상처는 냈지만 척수를 빗맞혀 의도대로 그녀를 마비시키지 못했다. 그때 그들은 결국 둘 다 의학대학원 2년 차에 지나지 않았다. 그녀는 스펀지 같은 땅 위로 케이티의 시체를 끌고 가던 일을 기억했다. 그날 밤 그녀의 눈은 눈꺼풀을 움직일 때마다 마치 거친 사포가 문지르는 듯 따갑고 불편했지만 아드레날린이 숨 막히는 고통과 피로를 견디게 해 주었다. 그녀는 울타리를 안심하고 넘어가려면 전류를 다른 방향으로 돌려야 한다는 것을 알았고, 온 힘을 다해 축 늘어진 케이티의 시체를 울타리로 밀쳐 놓았다. 케이티의 시체를 타고 넘을 때 어떤 느낌이었는지 지금은 기억나지 않지만, 그녀는 뇌가 온전한 감각 기억에서 스스로를 보호했다는 데에는 조용히 감사한다. 하지만 달리던 일은 기억한다. 그녀는 수 킬로미터를 달렸고, 마치 물속을 헤쳐 나가는 것 같았다.

그녀는 질주하던 기억 즈음에서 눈을 깜빡이며 침을 꿀꺽 삼켰다. 이제 그녀는 칼이 늪지대 살인자였음을 안다. 그가 그녀를 죽이려 하기 전에 몇몇 여자와 남자를 죽였고, 지금 다시 살인을 시작한 것이다. 그녀가 재빨리 오른손에서 장갑을 벗고 휴대전화를 집어 들었다.

"존."

그의 이름을 말하자 그녀는 목이 메었다.

"지금 이리로 오고 있어요?"

자동차들이 지나가는 소리가 배경음으로 들린다.

"네, 5분이면 도착할 거예요. 무슨 일이에요?"

그의 목소리에 걱정이 묻어났다. 그녀는 늪지대 살인자가 누구인지 안다고, 그가 돌아왔다는 증거를 자신이 가지고 있다고 소리치고 싶었다. 그녀가 떨리는 숨을 들이마시며 팔찌를 흘낏 보았다.

"아무 일 없어요. 여기 오면 전해 줄 소식이 있어요. 꽤 중요한 일이에요. 마음의 준비를 하고 오라고요."

그녀가 너무 빠른 속도로 말한다고 생각했지만 폭탄을 맞은 것 같은 충격에서 헤어나지 못한 터라 속도를 늦출 수 없었다.

"거기 가만히 있어요. 지금 갈 테니까."

그가 친절하지만 특유의 엄격함을 유지한 어조로 말했다.

통화가 끊기자 렌은 앞에 있는 철제 작업대에 전화기를 떨어뜨렸다. 그리고 조용한 검시실에서 잠깐 자신의 숨소리를 들었다. 잠시 후 그녀가 메스 손잡이를 잡았다. 칼날의 포장을 살살 벗긴 다음 딱 소리가 나며 제대로 연결되도록 손잡이에 끼웠다.

"아직 외부 검사가 끝나지 않았어요."

그녀가 희생자에게 이야기하는 듯 큰 소리로 말했다.

그녀가 희생자의 몸통을 덮은 천 위에 메스를 내려놓고 장갑을 다시 낀 다음 얼굴 가리개 줄을 채웠다. 천을 벗기고 오른 어깨 위쪽에 메스 날을 가져가 Y형 절개를 시작하려고 준비했다. 칼날이 창백한 피부에 닿기 전 렌이 손을 멈추었다.

"실망시키지 않을게요, 에마."

그녀가 의지를 강조하려고 희생자의 이름을 부르며 약속했다. 에마의 부모님이 병원 영안실에서 생명이 빠져나간 손을 두 손으로 살며시 쥐고 에마의 이름을 말하던 괴로운 목소리가 지금도 들리는 듯했다.

"우리 에마 좀 잘 부탁드려요."

그녀의 어머니가 간곡히 부탁했다.

렌이 리셋 버튼을 누르는 것처럼 두 눈을 꼭 감았다.

"이제 당신 얘기를 들을게요."

눈물이 나려 했지만 그녀는 눈을 세게 깜빡이며 참았다. 외부 검사는 대충 할 수 없는 필수 과정이다. 절개를 시작하면 모든 것이 변한다. 렌은 이 사건에 개인적으로 관련돼 있다고 앞에 놓인 일을 위태롭게 만들 생각은 없다. 지금은 에마가 이야기할 시간이지 렌이 슬퍼할 시간이 아니다.

그녀가 장갑 낀 손으로 먼저 에마의 이마에 달라붙은 머리카락을 부드럽게 어루만졌다. 에마의 두 눈이 반만 뜨여 있어 금세 잠들려는 사람처럼 보였다. 눈꺼풀이 무겁게 내려앉아 있지만 렌은 에마의 눈이 예전에는 틀림없이 기억에 남을 만한 선명한 푸른색이었을 것이라고 생각했다. 이제 그 눈은 칙칙하고 흐릿하다. 표면의 엷고 흐린 색이 유령 같아 보인다. 그것은 죽음의 불쾌한 부작용이지만 에마 같은 눈일 경우 언제나 더 받아들이기 어렵다. 그녀가 눈꺼풀을 살짝 들어 점상 출혈의 징후가 있는지 살폈다. 그리고 희생자가 목이 졸릴 때 눈이나 눈 주변 모세혈관이 파열되지 않았음을 확인했다.

그 생각을 하자 렌의 심장 박동이 빨라지고 손이 떨렸다. 그녀는 지금껏 목구멍에 걸려 있던 울음에 아주 잠깐만 항복했다. 때로는 참지 않고 소리 내 흐느끼기만 해도 압박감이 사라지지만 그녀는 흐느끼는 대신 몸을 똑바로 세웠다. 고개를 흔들어 울음을 털어 내고 다음 부위로 손을 가져갔다.

에마의 얼굴에 삽관 튜브가 그대로 붙어 있다. 렌은 그것을 살펴본 다음 천천히 목에서 빼냈다. 튜브를 당기고 테이프를 살살 떼어 냈다. 갇혔던 공기가 에마의 입 밖으로 뿜어지며 숨소리와 비슷한, 경험 없는 사람이라면 생명의 징후로 착각하기 쉬운 소리가 났다. 그녀가 잠시 멈춰 〈양들의 침묵〉에서 법의병리학자가 버펄로 빌에게 희생된 사람의 목에서 나방 고치를 꺼내는 장면을 떠올렸다. 렌은 그가 고치를 꺼낼 때 갇혀 있던 공기가 빠져나오면 언제나 몸이 떨렸고, 자신이 어릴 때 인간의 몸과 사후에 일어나는 변화에 매혹된 데는 그 장면이 큰 영향을 미쳤다고 말하곤 했다.

에마의 팔에 여기저기 작은 멍이 있고, 그것은 땅속에 묻힌 다음 그 지하 감옥을 탈출하려 애쓰다 생긴 것이 분명하다. 이 상처들은 구타로 생긴 것이 아니다. 렌이 멍에 관해 검사 기록지에 적고 에마의 손을 들여다보며 깨진 손톱에 주목했다. 손톱 끝이 쪼개졌다는 것은 그녀가 관 속에서 깨어나 밖으로 나가려고 앞을 마구 긁었다는 의미이다. 렌이 손톱 밑에서 시료를 채취했다. 그가 희생자들의 손톱 밑에 자신의 DNA가 남게 하지 않으리라는 것을 그녀는 이미 안다. 하지만 그래도 그것은 부검의 필수 절차이다. 성실성은 정말 뜻밖의 순간에 빛을 발한다.

렌이 에마의 부모님이 의사와 간호사들을 붙잡고 자랑하던 그녀의 다리로 옮겨 갔다. 그들은 에마가 얼마나 우아하게 달렸는지 자랑했고, 그녀의 아버지는 눈물이 그렁한 눈으로 에마가 어릴 때 저녁에 자신과 함께 달리던 일을 이야기했다. 두 사람이 어떻게 서로 도전 의식을 자극하고 격려했는지 이야기하는 그의 목소리가 갈라졌다. 그는 두 사람이 유대감을 쌓던 순간들이 에마의 열정으로 바뀌었다는 점에 아주 뿌듯해했다. 에마가 허리 아래로 마비되었을 거라는 소식을 전하자 두 사람 다 큰 충격에 빠졌다. 렌은 두 사람이 딸을 잃은 크나큰 상실에 슬퍼할 수 있도록 그들 앞에서는 잘 참고 있다가 그날 밤 아무도 없는 어두운 거실에서 결국 무너져 뜨거운 눈물을 흘렸다.

더는 보도를 달릴 수 없음에도 에마의 다리는 여전히 튼튼하다. 렌이 달리기를 많이 하는 사람들에게 있는 뚜렷한 사두근을 만져 보았다. 오랫동안 훈련한 덕에 만들어진 길고 호리호리한 근육을 보았다. 이제 나무가 많은 숲 지대를 달리다 생겼을 교차된 상처들이 보인다. 렌은 에마가 신발을 신지 않고 험한 지역을 지난 듯 발에 찢긴 상처가 있는 것을 알아차렸다. 그녀는 이 같은 상처를 여러 희생자에게서 보았고, 그녀 자신도 예외가 아니었다. 그녀가 머릿속에 떠오른 이미지를 떨쳐 냈다.

"어디에 갔던 거예요?"

렌이 에마의 왼발 옆쪽에 길게 난 상처를 엄지로 문지르며 물었다.

"그자가 나를 데려간 곳으로 당신도 데려갔나요?"

르루가 건물 입구를 지나오는 소리가 들리고, 두 검시 보조원에게 농담을 건네는 목소리가 복도에 울렸다. 그가 전

염성 강한 웃음을 터뜨리자 뒤죽박죽이던 렌의 생각이 갑자기 정리되었다. 르루가 버튼을 눌러 검시실의 자동문을 열었다.

"자, 멀러, 무슨 일이에요?"

그가 문을 지나며 물었다. 진심으로 걱정하는 얼굴이지만 렌은 어떤 폭탄을 먼저 떨어뜨릴지 고심했다. 그녀가 에마의 외부 검사 기록지를 끼운 철제 클립보드를 쥔 채 그를 향해 돌아섰다.

"존, 살인자가 희생자들을 어디에서 쫓아다녔는지 단서를 찾았나요?"

그녀가 스스로 답을 찾던 질문을 했다.

"바로 그 얘기를 해도 되겠어요?"

그녀가 목소리를 가다듬고 손을 뻗어 차가운 금속 작업대를 잡았다.

그녀가 고개를 끄덕였다.

"되다마다요."

르루가 회전 스툴에 앉았다.

"마지막 희생자들에게 우거진 숲을 달리다가 생긴 듯한 상처들이 있다는 기록을 보고 우리는 그게 중요하다고 봤어요. 그 자식은 확실히 추격, 더 정확히는 사냥을 좋아해요."

그가 숨을 돌리고 계속했다.

"하지만 그 자식이 어디에서 그럴 수 있는지 알아낼 수가 없어요."

"통제된 환경이에요."

렌이 그의 생각을 대신 말했다. 르루가 웃음을 띠었다.

"정확해요. 희생자들이 겪은 모든 시련을 그 자식이 통제하지 않았을 가능성은 빌어먹게 전혀 없어요. 그들이 도망칠 걱정 없이 자신이 원하는 대로 할 수 있는 곳이어야 해요. 가장된 위험이죠."

"그자에게 집이 있어요."

그녀가 르루를 쳐다보지 않고 말하고, 그가 고개를 끄덕였다.

"당연하죠. 우리가 보는 상처들은 잘 손질된 뒤뜰을 달리다 생긴 게 아니니, 그 자식에게는 개발하지 않은 꽤 넓은 땅이 있다고 봐야겠죠."

르루가 심사숙고할 때 자주 그러듯 일어나 주머니에 손을 넣었다. 그가 걸음을 옮기다 해부 모형을 보려고 멈췄다. 렌이 침을 삼켰다.

"그자는 부모님 집을 물려받았어요."

그녀가 마침내 거의 속삭이는 소리로 말했다.

"그렇게 엄청난 추측을 할 땐 준비 운동을 좀 하고요. 준비 운동도 없이 얘기를 그렇게 뛰어넘으면 어떻게 해요!"

그가 이마를 찌푸리고 웃으며 그녀를 쳐다보았다.

렌이 입술의 껍질을 이로 뜯으며, 자신이 아는 것을 조리 있게 전달하려고 생각을 가다듬었다. 잠시 후 그녀가 르루 쪽으로 고개를 돌렸다.

"그냥 아무렇게나 말하는 게 아니에요, 존. 누가 이런 짓을 벌이는지 내가 안다고요."

르루가 얼굴을 찡그리더니 못 믿겠다는 듯 또 히죽거렸다.

"무슨 말이에요? 멀러, 전화로 하려던 얘기가 이거예요?"

"더 있어요. 나는 이 남자를 알아요. 그는 유능하고 똑똑하고, 돌아가신 부모님의 땅에 정착한 것 같아요."

그녀가 르루를 바라보고, 그는 그녀가 지금 날 수 있다고 말하기라도 하는 듯 그녀를 바라보았다.

"그는 칼이에요."

"칼요? 빌어먹을 칼이 누군데요? 내가 알아야 하는 이름이에요? 성은요?"

그가 더듬거리며 말했다.

"존, 7년 전 늪지대 살인자에게 당하고 살아남은 여자 기억해요?"

"네, 에밀리 어쩌고였죠. 아버지 서류에서 읽은 적 있어요. 그거랑 이 일이 무슨 상관이라는 거예요?"

렌이 숨을 들이마시고 그와 눈을 맞추었다.

"멀로니예요. 그리고 나예요. 내가 에밀리 멀로니예요."

마치 유령이라도 나타난 것 같다. 할 말을 찾으려 애쓰는 르루의 얼굴이 창백해졌다. 그가 머릿속에서 이 모든 사실을 연결하려 노력하며 시선을 떨구었다. 그가 그녀의 눈에서 확증을 찾으려고 다시 그녀를 바라보았다. 렌이 고개를 끄덕였다. 그녀가 준비될 때까지 그가 침묵을 지켰다.

"멀러는 아시다시피 결혼하면서 얻은 성이고, 음, 나는 언제나 굴뚝새를 동경했달까요. 내가 숨기에 딱 맞는 이름이라고 생각했어요."

그가 숨을 크게 내쉬며 믿지 못하겠다는 듯 거의 웃음을 지었다.

"어울리는 이름이에요."

그가 마침내 말했다.

"고마워요, 존."

그녀가 갑자기 마음이 가벼워져 입술을 오므렸다.

"우리 아버지가 그 사건을 맡았었지요."

그가 마음을 가라앉히려 애쓰며 말했다.

"그러셨죠. 사실 그분이 아주 잘 기억나요. 오직 그분만 내 말을 듣고 나를 진심으로 믿어 주셨거든요."

그녀가 말하고는 스툴에 앉아 눈을 꼭 감았다.

"나를 조사한 경찰관들은 내가 약에 취했거나 정신적 충격 때문에 그저 혼란한 거라고 생각했어요. 그가 어디에서 그런 짓을 했는지 알려 줄 수가 없었거든요. 나는 거의 실명 상태로 그곳에서 깨어났고, 도망쳐서는 방향도 모르고 수 킬로미터를 달렸어요. 그곳이 같은 지역에 있었는지조차 알 수 없었어요. 나는 수사에 무용지물이었고, 그들은 화를 냈어요."

르루가 정신없이 머리를 굴리는 것 같았다. 그러더니 말을 하려다 멈추었다. 렌이 계속했다.

"다른 목격자들은 살인자가 금발이라고 했다는데 내 진술은 일치하지 않았죠."

"유감이에요, 멀러. 무슨 말을 하면 좋을지 모르겠어요."

"나를 만날 때는 머리를 갈색으로 염색한 게 틀림없어요. 그렇게 말했지만 내 말을 무시했어요!"

렌이 흐느낌을 참지 못하고 앞으로 휘청이다 르루의 팔에 쓰러졌다. 그가 그녀를 꼭 끌어안고 두 사람은 함께 바닥에 주저앉았다.

"미안해요, 멀러. 미안해요."

차가운 바닥에 앉아 둘이 몸을 맞댄 채, 그가 거듭거듭 말했다.

"미안해할 필요 없어요, 존."

그녀가 마음을 가라앉히려 눈을 비비며 대답했다.

"그 일은 극복했어요. 받아들이고 사는 법을 배웠어요. 하지만 그가 돌아왔어요. 나는 그자가 돌아온 걸 알아요. 늪지대 살인자, 칼이에요."

그녀가 냉정을 되찾고 그와 시선을 맞춘 다음 자리에서 일어나 방을 가로질러 갔다. 그도 바닥에서 천천히 몸을 일으켰다. 잠시 후 그녀가 팔찌를 가지고 돌아와 그것을 그의 손에 내려놓자, 그가 그것을 조심스레 두 번 뒤집어 보았다.

"E군요."

그가 장식물을 살피며 말했다.

"에밀리의 E예요."

그녀가 덧붙였다.

"그건 내 팔찌예요. 날 납치한 밤에 그가 가져갔죠. 에마의 나머지 소지품과 함께 들어 있는 걸 발견했어요. 내가 발견하도록 그가 남긴 거예요."

"이런, 젠장."

르루가 다시 뒤로 쓰러질 듯 보이다가 중심을 잡았다. 그가 손바닥에 있는 팔찌를 다시 돌린 다음 콧등을 잡았다.

"그건 그렇고, 칼에게는 연세 많은 어머니가 있었고, 수업을 같이 들을 때 가끔 어머니 얘기를 했어요. 병약해서 누워 지내신다고 했어요. 자기들에게 오래된 집과 많은 땅이 있다고 말한 게 기억나요. 그는 그 집을 아주 좋아했어요. 그가 희생자들을 그리로 데려간 게 분명해요. 나를 데려간 곳으로요."

그가 고개를 끄덕였다. 그 모든 사실을 받아들이는 동안 그는 시선 둘 곳을 찾지 못했다.

"필립 트루도요!"

렌이 불쑥 내뱉더니 르루 쪽으로 고개를 돌렸다. 그가 얼굴을 찡그렸다.

"뭐라고요?"

그녀가 말을 이었다.

"필립 트루도, 도서 대출 카드에 있던 이름요. 어떤 희생자 근처에 있던 책에서 찾은 거."

"네, 알아요. 매사추세츠에 사는 남자. 기억나요."

"그 이름이 정말 익숙하게 느껴진다고 말했죠. 그날 밤 머리를 쥐어짰어요. 그 이름이 자꾸 떠올랐지만 누구 이름인지 생각나지 않았어요."

"본론을 말해요, 멀러."

그녀가 손을 저어 그의 짜증을 물리치고 계속했다.

"필립 트루도는 칼의 어린 시절 단짝 친구예요. 어릴 때 매사추세츠로 이사 갔죠. 어느 날 강의가 끝나고 그가 얘기해 줬어요. 그 일을 그렇게 오래 마음에 담아 두다니 이상했기 때문에 기억나요. 필립 트루도와 다시 얘기해 보면 틀림없이 그가 확인해 줄 거예요. 그 책과 이 팔찌. 모두 신호였어요. 그자가 지금껏 큰 소리로 나를 부르고 있었던 거예요."

"그가 사건 현장에 명함을 남긴 것도 잊지 마요. 이제야 확실히 이해되네요."

"필립 트루도에게 전화해 그가 칼을 아는지 확인하세요."

렌이 지시하듯 말했다.

"저기, 존, 제러미라는 이름도 물어보는 게 좋을 거예요. 다른 희생자들은 그를 제러미라고 불렀거든요."

르루도 얘기를 들은 터라 렌의 마지막 말을 당연하게 받아들이고 고개를 끄덕였다.

"괜찮아요?"

르루가 대놓고 물었다.

"괜찮지 않아도 이해해요."

그녀의 입은 웃고 있지만 눈은 움직이지 않았다.

"괜찮지 않아요. 하지만 마침내 이 일이 끝나면 괜찮아질 거예요."

잠시 둘 다 말이 없었다. 그것은 편안하고 안전한 침묵이었다.

"저기, 그 책에서 찢어 낸 장에 관해서는 알아냈어요? 세븐시스터즈 늪 현장에서 발견한 거요?"

그녀가 그를 보는 대신 계속 에마를 응시했다.

이 질문이 중요하다는 것을 이제야 깨닫고 르루가 입술을 오므렸다.

"알아냈어요."

그녀가 마침내 그와 시선을 맞추자 그가 대답했다.

"뭐예요?"

"《가장 위험한 게임》이에요."

그가 그녀의 눈을 피하지 않고 바로 말했다.

그녀가 고개를 저으며 웃었다.

"진부한 개자식 같으니."

르루도 가볍게 웃지 않을 수 없었다. 그가 목소리를 가다

들었다.

"우리가 이 사건을 해결할 거예요, 렌."

그가 의지를 분명히 전하려고 성 대신 이름을 부르며 부드럽게 말했다.

"트루도에게 연락해 칼 또는 제러미의 행방에 관해 물어볼게요."

그가 양복 재킷이 있는 쪽으로 걸어가 작업대에서 그것을 잡아챘다.

"그동안 이 사건에 다른 사람을 투입하는 게 좋겠다면 그렇게 해요. 사건이 순식간에 사적인 문제로 변할 수 있으니까."

"평소라면 이 문제에 관해 그냥 손들지 않았을 거예요."

그녀가 한숨을 쉬며 메스 날을 분리해 붉은색 의료용 칼 보관함에 휙 던졌다.

"하지만 당신 말이 맞는 것 같아요. 에마에게 가장 유리한 방향으로 해야 하고, 지금은 내가 최선이 아니니까요."

르루가 방을 가로질러 그녀의 팔을 꼭 잡았다. 렌이 착 소리를 내며 오른손에서 장갑을 벗었다. 그러고는 벽에 달린 전화를 들어 에마의 부검을 끝낼 다른 검시관을 불렀다.

27

 제러미는 자신이 통제력을 잃었다고 느낄 때가 거의 없었다. 그는 참을성이 있다. 자제력도 있고, 계획도 있다. 하지만 오늘 밤에는 아무것도 없다. 그는 오그레이디즈펍 바깥에 차를 세우고 앉아 오늘 밤 자신에게 남은 유일한 진짜 길을 응시했다. 그는 지난번의 지독한 계산 착오를 머릿속에서 떨칠 수 없었다. 지금 그는 압력솥처럼 부글거린다. 그 계획은 성공했어야 했다. 그의 작품이요, 승리를 만끽하는 순간이 됐어야 했다. 하지만 그 여자가 그의 성공을 빼앗았고, 그녀가 독미나리에 굴복했다는 점은 별로 중요하지 않다. 할 수만 있다면 시간을 거슬러 그녀의 머리를 싹둑 벤 다음 분노를 날려 보내겠지만 그럴 수 없다.

 그래서 그는 사냥을 하기로 했다.

 새벽 1시 30분이고, 마지막 주문 시간이 가까워졌다. 지금이 집으로 데려갈 사람을 찾기에 가장 좋은 시간이다. 가장 신중한 사람도 경계심이 없어질 만큼 충분히 늦은 시간이면서 논리적이며 제정신이 있는 사람을 잡기에 충분히 이른 시간이다. 그는 사격 연습용 인형을 찾는 것이 아니다. 제대로 달릴 줄 아는 또 다른 토끼를 찾고 있다.

그가 룸미러로 재빨리 자신의 모습을 확인했다. 두 눈이 충혈돼 있지만 어두운 바에서는 그의 심리 상태를 들키지 않을 것이다. 그가 이마에 흘러내린 머리카락을 제자리로 쓸어 올리고 안으로 들어갔다.

바에는 아직 사람이 많다. 싸구려 향수와 더 싸구려인 콜론 냄새가 가득 퍼져 있다. 전등에 붉은 색조가 섞여 바 안이 지옥의 낮은 층들과 비슷해 보인다. 남은 손님들은 두 무리로 나뉘어 있다. 외로운 늑대들은 이해할 수 없게 사람 많은 곳에서 혼자 남겨지기를 바라며 카운터 끝 쪽에 방어적으로 어깨를 숙인 채 앉아 있다. 그는 그들을 찾으러 오지 않았다. 그곳에는 필사적이지는 않더라도 누가 자신을 알아봐 주리라는 희망을 품은 사람들이 아직 있다. 그런 사람들에게는 대개 칭찬이나 예의라는 겉치레가 필요하지 않다. 그들은 자기혐오에서 벗어나기 위해 쾌락만을 기대할 뿐이다. 제러미는 그 정도면 된다.

그가 구석 주변에 서 있는 사람들은 신경 쓰지 않고 곧장 카운터 쪽으로 갔다. 슬며시 의자에 앉은 다음 재빨리 한 바퀴 쭉 둘러보았다. 그의 눈이 오른쪽 의자 세 개 건너에 있는 여자에게 멎었다. 20대 중후반으로 보이지만 얼마 안 되는 생애 동안 너무 많은 것을 경험한 듯 몹시 지쳐 보였다. 심하게 상한 갈색 머리카락이 어깨 바로 밑까지 뻗쳐 있다. 그는 그녀가 끈 없는 파란색 원피스를 예의를 차리지 않고 아무렇게나 추스를 때 그녀에게 처음으로 관심을 기울였다. 그녀는 원피스 윗부분에 손 하나를 다 넣고 옷을 정리했다. 그는 그녀에게 심한 혐오감을 느꼈다. 그녀의 절박함이 담배 연기처럼 피어올라, 온몸에 뿌려진 싸구려 향수처럼 진한 자기기만과 뒤섞여진 모습이다. 그리고 오늘 밤, 그는 그녀의 꿈을 이루어줄 것이다. 그가 손가락을 들어 바텐더에게 신호를 보냈다. 그녀가 천천히 다가왔다.

"무얼 드릴까요?"

그녀가 바지에 손을 닦으며 물었다.

"저분이 뭘 마시나요?"

바텐더가 그가 가리키는 곳을 보더니 눈을 가늘게 뜬 다음 웃음을 웃었다.

"아, 저분 건 분명 코스모폴리탄이에요."

그녀가 장난스럽게 웃으며 그를 돌아보더니 팔꿈치를 대고 몸을 숙였다.

"위스키 한 잔 살짝 넣어 드릴 테니 어떻게 진행되는지 보실래요?"

그가 고개를 끄덕였다.

"저분께 코스모폴리탄 한 잔 더 드리고 내가 보냈다고 얘기해 주세요."

그가 슬쩍 돈을 건네고 그녀가 손을 그 위로 가져갔다.

"알겠습니다."

그는 그녀가 분홍색 술을 만들어 새 잔에 따르는 모습을 지켜보았다. 그녀가 그것을 제러미의 미지의 토끼 앞에 한 방울도 넘치지 않게 쓱 밀어 주었다. 제러미는 깊은 인상을 받았다. 토끼가 놀란 듯 보이더니 재빨리 만족스러운 표정을 지었다. 이제 대담해져서 초췌한 얼굴에 자기만족에 빠진 표정을 지으며 머리카락을 뒤로 넘겼다. 그녀가 흘깃 올려다보고, 바텐더가 제러미 쪽을 가리키자 그가 있는 쪽으로 게슴츠레한 시선을 던졌다. 그녀가 교태 섞인 손짓으로 그를 가까이 불렀다.

넘어왔군.

"주제넘지 않았다면 좋겠네요."

그가 그녀 옆으로 슬쩍 자리를 옮기고 경계심을 누그러뜨리는 미소를 띠며 말했다.

그녀가 숨을 들이마셨다.

"당신이 이쪽으로 와서 함께 얘기 나누길 바랐어요."

그녀가 몸을 숙였다. 그는 그녀가 두 팔을 은근히 안쪽으로 모아 가슴골을 강조하는 것을 확연히 알 수 있었다. 그녀와 가까이 있자니 편치 않았다. 그녀에게 담배와 커피 냄새가 나고, 그녀의 혀에서 역겨운 냄새가 계속 소용돌이치지만 그는 다가올 시간에 집중하며 더 나아갔다.

"그렇다면 운이 좋으시네요. 이름이 뭔가요, 예쁜 분?"

그는 이 말을 하며 목이 막힐 뻔했지만 차분한 목소리를 유지했다.

그녀가 입술을 깨물었다.

"테라예요."

그녀가 숨소리를 섞어 대답했다.

그녀가 유혹적으로 보이려고 '아' 발음을 길게 끌었다. 그는 눈알을 굴리지 않고 참으려다 거의 근육이 결릴 지경이 되었다. 그녀는 미소를 지었고, 당연하게 그의 이름을 묻지 않았다.

"안녕하세요, 테라. 난 제러미예요."

"제러미처럼 보이지 않는데요."

그녀가 부드럽게 속삭이더니 손바닥에 뺨을 기대고 눈을 빠르게 깜빡였다. 그가 억지로 활짝 웃으며 술을 한 모금 마셨다.

"음, 저도 제가 제러미처럼 행동하지 않는 것 같아요."

그가 자기 말이 무슨 뜻인지 확신 없이 대답했지만 그 말에 새 친구가 깔깔거리자 만족했다.

이건 너무 쉽군.

오늘 밤 그가 바라는 것이 바로 이런 것이다. 귀찮은 문제도 없고 지나치게 복잡한 청사진도 없이 그저 해방감을 느끼면 된다. 그가 보기에 이것은 기본으로 돌아가는 것이다. 그는 그저 그녀를 차에 태우기만 하면 되고, 그때부터는 어디든 그의 욕망이 이끄는 대로 마음껏 따라가면 된다. 그는 그녀가 코스모폴리탄을 마시는 모습을 가만히 지켜보았다. 그녀가 잔을 내려놓더니 손가락 옆면으로 살며시 코를 훔쳤다. 그러더니 같은 손으로 갈색 머리카락을 쓸어 한쪽으로 넘기면서 머리를 약간 뒤로 기울였다. 그때 흘깃 보니 그녀의 코 안쪽에 마른 피가 살짝 묻어 있었다.

바로 이거야.

"저, 테라, 오늘 밤 당신을 줄곧 지켜봤어요."

그녀의 표정이 벌써 밝아지는 것을 보고 그가 히죽거렸다.

"그러니까, 아시겠지만 당신은 보기만 해도 흥분되거든요."

그녀가 이 말을 아주 마음에 들어 하며 옷 안쪽이 더 잘 보이게 몸을 숙였다.

"하지만 당신은 주관이 뚜렷한 여자라는 것도 알아요. 헛소리로 작업 건다고 넘어가는 타입은 아닌 것 같아요."

그녀가 시선을 내려 그의 몸을 훑어보다가 다시 그의 얼굴을 보고 입술을 깨물며 대답했다.

"당연하죠."

그가 약간 움찔했지만 억지로 더 가까이 다가갔다. 그가 의심한 대로 그녀는 겉모습은 성인 여성일지 모르지만 내면은 애욕에 찬 10대 소녀일 뿐이다. 그가 결정적인 마지막 대사를 읊었다.

"집에 코카인이 좀 있어요. 나랑 같이 가요."

그녀의 눈이 환해졌다. 그녀가 자신이 매혹적으로 보인다고 생각하는 듯 입술을 핥았다.

"가죠."

그녀가 몸을 아주 가까이 기대며 고개를 끄덕였다.

그가 바텐더에게 팁을 남기고 일어나 출구로 걸어가며

손을 뻗어 그녀의 손을 잡았다. 바의 자욱한 연기와 더운 공기가 바깥의 상쾌한 미풍으로 바뀌었다. 그가 조수석 문을 열어 주자 그녀가 차분하게 미끄러져 들어갔다. 그가 운전석으로 걸어가며 마음의 준비를 하고 어떻게 할지 궁리를 했다. 그는 집으로 돌아가야 한다. 하지만 어서 해방감을 느끼고 싶다. 운전석으로 들어가기 전에 그가 바깥에서 담배 피우는 남자를 향해 고개를 끄덕였다. 남자는 방금 누군가와 말다툼을 벌인 듯 불만스러워 보이고, 제러미를 향해 당혹스러운 표정을 짓더니 가운뎃손가락을 펴 보인 다음 담배를 발로 비벼 끄고 안으로 다시 들어갔다. 사람들은 딱 필요할 때 참 이상한 방식으로 그들에 대한 경멸감을 승인해 준다.

두 사람은 잠시 편안한 침묵 속에서 차를 타고 갔다. 그녀가 이따금 어리석고 하찮은 대화로 생각을 방해했다. 나무가 늘어선 올리언스 구역의 어두운 시골길을 달려가는 동안 제러미는 그녀를 어디로 데려갈지 결심했다. 그가 흙길로 방향을 틀고 가벼운 대화를 나누며 그녀의 주의를 흩트렸다.

"무슨 일을 하세요?"

그녀가 어떤 하찮은 직함을 읊든 관심 있는 척할 준비를 하며 그가 물었다.

"변호사예요."

그녀가 조수석 쪽 창밖을 보며 말했다.

그녀의 대답이 오늘 밤 처음으로 그를 깜짝 놀라게 했다. 그가 불신으로 가득한 웃음을 참았다.

"그래요?"

그가 차분한 말투를 유지하려 애쓰며 물었다.

"변호사라고요?"

그녀가 히죽거리고는 멀건 눈으로 그를 쳐다보았다.

"놀란 것 같네요."

"놀랐고말고요."

그가 인정했다.

그가 고개를 저었다. 그녀는 전혀 변호사처럼 보이지 않는다. 하지만 그는 허름한 바에서 영업이 끝나 가는 시간에 변호사들이 어떤 모습일지는 궁금했다. 이 여자는 그저 가끔 변호사협회 회원증으로 코카인 가루를 갈아 들이마셔 뇌에 구멍을 하나 더 낸 것뿐일 것이다.

그녀가 가볍게 웃더니 자기도 고개를 저었다.

"음, 변호사인 건 맞지만 대학원 졸업하고 처음 들어간 일자리를 얼마 전에 잃었어요."

그녀가 인정하더니 설명을 멈추고 수치심 가득한 눈을 손 쪽으로 획 떨궜다.

그는 그녀가 그 이야기를 하고 싶어 한다는 것을 알았다. 그녀는 마음의 짐을 떠안길 친구를 찾고 있지만 그는 친구가 되어 줄 마음이 없다. 여기서는 그녀가 공감이나 사려 깊은 충고를 얻지 못할 것이다. 그는 재미를 위해 그녀의 망가진 세계에 잠입했고, 오늘 밤 자신의 게임 말고는 관심이 없다. 그녀가 그를 바라보더니 그가 더 묻지 않으리라는 것을 알고 다시 창 쪽으로 고개를 돌렸다.

"그래서 정확히 어디에 사는 거예요?"

그녀가 충동적인 결정에 책임을 느끼고 불안해하며 자세를 고쳐 앉았다.

"지금 당신이 숲 쪽으로 들어가지 않을지 걱정해야 하는 건가요?"

그녀가 초조하게 목소리를 가다듬다가 억지로 킬킬 웃었다. 그가 계속 앞에 놓인 길을 바라보며 웃음을 지었다.

"불안해할 것 없어요, 변호사 님. 난 좀 외진 곳에 살아요."

그녀의 입술에 살짝 웃음이 떠올랐지만 긴장감은 가라앉지 않았다.

"여기에 산다고요?"

"딱 이 길에 사는 건 아니지만 아주 가까워요."

그가 계속 앞을 집중해서 바라보았다. 그들 앞에 놓인 길은 어둡고 가로등도 없고 울퉁불퉁하다. 왼쪽으로 늪지가 나타나고 오른쪽에는 위협적인 낙우송이 장막처럼 얽혀 있다.

"이 길에 사는 게 아니라면 왜 이리로 가는 거예요?"

그녀가 허세를 부리며 물었다. 그러면서 안전벨트를 마치 무기처럼 잡고 있다.

그가 늪지 근처의 흙바닥에 차를 세우고 시동을 껐다. 마침내 그가 그녀를 보고 웃음을 지었다.

"오늘 밤공기가 아주 상쾌해요. 산책을 하면 좋을 거라 생각했어요."

그가 안심시켰다.

"여기는, 그러니까 칠흑같이 어두워요."

그녀가 항의를 하면서 도살장에 끌려가는 어린양처럼 따라 내렸다.

그가 웃으며 그녀를 향해 걸어갔다. 그가 그녀 쪽으로 성큼성큼 걸어가자 그녀의 몸이 눈에 띄게 굳어졌다. 그가 몸을 숙이고 열린 차창으로 손을 뻗어 플래시를 꺼내자 그녀가 숨을 급하게 들이마셨다. 그가 그녀 앞에서 플래시를 이리저리 움직이더니 딸깍 소리가 나게 켰다. 무생물에서 나는 그 소리가 정적을 갈랐다.

"이제 어둡지 않죠."

그가 한쪽 눈을 찡긋하며 말하고 그녀의 손을 잡았다.

그녀는 마음 한구석에서 위험을 감지했다. 그녀의 몸이 긴장하고 동공이 확장되었다. 두 사람은 앞에 펼쳐진 깊은 어둠 속으로 천천히 걸어 들어갔다. 빛이라고는 달빛뿐이고, 보름달에 가깝다. 달빛이 새하얗게 비치자 모든 것이 살짝 반짝거렸다. 그녀는 그의 손을 꼭 잡고 아이가 부모에게 매달리듯 그 손에 매달렸다. 그가 위안하는 척 그 손을 꼭 잡았다. 두 사람이 말없이 몇 분간 걸으며 주변 지형을 살피지만 살피는 이유는 각자 전혀 달랐다.

"사실 여기 좀 멋지네요. 여전히 으스스하지만 멋져요."

멀리서 나뭇가지가 부러지는 소리에 놀란 그녀가 두려움에 본능적으로 그에게 더 가까이 기댔다. 그는 역설적인 상황에 웃지 않을 수 없었다. 그가 이 늪지대에서 그녀에게 단연코 가장 큰 위험이므로.

"그렇죠. 하지만 생각할 가치가 있는 것은 모두 무서움과 아름다움의 혼합체예요. 한 가지 범주에만 맞는 건 지루해요."

"장담하는데 내가 혼합체가 무슨 뜻인지 모른다고 생각하죠?"

그녀가 걸음을 멈추고 그를 올려다보며 살짝 웃자 어둑한 바에서보다 훨씬 매력적으로 보였다.

그가 활짝 웃어 보이고 그녀가 계속 걷기를 기다렸다. 함께 물가에 있는 나무 벤치 쪽으로 움직이면서 그녀가 고개를 저었다. 벤치는 나무를 대충 잘라서 손으로 만든 것으로 보이지만 더러운 늪지를 평화로운 자연으로 만들어 왠지 마음이 끌렸다. 그들이 나란히 앉아 탁한 물 표면에 반사되는 달빛을 바라보았다.

"있죠, 나는 변호사 시험에 합격했어요. 믿기 어렵겠지만 가슴 크기와 지능은 상관없어요."

그녀가 부드럽게 웃었다. 그가 바로 응대하지 않고 잠깐 다리를 긁는 척하며 발목 근처에 사냥칼이 꽂혀 있는 칼집을 만져 보았다.

"내가 잘못했어요."

그가 몸을 똑바로 하며 그녀에게 시선을 던졌다.

"당신은 표지로 책을 판단하면 위험하다는 걸 보여 주는 사례네요."

그녀가 작게 웃으며 장난스럽게 어깨를 그의 어깨에 부딪쳤다.

"이상한 칭찬이지만 받아들일게요."

"너그러우시군요."

"그 얼굴을 보면서 어떻게 진심으로 화를 낼 수 있겠어요?"

그녀가 인정하며 그의 왼뺨에 손을 올리고 얼굴을 약간 자기 쪽으로 돌렸다. 그녀가 두 눈을 감고 몸을 앞으로 움직여 키스하려 했다. 그가 아주 잠깐 망설이다 몸을 움직여 그녀의 입술에 자신의 입술이 거의 닿도록 거리를 좁혔다. 그녀의 숨이 자신의 숨과 만나자 그가 작게 속삭였다.

"도망가야지."

그 말이 그의 입에서 뱀처럼 미끄러져 나왔다. 그녀가 숨을 멈추고 긴장한 듯 미소 지었다. 그녀가 얼굴을 가까이 댄 채 그대로 있다가 그의 눈을 보려고 살짝 뒤로 뺐다.

"뭐라고요?"

"제대로 들은 거 맞아."

그녀의 얼굴에서 웃음이 싹 가셨다. 그녀가 뒤로 물러나 못 믿겠다는 듯 숨을 헐떡거렸다.

"재미없어요."

"재미있으라고 한 말 아닌데."

그가 몸을 숙여 발목에 있는 칼집에서 칼을 슥 꺼내며 그는 자신의 눈이 더 어두워지는 것처럼 느꼈다. 그가 칼을 앞으로 꺼내 자세히 살피며 칼날에 반사되는 달빛에 감탄했다. 그녀가 앉은 자리에 그대로 얼어붙은 채 시선을 그에게서 무기로 재빨리 옮겨갔다. 그는 그녀의 얼굴에 후회가 영화 예고편처럼 지나가는 것을 볼 수 있었다.

"이제 도망가!"

그가 고개도 돌리지 않은 채 마지막 말을 외쳤다.

그녀가 숨죽여 흐느끼며 서둘러 어둠 속으로 들어가는 모습이 그의 시야에 들어왔다. 그도 일어나 그녀에게 잠깐 시간을 준 다음 그녀가 사라진 방향으로 걸어갔다. 그녀가 갈 곳은 없다. 그는 옆으로 늪지대가 이어지는 길의 끝, 주변이 전부 철조망으로 둘러싸여 있는 곳으로 그녀를 데려왔다. 악어가 오지 못하게 막으려는 공원 당국의 노력이 그녀를 진짜 맹수와 함께 가둔 것이다. 그녀는 그와 대면하거나 헤엄칠 수밖에 없다.

그는 이곳을 잘 안다. 어릴 때 아버지와 자주 이곳으로 야생 돼지를 사냥하러 왔다. 아버지와 함께 사냥하는 저녁이면 그는 이 외딴 놀이터에서 돼지를 기다리며 참을성을 배왔다. 방법은 모르겠지만 그들은 불법적인 나들이를 경찰에게 들키지 않고 해낼 수 있었다. 늪에 밤이 내리는 것을 지켜보던 일은 즐거운 기억으로 남아 있다.

밤 사냥은 두려움 수업이다. 해가 진 후 숨은 장소에서 슬며시 기어 나오는 익숙지 않은 소리는 본능을 통제하고 받아들일 수 있게 가르쳐 준다. 밤 세계의 거주자들은 고요가 신화일 뿐임을 안다. 언제나 밤이 가장 시끄럽다. 그는 밤의 수다를 만들어 내는 수백 가지 소리를 분간할 수 있다. 진정한 사냥꾼은 다른 소리는 전부 무시하고 선택한 사냥감의 소리만 들을 수 있어야 한다. 오늘 밤 그의 예민한 귀가 제대로 가고 있다고 알려 주었다. 물론 그는 지금 돼지 사냥에는 관심이 없다. 그는 아버지와 이곳에서 갈고닦은 수많은 기술을 오늘 다른 방식으로 실행할 것이다. 그때 이후로 훨씬 흥미로운 사냥감을 찾았다.

불협화음 속에서 나뭇가지가 부러지는 소리가 오른쪽에서 들렸다. 그는 그녀가 더 이상 달리지 않는다는 것을 알 수 있다. 계속 달린다면 소리가 들릴 것이다. 그가 한 발 한 발 꾹꾹 눌러 살며시 걸으며 웃음을 지었다.

"진정해, 테라! 가축들이 도살되기 전에 심하게 두려워하면 고기가 더 맛이 없다는 거 알아? 젖산의 분해와 관계있다던데."

그녀가 울음을 틀어막는 소리가 들렸다. 그녀의 숨소리가 소음을 뚫고 명확히 들릴 정도로 커졌다.

"오, 테라. 당신을 잡아먹겠다는 건 아니야!"

그가 바닥에 떨어진 나뭇가지를 넘으며 웃음을 터뜨렸다.

"그래도 흥미로운 얘기 아니야? 우리가 최상의 고기를 한 번이라도 먹어 봤다고 생각해? 어쨌든 동물이 죽기 전에 어떻게 완전히 평화로울 수 있겠어? 내 얘기 맘에 들어, 테라?"

그가 어둠 속에서 그녀의 이름을 외쳤다.

그녀가 다시 달렸다. 그는 그녀가 급히 관목을 헤치고 나아가는 소리를 들을 수 있었다. 그녀가 발을 헛디디고 그에게서 더 멀어지면서 거친 숨을 내뱉는 소리가 들렸다. 그는 흐릿한 어둠 속에서도 그녀의 두려움을 감지할 수 있었다. 그도 전력을 다해 달리기 시작했다. 그는 친숙한 지형을 가로지르며 나뭇가지가 얼굴을 때려도 개의치 않고, 예전에 그랬듯 먹잇감을 추적하며 걷잡을 수 없는 흥분을 느꼈다.

제러미보다 앞에 있는 테라는 거의 실명 상태나 다름없었다. 그는 그녀가 앞에 펼쳐진 칠흑 같은 어둠을 헤치고 가려 애쓰며 몇 번이나 멈췄다 출발하는 소리를 들을 수 있었다. 그러고 나서 갑자기 소란이 멈췄다. 그도 따라 멈췄다. 그가 숲 가운데 서서 귀를 기울였다. 그는 그녀가 숨어 있다고 짐작했다. 하지만 그녀는 그가 이 숲을 잘 안다는 사실을 모른다. 그는 겁먹은 새끼 돼지가 어디로 숨어들지 잘 알고 있다. 그가 상쾌한 공기를 들이마시며 고개를 젖혀 하늘을 쳐다보았다. 낙우송 가지가 맑고 광활한 하늘의 테두리를 떠받치고 있다.

그가 주머니에서 야간 투시경을 꺼내 쓰고 눈이 적응되기를 기다렸다. 그는 마지막 빛 한 줄기까지 지평선 밑으로 가라앉으면 그들처럼 기뻐하는 최상위 포식자에게 열화상 도구를 사용해 접근하는 법을 아버지에게 배웠다. 그의 세계는 이제 초록색으로 또렷해졌다. 나무들이 벽처럼 그의 앞에 뻗어 있고 간간이 작은 늪지와 자연 암석층이 섞여 있다.

"테라!"

그가 소리쳐 고요를 산산조각 냈다.

"나는 모든 걸 볼 수 있어, 테라. 다시 달려가면 총으로 쏠 거야."

그가 거짓말을 했다. 이 숲에는 총이 없다. 그녀의 두려움을 키우려고 한 말이다. 그가 그녀의 공포 반응을 가속

화해 편도체가 주변에 위험한 것이 있다고 경고하게 만들었다. 몇 초만 기다리면 그녀의 시상하부가 교감신경계를 작동해 숨어 있는 곳을 알려 줄 것이다. 이제 그녀의 심장이 더 빠르게 뛰고 폐가 열려 최대한 많은 산소를 빨아들이면서 경계 상태가 강화될 테지만 호흡이 빨라지는 탓에 소음이 훨씬 커질 것이다. 그가 그녀의 호흡에 집중해 그것을 따라갔다. 그는 그녀가 숲의 진흙 바닥에 쭈그려 앉아 맨다리에 멋대로 기어오르는 생물들을 무시하려 애쓰는 모습을 상상했다. 그녀 같은 여자에게는 그것이 틀림없이 고문이리라. 그녀는 익숙한 곳에서 떨어져 나와 그의 영역으로 깊숙이 던져졌다.

그가 야간 투시경으로 주변을 살폈다. 시야에 들어오는 모든 것이 역겨운 초록빛에 싸여 있지만 테라에게는 주위가 사형 집행인의 모자 속처럼 깜깜할 것이다. 그가 숨 막힐 듯 가빠진 그녀의 숨소리를 따라갔다. 그녀는 그가 자신을 향해 오는 소리를 듣지만 아무리 초점을 맞추려 해도 그를 볼 수 없었다. 두려움이 혈관에 흐르는 피를 대체한 듯 그녀의 온몸을 휘감았다.

그녀가 나뭇가지와 관목 사이를 비틀거리며 지나는 소리가 들리고, 그는 잠시 멈춰 귀를 기울였다. 늪지대가 최선을 다해 그를 돕고, 그녀를 가두기 위해서 그보다 더 노력한다. 그녀가 땅을 디딜 때마다 첨벙 소리를 내며 차를 타고 지난 흙길을 향해 달린다. 그녀는 자신이 우리 속으로 더 깊이 달려 들어가는 줄 모르고 있다.

이제 그가 나무 사이에서 불쑥 튀어 나가 탁 트인 흙길로 그녀를 향해 달려갔다. 그녀는 그가 달려오는 소리를 듣고 달빛이 희미하게 보여 주는 것이나마 온전히 이해하려 뒤를 돌아보았다. 그녀의 얼굴에 공포가 떠올랐다. 제러미가 칼을 빼 든 채 활짝 웃는 얼굴로 그녀를 향해 몰래 다가갔다. 이제 공격에 노출된 테라가 비명을 지르며 허둥지둥 달렸다. 마치 모래 위에서 달리는 듯한 모습이다. 그가 기회를 봐서 테니스 공만 한 돌을 두 개 주웠다.

"숙여!"

그가 외치자 그녀가 깜짝 놀라 멈춰 본능적으로 머리를 감쌌다.

그가 있는 힘껏 돌을 던졌다. 그녀가 다리 뒤쪽에 돌을 맞고 쓰러지면서 무릎이 뒤틀렸다. 그녀가 고통과 충격으로 울부짖으며 다리에 맞은 것을 정신없이 더듬어 찾았다. 그가 다음 돌을 던졌다. 이번에는 그녀가 머리를 부여잡고 쓰러졌다.

"그만! 제발 멈춰요!"

그녀가 외쳤다.

하지만 그는 멈추지 않았다. 그가 그녀의 다친 몸을 향해 길 가운데로 천천히 걸어갔다. 그가 그녀 옆에 쪼그려 앉자 그녀가 그를 마구잡이로 때렸다. 그가 그녀의 한쪽 손목을 붙잡아 손에 쥔 칼날 가까이 쳐들었다. 그가 세차게 뛰는 맥박을 손가락으로 느끼고는 칼날로 손바닥을 그었다. 그녀가 비명을 지르며 남은 힘을 짜내 손을 빼내려 애썼다. 비명이 흐느낌으로 바뀌자 그가 웃었다. 이제 그가 통제력을 되찾았다.

"거기 누구 있어요?"

남자의 목소리가 밤을 뚫고 울리자 제러미가 재빨리 다시 주의를 집중했다. 흙길 저편에서 플래시 불빛이 나타났다.

"다쳤어요?"

다른 목소리가 외쳤다.

제러미는 두 남자의 형상이 길로 들어서는 것을 볼 수 있었다. 그는 그녀가 도와 달라고 소리치기 전에 테라의 입을 막았지만 공포가 그의 혈관을 타고 퍼지기 시작했다. 그들이 테라의 비명을 들었다. 그는 오늘 밤 이곳을 먼저 정찰하지 않았다. 충동적으로 행동했고, 그가 예전에 아버지와 사용하던 엄폐 장소들을 사냥꾼들이 차지하고 있을 줄은 생각지 못했다.

"해치려는 게 아니에요. 우리가 도와줄게요."

첫 번째 남자가 상냥하게 말을 이으며 플래시 빛을 그들 쪽으로 흔들었다.

테라의 눈이 커지고 남자들을 향해 고요한 비명을 지르지만 그들은 그녀를 볼 수 없다. 아직은.

어떻게 할지 저울질하는 사이 극심한 좌절감이 제러미의 가슴에 차올랐다. 그의 앞에는 결국 한 가지 길밖에 없다.

그가 테라의 입을 한 손으로 막은 채 그녀의 턱을 들어 자신을 바라보게 했다. 그는 잠시 그녀와 눈을 맞추고 마지막 순간을 즐기다 사람들이 그녀를 구하러 급히 다가오는 소리를 들었다. 그가 재빨리 사냥칼로 그녀의 목을 귀에서 귀까지 깊게 잘랐다. 칼날이 그녀의 살을 벗어나자마자 그는 그녀를 바닥에 떨어뜨리고 서둘러 뛰어갔다. 그녀가 뒤쪽에서 컥컥 소리를 내고 두 남자가 소리 나는 쪽으로 달려왔다. 그들이 그녀 옆에 도착할 즈음 그녀의 찢어진 후두에서 끊어지는 깊은 숨소리가 났다. 깊은 상처가 목 전체를 가로질러 나 있었다. 그들이 서로 목청껏 소리를 지르고, 한 사람이 구급차를 부르려 전화하는 사이 한 사람은 허둥지둥 출혈을 늦추려 노력했다. 하지만 별 소용이 없을 것이다. 제러미는 경동맥을 잘랐다고 확신했다. 그녀의 몸이 상처를 통해 생명력을 땅바닥으로 힘차게 쏟아 내는 바람에 그녀는 몇 분 내로 죽을 것이다.

그가 아수라장을 뒤로하고 계속 달려 한 발씩 점점 더 멀어져 갔다. 그리고 자기 차로 뛰어들어 헤드라이트를 끈 다음 자갈과 먼지를 구름처럼 일으키며 그곳을 떠났다. 그가 야간 투시경을 쓰고 간선도로로 돌아가는 길을 찾아갔다. 따라오는 차는 없다. 두 남자는 죽음이 임박한 여자를 살리려 애쓰느라 아주 바쁠 것이다.

제러미는 계속 차를 몰아 그들과 충분히 멀어졌다고 생각되자 헤드라이트를 다시 켜고 야간 투시경을 벗었다. 그가 글러브박스를 열고 전화기의 임의 재생 버튼을 눌렀다. 배스트의 〈프리티 웬 유 크라이(Pretty When You Cry)〉가 크게 울리고, 그는 숨을 깊이 들이마시며 호흡을 가다듬었다. 오늘은 운이 나빴다. 그냥 집에 있어야 했다. 지난번 계산 착오에 다른 실수를 더하느니 결과를 그냥 감당했어야 했다.

그는 테라가 죽을 것이라고 확신했다. 하지만 엉성하게 실행했다는 사실에 괴로웠다. 깊이도 확인하지 않고 물속에 뛰어들다니 바보 같고 성급한 짓이었다. 그는 스마트한 두뇌를 무시하고 동물적 충동에 따라 행동했다. 그가 무심코 차를 길 가장자리로 튼 다음 헤드라이트에 비치는 먼지 구름 속에서 거칠게 주차 기어로 바꿨다. 그가 주먹으로 핸들을 내려치고 꽁꽁 싸인 보물이라도 꺼내려는 듯 비닐 핸들 표면을 마구 때렸다. 손이 욱신거리고 호흡이 가빠 오자 그는 등을 기대고 앉아 괴성을 질렀다. 루이지애나의 늪지대 깊은 곳, 어두운 흙길 가장자리에서 그의 모든 스트레스와 좌절감, 모든 불만과 갈망이 원시적 괴성으로 폭발했다. 먼지로 뒤덮인 뜨거운 뺨을 눈물이 식혔다.

  차를 다시 출발해 집으로 질주하는 사이 그의 가슴이 크게 들썩였다. 그는 생각이 음악에 떠내려가기를 바라며 볼륨을 키웠다. 하지만 쏟아지는 소음은 오히려 통제할 수 없는 분노에 기름을 부었다. 앞에 펼쳐진 길로 빠르게 달리며 그는 이곳에서의 시간이 얼마 남지 않았음을 직감했다.

28

재킷 주머니에 있는 전화기가 웅웅거리자 르루가 바로 받지 않고 잠깐 기다렸다.

"르루입니다."

그가 전화를 받아 스피커폰으로 돌렸다.

"윌이야. 내 말 들려?"

"응, 무슨 일이야?"

"희생자가 또 생겼어."

윌이 충격적인 소식을 전했다. 르루가 움찔 놀라고, 렌과 르루의 심장이 동시에 내려앉았다.

그녀가 두 손으로 얼굴을 쓸어내렸다.

"맙소사."

그녀가 속삭이듯 말했다.

"어디에서?"

"바이유토추 도로에서 벗어난 사냥 지역에서 발견됐어. 그런데 르루, 그 여자는 살아 있고 의식도 있어."

르루의 눈이 휘둥그레졌다.

"말을 할 수 있다고?"

그가 믿기지 않는다는 듯 물었다.

"그건 아니야. 살아 있지만 말은 못 해."

"빌어먹을, 그게 무슨 소리야?"

"일단 대학병원에서 만나. 여기 도착하면 전부 말해 줄 테니까."

전화가 끊겼다.

"나도 갈래요."

렌이 단호하게 말했다. 그녀가 몸을 돌려 개수대에서 손을 씻었다.

르루가 입을 열었다가 다물고 그녀를 바라보았다.

"내 걱정은 하지 말아요. 고맙지만 그 여자의 말을 내가 직접 들어야겠어요. 나도 이 사건의 일부니까요."

그녀가 손의 물기를 닦고 그의 눈을 똑바로 바라보았다. 그가 침묵을 잠깐 더 늘린 뒤 고갯짓으로 무거운 철문을 가리켰다.

"갑시다."

그들이 도착하니 윌이 병원 밖에서 의사와 이야기하고 있다. 르루가 그들에게 성큼성큼 걸어가 자기소개도 생략하고 두 사람의 대화를 끊었다.

"저, 어떻게 된 겁니까?"

"기번스 박사님, 이쪽은 존 르루 형사와 렌 멀러 박사입니다."

기번스 박사가 렌에게 먼저 손을 내밀었다. 그녀가 악수를 하며 최선을 다해 미소를 지어 보였다.

"만나 뵌 적이 있죠. 다시 만나 반갑습니다, 기번스 박사님."

"저도 반갑습니다, 멀러 박사님. 그리고 처음 뵙겠습니다, 형사님."

"네, 저도요. 그건 그렇고 어떻게 된 거죠?"

르루가 의사의 손을 꼭 쥔 채 밀어붙이듯 물었다.

의사가 고개를 끄덕이며 양손을 가만히 팔 위에 올리고 말을 시작했다.

"이제 다 오셨으니 들어가서 말씀 나누시죠."

그가 뒤쪽에 있는 건물을 가리키고 네 사람이 함께 병원으로 들어갔다. 그가 앞장서서 큰 탁자와 의자 몇 개가 있는 작은 방으로 들어갔다. 환자 가족들이 새로운 소식을 들을 때까지 주 대기실보다 편하게 기다릴 수 있도록 마련된 공간이었다. 윌과 렌이 기번스 박사 맞은편에 앉았지만 르루는 그대로 선 채 두 손을 비볐다.

"얘기해."

문이 닫히자 그가 지시하듯 윌에게 말했다.

윌이 수첩을 펴고 몸을 뒤로 기댄 채 쇼핑 할 목록을 읽듯 그것을 읽었다.

"테라 켈리. 백인, 여성, 29세. 바이유토추 도로에서 벗어난 엘름우드 공원에서 밤 사냥꾼들에게 발견. 두 사람이 비명과 시끄러운 소리를 들었다고 진술했어. 그들이 그녀에게 달려가 보니 그녀가 목을 잡고 있었고, 바로 직전에 목을 깊이 베인 상황이었어."

르루가 그를 제지하고 탁자 위로 몸을 숙였다.

"그 자식이었어?"

그가 불같이 화를 내며 물었다.

"그런 것 같아. 그래도 그 자식이 이렇게 엉성해졌다니 놀랍기는 해. 그의 방식하고는 사실 안 맞아. 하지만 나쁜 놈들이 범행을 오래 이어 갈수록 가끔 이런 일이 일어나기도 하잖아."

르루와 윌이 묻고 대답하는 동안 기번스 박사가 잠자코 말할 차례가 오기를 기다렸다.

르루가 고개를 저으며 탁자를 내리쳤다.

"빌어먹을! 하지만 피해자는 괜찮은 거죠?"

르루가 시선을 의사에게 옮기며 물었다.

렌은 벌써 그가 뭐라고 대답할지 알지만 잠자코 상황과 자신을 분리해 전문가답게 행동하려 애를 썼다.

기번스 박사가 목소리를 가다듬으며 대답했다.

"짧게 답하면 네, 환자는 안정됐습니다. 상처가 상당히 깊고 귀에서 귀까지 나 있었습니다. 공격자가 경동맥을 자르려 한 것 같지만 서두르느라 그랬는지 상처만 냈습니다. 그래도 혈액이 상당히 손실됐지만 그녀를 발견한 남자들 덕에 감당 가능한 정도로 출혈이 줄었습니다. 수술은 한 시간 전에 끝났고요."

기번스 박사의 눈에 르루의 기진맥진한 모습이 비쳤다.

"언제 그녀와 이야기할 수 있을까요?"

르루가 콕 집어 물었다.

"음, 당장은 말을 할 수 없어요. 공격자가 후두신경을 절단하고 성대를 훼손했거든요. 수술 부위가 회복될 때까지는 말을 할 수 없을 거예요."

기번스 박사가 잠시 말을 멈추고 앞에 있는 서류철에서 종이를 꺼내 탁자 맞은편에 있는 르루와 윌에게 밀어 주었다.

"그녀를 병원으로 이송한 응급구조사들이 그녀가 정신없이 무슨 말을 하려고 해서 이 종이에 적으라고 했대요."

공책에서 찢은 종이가 짙은 피로 얼룩져 있었다. 파란색 펜으로 간신히 알아볼 수 있게 '제러미'라고 쓰여 있었다.

렌은 숨이 가빠지는 것을 느꼈다. 그녀의 온몸에 충격이 전기처럼 퍼졌다. 이 길이 어디로 이어지는지 알았음에도 그녀는 이자가 그렇게 오랫동안 루이지애나를 이리저리 돌아다녔다는 사실을 아직도 온전히 믿을 수 없었다. 다친 채 피 흘리는 여자가 펜으로 한 자 한 자 써서 그 이름을 보여 주기 전에는 믿을 수 없었다.

"제러미가 누구야?"

윌이 상황을 파악하려 애쓰며 물었다.

기번스 박사가 다시 목소리를 가다듬었다.

"현장에 도착한 경찰관이 그녀가 쓰러져 있던 곳 주변에서 그날 밤에 갔던 곳의 영수증을 비롯해 몇 가지 물건을 주웠어요. 병원을 떠나시기 전에 가져다드리라고 할게요.

행운을 빕니다, 형사님들. 안녕히 가세요, 멀러 박사님."

그가 문 쪽으로 걸어가며 고개를 끄덕였다.

"감사합니다, 기번스 박사님."

르루가 고함치듯 말했다.

"르루, 제러미가 누구야? 지금 무슨 일이 벌어지고 있는 거야?"

윌이 다시 물었다.

"나중에 말해 줄게."

그가 나직이 말하며 렌을 응시했다.

윌이 항의하려는 참에 누가 조심스레 문을 두드렸다. 르루가 방을 가로질러 가 문을 열자 젊은 잡역부가 병원 봉투를 들고 문밖에 서 있다.

"르루 형사님이세요?"

그가 물었다. 르루가 신분증과 배지를 보여 주고 그의 손에서 봉투를 받아들었다. 그가 곧장 봉투를 뒤져 더 작은 봉투에 든 영수증을 찾았다. 오그레이디즈펍 영수증이고 오전 1시 22분이라고 찍혀 있다. 테라 켈리라는 이름 밑에 신용카드 번호가 있고, 그녀가 그날 밤 감자튀김 한 접시에 코스모폴리탄을 적어도 두 잔 마셨다고 나와 있다. 그가 시계를 보았다.

월이 영수증을 가리키고, 르루가 바 전화번호를 누른 다음 영수증을 건네주었다. 자동응답기가 정오까지는 아무도 없을 것이라는 메시지를 전한다.

"뉴올리언스 경찰서의 존 르루 형사입니다. 메시지를 듣는 대로 제게 전화 주세요. 감사합니다."

"아무도 없어?"

월이 물었다.

"코미에가 주인에 관해 알려 줄 거야. 그냥 바로 주인이랑 얘기해 보면 돼. 어젯밤 테라가 이 자식하고 같이 있는 걸 본 사람이 더 있는지 알아봐야겠어."

월이 숨을 내쉬었다.

"멀러, 같이 갈 거예요?"

렌이 르루를 바라보며 소리 없이 그의 대답을 기다렸다.

"가고 싶으면요."

르루가 마지못해 허락했다.

그의 전화기가 울리고 그가 화면에 나타난 주소와 전화번호를 내려다보았다.

"레이 싱어를 만나 보러 갑시다."

방에 들어올 때 그랬듯 그들이 다 같이 방을 나갔다. 햇빛이 밝게 빛나고 방송사 밴 두 대가 병원 앞에 세워져 있었다. 마지막 희생자는 중요한 뉴스이고, 보아하니 소식이 빨리 전해진 것 같았다.

렌이 그 광경을 바라보다 르루의 차 조수석에 앉았다. 제러미가 오래전 그녀에게 했던 짓과 똑같은 짓을 하며 아직도 이 세상 어딘가에 살아 있다. 하지만 이번에는 그녀가 그를 영원히 멈추게 할 것이다.

29

제러미가 밤새도록 뒤척이다 잠에서 깼다. 일요일, 세상 사람들은 대개 휴식을 위해 남겨 두지만 그는 쉬지 못하는 날이다. 지난밤이 아직도 그를 무겁게 짓눌렀다. 그는 마음이 불안했다. 오랫동안 이런 감정을 느끼지 않아도 됐건만 최근에는 계속 불안감을 떨칠 수 없다. 그는 텔레비전을 켜며 지금쯤이면 테라가 모든 뉴스를 도배할 것이라 생각했다. 그는 승리감을 느껴야 하지만 어젯밤의 엉성했던 기억이 그간의 자긍심에 약간의 스크래치를 냈다. 뉴스가 시작되자마자 그는 심장이 멈추는 것 같았다.

"희생자인 29세의 테라 켈리는 급히 대학병원으로 이송됐고 아직 위중한 상태입니다."

뉴스 진행자가 중요한 소식이 아니라는 듯이, 제러미가 살면서 느낀 가장 큰 충격이 아니라는 듯이 뉴스를 읽었다.

"이자가 연쇄살인범일 가능성이 있을까요?"

진행자가 또 다른 죽음을 보도할 기회에 침을 흘리듯 물었다. 사람들이 아침 6시부터 자정까지 살인 사건에 이렇게 관심을 갖다니 정말 역겨울 따름이다. 물론 인간들이 정서적으로 어두운 면에 호기심을 느끼고 그것을 탐구하고 계속 자극하려는 것은 인간의 본성이다. 솔직히 그가 그들을 재단할 입장은 아니지 않은가? 하지만 억지웃음을 지으며 읽는 이런 보도에 비위가 상했다.

희생자가 경찰에게 관련 정보를 얼마간 제공했다고 화면 속 기자가 말했다. 그가 그대로 얼어붙어 다음 말을 기다렸지만 그녀가 거기에서 멈추고 새로운 소식이 들어오는 대로 전해 주겠다고 말했다.

그가 침을 삼켰다. 또 다른 실패.

에마는 죽었다. 독미나리가 그의 비밀을 뚫을 수 없게 안전하게 지켜 주었다. 하지만 테라는 다르다. 충동적으로 그녀를 선택했고 무모한 짓이었다. 그는 순간적 해방감을 느끼는 데 급급해 그녀를 안전한 집으로 데려오지 않았고, 심지어 그곳을 미리 정찰하지도 않았다. 그저 어릴 때 아버지와 사냥할 때 그랬던 것처럼 엘름우드 공원에 아무도 없을 것이라고 지레짐작했다.

"어떻게 살아남은 거지?"

그가 큰 소리로 자문했다.

그는 분명히 칼날을 정확한 두 지점을 가로질러 그었다. 그것이 잘못되었을 리는 없다. 그는 또다시 목표물을 놓쳤다는 데 낭패감을 느꼈다. 대동맥을 놓쳤다는 사실에 오래전 에밀리를 탈출하게 만든 중대한 실수가 다시 떠올랐다. 두 사람 다 너무 늦을 때까지 발견되지 않고 낮의 열기 아래서 썩어 갔어야 했다.

"썅!"

그가 고함을 치며, 숟가락을 요란하게 개수대에 던졌고 쨍그랑 소리를 내며 부딪혔다.

그가 조리대에 등을 기대고 집 안을 둘러보았다. 이 상황에서 벗어날 방법이 떠오르지 않았고, 이런 기분은 낯설었다. 그는 다른 곳으로 옮겨 그곳에서는 시선을 끌지 않고 조용히 행동해야 한다. 그것 말고는 선택의 여지가 없지만 그는 먼저 루이지애나를 굴복시키고 싶었다.

그가 벽에 드러난 돌을 손끝으로 훑으며 낡은 계단을 성큼성큼 내려갔다. 이 오래된 지하실은 실용적 목적을 위해 바닥에 새로 시멘트를 깔았지만 뼈대는 예전 흙바닥일 때 그대로 남아 있다. 그의 아버지는 지하실을 쓸모 있게 만드는 데 신경 쓰지 않았다. 예전에는 이곳을 저장고로 이용했지만 아버지는 모든 일을 바깥에서 했다. 어머니가 돌아가시자 제러미는 이곳을 작업실로 바꾸었다. 이 공간은 오랫동안 방치됐지만 꽤 쓸 만했다.

그는 이 벽을 만지는 것도 마지막임을, 계단이 그의 발밑에서 삐걱거리고 신음하는 소리를 듣는 것도 마지막임을 알았다. 그는 서두르지 않고 눈을 깜빡일 때마다 이 기념품을 기억에 저장했다. 그는 구석에 있는 전구가 몇 달이나 깜빡였지만 갈지 않았다. 처음에는 아래층에서 친구들이 그를 기다리는 즐거움에 마음을 뺏겨 전구 가는 것을 자꾸 잊어 버렸다. 그러다 결국 죽어 가는 전구가 발하는 으스스한 빛을 즐기게 되었다. 전구가 깜빡이자 지하실이 미친 과학자의 실험실이나 텍사스 전기톱 살인범의 작업실처럼 더 무서워 보였다. 하지만 이제 더는 그런 음산한 분위기가 필요 없다. 그가 마지막 계단까지 내려가 오른쪽 선반에 있는 상자에서 새 전구를 꺼냈다. 그리고 뒤쪽 구석에서 깜빡이는 전구를 쉽게 돌려 뺀 다음 새것으로 갈아 끼웠다.

고쳤군.

한결같은 빛이 상황을 바꿨다. 깜빡거리는 효과가 없어지자 모든 것이 부드러워졌다. 그가 이 공간을 이리저리 되는대로 둘러보며 시간이 더 있기를 바랐다.

  오래지 않아 그들이 도착해 이곳을 헤집어 놓을 것이다. 곧 이 모든 것이 증거 봉투에 담기고 이곳에 폴리스 라인이 둘러질 것이다. 지금 그의 상황을 더욱 참기 어렵게 만드는 건, 고분고분하지 않은 여자가 그의 치밀한 계획을 망쳤다는 것이다.

  이야기가 이렇게 전개된다면 그는 가능한 모든 것을 통제할 생각이다. 그가 벽 앞에 서 있는 새것 같은 냉동고를 열고 키패드 잠금장치에 숫자를 입력했다. 찰각. 잠금장치가 풀리는 소리가 에어컨의 부드러운 윙윙 소리를 날카롭게 가른다. 그가 냉동고 뚜껑 위에 손을 얹었다. 부드럽고 매끄러운 뚜껑 위를 손가락으로 두드리자 차가움이 전해졌다. 뚜껑을 열자 진공이 풀리면서 헉 소리가 났다. 그 소리를 들으니 마치 너무 오랫동안 숨을 참은 폐가 겨우 공기를 들이마시는 것 같다. 그가 그녀를 내려다보자 차가운 공기가 파도처럼 몰려왔다. 그녀는 냉동 화상을 입었고, 피부는 얼음처럼 부드럽고 차갑다. 마른 피가 뺨에 아직 덕지덕지 묻어 있다. 몇 주 동안 냉동고에 둔 터라 피가 말라붙어 피부에 얼룩이 생겼다. 그것이 섬뜩하지만 불연지처럼 이상하게 아름다워 보였다.

그가 그녀를 뒤집으면, 허리 부위에 깔끔하게 붕대가 감긴 상처를 만질 수 있다. 이번엔 제대로 해냈다. 이번 실험에서 그는 6번 경추에서 척수를 성공적으로 절단했다. 그러자 그의 포로는 다리와 몸통, 팔의 움직임을 모두 잃었다. 이게 바로 7년 전 일어났어야 했던 일이었다. 하지만 그는 그때의 실패에서 배웠고, 이제는 그것을 완벽히 해냈다.

몸을 움직이지 못하는 희생자는 더 다루기 쉽지만 의욕은 줄어 운동 지구력보다는 과학적 기량을 시험하기에 완벽하다. 그는 도서관에 가던 어린 시절 이후로 언제나 뇌엽 절제술을 하고 싶었다. 그가 그녀의 눈구멍에 아이스 픽을 찔렀을 때 피가 예상보다 많이 흘렀다. 그가 처음 시도한 전전두엽 절제술은 전혀 계획대로 되지 않았다. 하지만 아이스 픽 뇌엽 절제술의 아버지도 실패를 겪었다. 그는 아이스 픽을 정확한 위치에 찌르기가 그렇게 어려울지 예상치 못했다는 것을 인정했다. 실수했다는 것을 알면서도 그는 다음 단계로 넘어가 아이스 픽을 휘저었고, 그로써 그녀를 정말로 끝냈다. 그녀가 몸을 떨면서 경련했다. 두 눈이 튀어나오고 몸이 심하게 경직돼 그러다 부서질 것만 같았다. 그녀의 얼굴에 고통이 확연히 드러났다. 그는 그녀의 목과 턱 주변 근육이 반사적으로 팽팽해지던 모습이 지금도 눈에

선하다. 입에 재갈을 물리지 않았더라면 이빨이 먼지가 되도록 갈았을 것이다. 깨진 주전자에서 우유가 새듯 코피가 줄줄 흘러 아래쪽에 고였다.

꼭 립스틱을 바른 것 같군.

그가 수분이 빠져나간 피부를 손가락으로 만지며 그 느낌을 음미했다. 그때는 그녀의 입술과 이에 묻은 선명한 피가 매혹적으로 빛났다. 지금은 피가 가장 건조한 사막의 갈라진 표면 같아 보인다. 재갈에 달린 공이 얼어서 딱딱해진 채 여전히 그녀의 이 사이에 있다. 그때 그는 연습을 조금 할 뿐이라고 생각했지만 이제 그녀의 고통을 더 큰 목적을 위해 쓸 것이다.

그가 냉동고의 플러그를 빼고 뚜껑을 활짝 열었다. 그들이 오면 그녀의 냄새를 가장 먼저 맡으리라. 그가 벽장 자물쇠를 열고 그의 가장 강력한 도구와 무기들을 끄집어냈다. 그는 언제나 근거리 사냥을 더 좋아했다. 어릴 때도 멀리서 총을 쏘는 것보다 날카로운 칼로 돼지를 찌르는 편을 더 즐겼다. 하지만 때로는 거리가 필요한 상황도 있다. 큰 사냥감을 사냥할 생각이라면 큰 총을 끄집어내야 한다.

그가 텐포인트제 석궁과 넓은 기계식 티타늄 화살촉이 달린 화살들을 집어 들었다. 목표물에 맞으면 화살 양옆에서 날이 펼쳐져 5센티미터가량의 상처를 낸다. 부피를 늘리지 않고도 최대한 손상을 입히는 것이다. 그는 쉽고 빠르게 움직일 수 있을 테고, 그의 계획에는 기동성이 필수적이다. 어쨌든 이번에는 처음으로 사냥감이 그에게 반격을 할 수도 있을 테니까.

30

르루가 레이 싱어의 주소에 차를 세우며 윌이 주차된 차에 기대 있는 모습을 보았다. 그가 집 앞, 윌의 차 뒤에 주차하고 밖으로 나갔다.

"난 잠깐 여기 있을게요."

렌이 열린 창문으로 말했다.

"잠깐 혼자 정리할 시간이 필요한 것뿐이에요."

르루가 고개를 끄덕였다.

"알았어요, 오래 걸리지 않을 거예요. 라디오는 건들지 마요."

그가 그녀에게 열쇠를 던지고, 그녀가 시동을 걸며 그를 향해 희미하게 웃어 보였다.

"존, 왜 항상 나를 기다리게 만드는 거야?"

윌이 과장스레 팔을 흔들자 르루가 눈알을 굴렸다.

"진정해, 브루사드."

그가 셔츠를 바지춤에 넣고 현관으로 향했다. 두 사람이 계단을 올라가 초인종을 누르자 머리가 헝클어진 중년 남자가 나왔다. 안전한 거리를 두고 차에 있음에도 렌은 모든 말을 분명히 들을 수 있었다.

"무슨 일이시죠?"

그가 문을 열며 묻고는 몸을 밖으로 내밀었다. 윌이 신분증을 보이며 먼저 말했다.

"뉴올리언스 경찰입니다. 저는 브루사드 형사이고, 이쪽은 르루 형사입니다. 레이 싱어 씨인가요?"

레이가 긴장한 듯 보였다.

"네. 무슨 일이시죠?"

윌이 말을 이었다.

"어젯밤 이 지역에서 일어난, 치명상 공격에 관해 수사 중입니다. 희생자가 당신 바에서 마지막으로 목격됐어요."

"세상에. 뉴스에 나온 그 여자 얘기예요?"

그가 눈을 크게 뜨며 물었다. 르루가 고개를 끄덕였다.

"어젯밤에 일한 바텐더, 종업원과 얘기해 봐야 합니다. 그들의 이름과 연락처를 주실 수 있을까요?"

레이가 문틀에 기대 헝클어진 갈색 머리를 손으로 쓸어

올렸다.

"잠깐만요, 그 살인자가 내 바에 있었다고요? 지금 그 말입니까? 이런, 제길."

르루가 손을 들어 말을 잘랐다.

"그저 종업원과 바텐더에게 어젯밤에 뭔가 이상한 점을 목격했는지 물어보려는 것뿐입니다."

"네, 그러셔야죠. 지금 가서 가게를 열 거고, 어젯밤에 일한 직원 몇 명도 거기 있을 거예요. 저를 따라 가게로 가시면 됩니다."

"잘됐네요, 따라가겠습니다."

윌이 레이에게 퉁명스럽게 고개를 끄덕여 보이고, 세 남자가 각자 자기 차로 향했다.

르루의 전화가 울렸다.

"르루입니다."

르루가 자동차 문 앞에 서서 전화를 받고 운전석에 앉았다.

"여보세요. 엘름우드 공원 희생자에 관한 정보가 있는 것 같다고 누가 찾아왔어요. 그 남자가 어젯밤 바에 있었대요."

"지금 바로 갈게요."

그가 전화를 끊고 윌을 올려다보았다.

"목격자일지 모르는 사람이 서에 와 있대. 지금 가 봐야겠어. 이 일 좀 처리해 줄 수 있지?"

"수신 완료."

그가 장난스레 대답했다.

"경찰서로 전화해 봐. 나머지 사항을 자세히 얘기해 줄 거야."

"알았으니 어서 가! 결과 알려 주고."

르루가 렌에게 관심을 돌렸다. 그가 깨뜨리고 싶지 않은 유리잔인 듯 그녀를 부드러운 눈빛으로 응시했다.

"집으로 데려다줘요, 존."

렌이 나직이 말하며 갑자기 하루의 무게가 몰려오는 피로를 느끼며 창밖을 바라보았다.

"알았어요."

르루가 고개를 끄덕이며 그녀의 집 방향으로 출발했다.

분위기가 무겁다. 오늘 알게 된 일에 관해 아무도 말을 꺼내려 하지 않았다. 렌이 창밖으로 손을 내밀어 따뜻한 공기 속에서 손바닥을 파도처럼 오르락내리락하며 바람을 맞았다.

31

제러미가 그녀를 지켜보고 있다.

그가 그녀의 집 둘레에 심어진 나무들 사이 깊은 어둠 속에 서서 창문들 너머로 그녀의 움직임을 좇았다. 그는 그녀를 잘 알고, 이렇게 늦은 시간에도 그녀가 방 안의 모든 불을 켠다는 것도 안다. 에밀리는 겁이 많지는 않았지만 어둠 속에서 무엇이 기다릴지 항상 걱정했다. 그는 이 사실을 알고 칠흑 같은 어둠 속임에도 나뭇가지에 가려진 곳에서 커다란 나무에 몸을 반쯤 숨겼다. 그는 이제 그녀의 습관을 알고, 긴 하루 끝에 그녀가 어디에 앉아 긴장을 푸는지도 안다. 그는 지금까지 아주 오랫동안 그녀를 지켜봤다.

그가 기다린다.

그가 꼼짝도 하지 않고 서서 보이지 않지만 주위에서 윙윙거리는 야행성 곤충들의 합창에 귀를 기울인다.

그는 인간이 주변에서 들리는 시끄러운 소리 가운데서도 한밤중에 상황에 맞지 않는 소리가 작게라도 들리면 그것을 알아차리도록 생물학적으로 설계된 점이 흥미롭다고 생각했다. 그가 작게 기침이라도 한다면 들킬 것이다. 하지만 숲이 밤새도록 힘껏 지르는 소리에는 아무도 신경 쓰지 않을 것이다.

그는 오늘 밤까지는 그저 그녀를 지켜보며 멀리서 사소한 단서들을 남겼다.

그녀가 모든 창문과 문이 잠겼는지 다시 한 번 확인하는 모습을 그가 지켜보았다. 그녀는 밤에 자신이 안전하게 갇혔는지 꼭 확인하고 나서 잠자리에 든다.

그녀는 철저하고 똑똑하지만 그는 그동안 감시하며 그녀가 계속 확인하지 않는, 그녀의 요새에 침투할 방법이 하나 있다는 사실을 알아냈다. 지하실은 아직 마무리되지 않았고, 그런 이유로 그녀는 그곳을 방치하고 있었다. 그녀와 그녀의 남편은 정원에서 지하실로 들어가는 덮개 문에 큼직한 자물쇠를 설치해 경계했다. 결국 지하실에 아무도 들어갈 수 없다면 누가 지하실에서 위층으로 올라올까 봐 걱정할 필요도 없다.

제러미는 지하실로 들어가는 세 개뿐인 창문에 주목했

다. 두 개는 돌배기 아이보다 큰 사람은 통과하지 못할 정도로 작다. 그는 오늘 세 번째 창문에 관심이 있다. 그 창문은 두 창문보다 크고 보통 방식으로 열린다. 잠금장치가 있지만 딱 봐도 한눈에 망가져 있음을 알 수 있다. 조용히 이 집을 찾아온 어느 밤에 처음으로 우연히 그것을 발견했을 때 그는 곧바로 의심했다.

'창문을 잠그지 않다니 에밀리의 성격에 맞지 않는 것 같은데. 망가진 잠금장치를 손보지 않다니 형편없이 무책임한걸. 그리고도 지금까지 아무도 이 집에 침입하지 않았다니 운이 좋다고 해야겠군.'

그는 그것을 열어 보려다가 창문이 페인트칠로 붙어 있음을 확인했다. 이 사소한 사실로 미루어 보아 지하실을 그녀의 남편이 책임지기로 했고 에밀리는 그가 알아서 그곳을 충분히 안전하게 잠갔다고 그냥 믿었을 것이다. 그는 어리석게도 그들이 이사 오기 오래전부터 창문 자체가 페인트로 붙어 있어서 망가진 잠금장치를 바꿀 필요가 없다고 생각한 것이 분명하다.

에밀리가 주방 창문으로 밖을 내다본다. 그녀의 얼굴에 곤혹스러운 표정이 역력하다. 아마 생각에 깊이 빠져 있는 것 같다. 그가 시야 밖으로 걸어가기 전에 순간적으로 그녀가 거의 그를 본 것처럼 보였다. 그는 잠깐 그녀가 자신과 눈을 마주쳤다고 느꼈다. 물론 실제로는 눈이 마주치지 않았다. 그녀는 뒤에서 비치는 빛 때문에 그를 절대 보지 못할 것이다.

그는 불이 꺼지는 것을 보았지만 움직이지 않았다. 에밀리와 그녀의 남편이 깊이 잠들기에 충분한 시간이라고 확신할 때까지 안 보이는 곳에 조금 더 있을 작정이다. 그는 기다림 정도는 개의치 않는다. 그의 가장 유용한 자질 중 하나는 특출한 인내심이지만 최근에는 계속 그 장점을 등한시해서 스스로에게 해를 끼쳤다. 그는 감정을 억누르고 안전해질 때까지 기다려 계획을 잘 실행해 나갈 것이다. 두 시간 반이 눈 깜빡할 사이에, 숨 한 번 크게 내쉬는 사이에 지나갔다. 그가 마음먹으면 그 정도는 순간에 지나지 않는다.

그가 짙은 어둠을 뚫고 제대로 잠기지 않은 지하실 창문으로 다가갔다. 그가 에밀리의 공간으로 넘어가지 못하게 막는 것은 창문을 붙인 오래된 페인트칠뿐이다. 그것을 해결할 방법은 칼날뿐이다. 제러미는 모든 것이 준비돼 있다. 그가 부츠에서 칼을 꺼내 창턱을 따라 살살 톱질하듯 잘랐다. 오래돼 누렇게 변한 페인트가 최근에 간 칼날 아래서 달걀 껍데기처럼 부서졌다. 수십 년 된 유독한 납 부스러기가 공기 중에 떠올랐다 그의 발밑에 있는 잔디에 내려앉는다. 그는 이 창문이 언제 마지막으로 열렸고 애초에 누가 그 위에 페인트를 발랐을지 궁금해졌다. 창문을 페인트칠로 붙이는 사람은 일을 대충 하는 유형이다. 왜 사람이 평균 이하의 성과를 내기로 선택할까? 사회는 언제나 그렇게 평범한 사람들을 길러 왔다.

제러미는 기만적 확실성이 이 창문을 지배하던 시대가 끝나는 것을 보자 기뻤다. 부주의는 결국 취약함으로 이어지고, 자기 침대에서 잠들어 있는 사람보다 취약한 사람은 없다. 그가 창문을 붙인 페인트를 다 자른 다음 주머니에서 드라이버를 꺼내 내리닫이 창문과 창턱 사이에 끼워 넣었다. 그리고 창문이 탁 소리가 나며 들릴 때까지 칼 손잡이로 톡톡 두드렸다. 창문이 처음으로 루이지애나의 공기를 들이마시자 먼지와 페인트 가루가 어둠 속에서 소용돌이친다. 그가 막 생긴 틈을 통과해 곧장 다양한 종류의 잔디 관리 기계와 낙엽 송풍기가 놓인, 먼지 쌓인 작업대로 올라갔다. 흔들리는 작업대 위에서 균형을 잡은 뒤 슬그머니 바닥으로 내려서고는 사방에서 뻗어 나오는 어둠에 눈이 적응되기를 기다렸다.

제러미가 1층으로 올라가려 오래된 계단을 밟자 계단이 나지막이 신음 소리를 냈다. 그는 주방 문을 밀어 열며 전등이 켜진 채 있는 것에 주목했다. 그 불이 쓰레기통이 있는 모서리를 비추고, 그는 어둠 속에서 누군가에게 간절히 쓰레기통이 필요할 때가 과연 있을지 궁금해졌다.

그가 오래된 집 바닥에서 항상 나는 삐걱 소리를 예상하며 천천히 움직였다. 그리고 주방을 나서 에밀리가 대개 밤이면 앉아 있던 거실로 들어갔다. 그가 오른쪽 벽을 가로질러 놓인 오래된 서랍장을 장갑 낀 손가락으로 쓰다듬었다. 그것은 낡았고 이 집에 잘 어울렸다. 별스러운 다양한 잡동사니가 트로피처럼 눈에 잘 띄게 서랍장 위에 놓여 있다. 서랍을 열어 보니 다양한 맛의 박하사탕으로 채워져 있다. 내용물에 놀라 뜻밖에 짧은 웃음이 터지고 그는 고개를 저으며 그것을 다시 닫았다.

그는 보이는 곳마다 흩어져 있는 그녀의 조각들에 주목했다. 그녀의 집에 들어온 사람이라면 누구나 에밀리가 집 안을 돌아다니며 이 탁자 위에 반지, 저 조리대 위에 팔찌 하는 식으로 물건들을 여기저기 던져 놓는다는 것을 분명히 알 것이다. 그녀는 밤에 무엇을 하는지 흔적을 남기는 사람이다. 보이는 것 가운데 특별한 것은 없다. 그 가운데 그에게 필요한 물건은 없다. 그는 자신이 찾는 것을 발견하면 그것이 큰 소리로 자신을 부르리라고 확신하며 계속 움직였다.

그가 계단 아래 서서 어둠을 올려다보며 위층 복도에서 새어 나오는 암흑에 눈을 다시 적응시켰다. 그러고는 첫 계단에 올라선 다음 어깨로 벽을 밀면서 천천히 올라갔다. 이 계단이 조용할 리는 없으므로 그는 한 계단 한 계단 안무 동작을 하듯 발을 조심해서 디뎠다. 나무 계단은 공기의 변화에 따라 수축과 팽창을 반복한다. 이 점을 머릿속에 새긴 그는 계단 중간을 디디면 분명히 소리가 나리라는 것을 안다. 그래서 고양이처럼 움직이며 벽과 가장 가까운 곳만 딛는다. 계단을 올라가며 그는 모양이 들쭉날쭉한 액자에 끼워져 죽 걸린 사진들을 건드리지 않도록 조심했다. 그가 마지막 계단에 도착해서 멈췄다. 왼쪽에 있는 문은 닫혀 있고 문 반대편에서 선풍기가 나직이 윙윙거리고 있다. 그 방이 에밀리가 자는 곳이다. 이 특정한 정보를 확실히 알기까지 며칠 밤이 걸렸지만 그녀가 침실 블라인드를 깜빡하고 내리지 않은 어느 밤 그의 잠복이 결실을 거두었다. 그는 그녀가 새벽 세 시쯤 깨어나 화장실에 가는 것을 지켜보았고, 지금 보니 화장실은 계단 오른쪽에 있다. 침실로 돌아온 그녀는 창밖을 잠깐 쳐다본 다음 블라인드를 내렸다.

 그가 크게 숨을 들이쉰 다음 천천히 발을 끌며 문 쪽으로 가 두 손을 문틀에 기댔다. 그가 선풍기 소리에 묻혀 잘 들리지 않는, 작고 규칙적인 숨소리에 귀를 기울이고는 몸을 돌려 문을 등지고 앉은 자세가 될 때까지 슬그머니 몸을 낮췄다. 문에 등을 대고 오른쪽 귀가 문과 수평이 되도록 고개를 한쪽으로 기울였다. 그 자리에서 귀를 기울였다.

 그가 그들의 침실 밖에 앉아 있는 동안 한 시간이 더 지났다. 그는 자신의 강력한 힘을 느꼈다. 그리고 에밀리와 그녀의 남편이 누군가가 그들의 침실 문 바로 앞에 있다는 사실을 모르는 채 잠깐 깨어 몸을 뒤척이거나 시계를 보는 상상을 했다. 그는 그들의 안정을 침해했다는 느낌이 마음에 들었다. 그들이 취약한 상황임에도 거짓된 안정감을 느낀다는 것을 안다는 점이 마음에 들었다. 또 칼을 한 번 휘둘러 둘 다 죽일 수 있다는 사실이 마음에 들었다. 물론 그는 그러고 싶을지언정 오늘 밤 그들을 죽일 계획은 없다. 지금은 그런 식으로 움직이지 않을 것이다. 이제 더 이상 계획에 없는 해방감을 느끼고자 하지 않을 것이다.

 그는 오늘 밤 피 말고 다른 것을 찾으러 이곳에 왔다. 그가 천천히 몸을 일으킨 다음 멈춰 서 숨을 골랐다. 그는 초조하지 않다. 호흡이 빨라지는 것은 순전히 흥분감 때문이다. 그가 손을 문고리에 올린 다음 천천히 돌렸다. 소리 없이 문이 열렸다. 에밀리와 남편이 문 맞은편에 있는 침대에 편안히 누워 그가 방에 들어가는 사이 전혀 미동도 하지 않았다. 그가 살그머니 걸어가며 눈을 이 공간의 농도가 다른 어둠에 다시 적응시켰다. 그가 침대 왼쪽으로 가서 에밀리 옆에 쭈그리고 앉아 그녀의 협탁에 무엇이 있는지 살폈다.

책장이 접힌 무선 제본 책 옆에 반지가 있다. 크고 값비싸 보이며 다이아몬드로 둘려 있다. 그녀는 밖에 나갈 때 그 반지를 끼지 않는다. 그는 그렇게 호사스러운 물건이 그녀의 섬세한 손가락에 끼어진 것을 한 번도 보지 못했다. 보았다면 그것이 그녀에게 특별한 반지임을 누구라도 추측할 수 있었을 것이다. 그는 그것이 아주 오래전 다음 수업을 기다리다 그녀가 지나가는 말로 얘기한 적이 있는 반지라고 확신했다. 반지는 그녀의 할머니 것이다. 그는 반지를 들고 반지가 놓였던 깨끗한 원 주위를 얇은 먼지 막이 둘러싸고 있는 것을 보았다. 이것은 이 협탁에 붙박이 세간처럼 놓여 있었던 것이다. 그녀에게 안정감을 주는 물건, 딱 그가 찾는 것이다. 그가 슬며시 그것을 새끼손가락에 꼈다. 그가 쭈그려 앉은 채 마지막으로 에밀리를 한 번 더 바라보았다. 그녀는 한 손을 담요에 올린 채 그를 등지고 있고, 그녀의 적갈색 머리카락이 위쪽에 대충 말아 묶은 데서 빠져나와 베개에 흘러내려 있다. 오른손으로는 담요를 한 움큼 움켜쥐고 있다. 그는 그녀의 냄새를 맡을 수 있다. 깨끗한 냄새가 난다. 꽃향기나 특정한 냄새는 아니지만 확연히 깨끗한 냄새.

그는 그것을 지금 끝낼 수도 있다. 손을 뻗어 옆에 누가 있다는 사실을 그녀가 깨닫기도 전에 그녀의 목을 툭 부러뜨릴 수도 있다. 드라이버를 그녀의 관자놀이에 꽂거나 칼로 목을 쭉 그을 수도 있다. 그는 즉시 그녀의 생명을 완전히 끝낼 수 있다. 그 느낌이 순간적으로 그를 압도해 그의 계획을 깡그리 중단시킬 뻔했다.

하지만 일어날 때와 똑같이 그 감정이 곧바로 사라졌다. 제러미는 안다. 그게 이 이야기의 끝이 아니라는 걸. 에밀리는 자신을 죽인 사람이 누구인지도 모른 채 마지막 숨을 내쉬는 일은 없을 것이다. 그가 다시 일어나 슬며시 방을 가로질러 맞은편에 있는 문 쪽으로 갔다. 침실을 바라보며 손잡이를 돌린 다음 그대로 잡은 채 조용히 문을 닫았다. 안전하게 방에서 빠져나오자 그는 손잡이를 천천히 놓아 원래 위치로 돌려놓고 1층으로 천천히 내려가기 위해 계단

꼭대기로 향했다.

 그가 들어올 때와 똑같은 방법으로 집에서 나가고, 삐걱 소리가 나게 지하실 창문을 닫으면서 폐 속으로 밤공기를 급히 들이마셨다. 그가 다시 한 번 새끼손가락에 낀 반지를 엄지로 만지며 줄지어 서 있는 나무들을 따라 걸어 어둠 속으로 사라졌다.

32

 렌이 자신의 전화기를 보았다. 메시지와 뉴스 알림이 조롱하듯 화면에 쌓여 있다. 르루에게서 부재중 전화가 와 있고 전화해 달라고 재촉하는 문자가 줄지은 알림 꼭대기에 있다. 리처드가 작은 위안의 표시로 그녀의 어깨를 꼭 쥐었다. 그가 식탁 맞은편에 앉았다. 그는 언제나 다정하다. 그녀는 그와 그의 처지를 이해한다. 어떤 반응도 보일 수 없는 상황임에도 어쨌든 그는 그녀에게 최선을 다해 완벽한 남편이 되어 주려 애썼다.
 "이 일에 직접 나설 필요까진 없잖아, 렌."
 그가 잠시 침묵을 지키다 말했다.
 그녀가 마음의 갈피를 잡지 못한 채 피곤한 눈으로 그를 올려다보았다. 지난 몇 주 동안의 충격이 멈추지 않고 몰려왔다. 르루가 집에 내려 준 뒤 그녀는 이 사건을 잊으려고 필사적으로 노력했지만 더 많은 단서들이 계속해서 떠오르기 시작했다. 그녀는 다른 희생자들, 특히 소독된 차가운 작업대에 누워 있는 불쌍한 에마의 이미지를 뇌리에서 지울 수 없었다. 그리고 불현듯 그 생각이 떠올랐다. 독미나리. 아주 이상하고 독특한 살해 무기이다. 사실 이 일을 하면서 전에 한 번밖에 못 봤을 정도로 드물었다.

"나도 알아. 그렇게 말해 준 건 고맙지만 내가 아는 것을 다른 사람들에게도 말해 줘야 해."

그녀가 손가락에 낀 반지들을 만지작거리며 대답했다.

"지난 몇 주 동안이나 이 사건을 맡아 왔어. 그리고 지난 몇 년간 늪지대 살인자의 그늘에서 살았고. 이제 어떻게 결론이 나든 내가 도와야 해."

리처드가 고개를 끄덕이며 팔꿈치를 식탁에 올렸다.

"당신을 믿어. 그저 당신 속도에 맞추라는 거야, 알았지? 준비된 다음에 존에게 전화해."

"지금이 바로 그때인 것 같아."

그녀가 대답하고 벌떡 일어나 벌써 통화 연결음을 들으며 서성거렸다.

"여보세요, 멀러."

르루가 연결음이 두 번 울린 다음 전화를 받았다.

"여보세요. 잠깐 먼저 할 말이 있어요. 몇 년 전에 내가 맡았던 사건 기억해요? 성인 아들이 응급실에 나이 많은 어머니를 모셔 온 사건. 우울증 병력과 자살 시도도 몇 번 있었고, 그날 밤 다시 자살을 시도하며 무언가를 삼켰을지 모르겠다고 그 아들이 말했다고 한, 그 사건 말이에요. 그 환자가 심하게 경련을 일으키고 호흡 곤란을 겪었다고 전달받았어요."

렌이 말을 멈추고 르루가 그 사건의 세부 내용을 기억하는지 말해 주기를 기다렸다.

"그러다 병원에 이송된 지 오래지 않아 결국 내가 맡게 됐고, 저녁마다 마시는 적포도주에 독미나리 추출액이 섞여 있었다는 걸 우리가 나중에 알아냈잖아요."

"독미나리요? 보통 그런 걸 쓰나요?"

르루가 물었다. 렌은 무슨 관련이 있는지 이해하려고 필사적으로 애쓰며 고개를 흔드는 그의 모습이 눈에 선했다.

그녀가 말을 이었다.

"그 불쌍한 분은 근육 경련 때문에 몸이 거의 부서졌어요. 응급실에서 거의 10분도 못 버티고 이쪽으로 옮겨졌어요. 끔찍한 죽음이고, 그래서 자살 방법이라고 단정하기 어려웠어요. 하지만 살인이라고 볼 증거가 없었어요."

"아, 그 일 기억나요. 와. 뭐였더라? 2, 3년 전이었죠? 당연히 다들 의심했지만 아까 말한 것처럼 확실한 게 아무것도 안 나와 수사를 진행할 수 없었어요."

"그동안 검시관으로 일하면서 독미나리로 인한 죽음을 딱 한 번 더 마주쳤어요. 우리가 공동묘지에서 발견한 여자요."

"두 사건이 연결돼 있다고 생각하는군요."

"그자예요, 존. 확실해요."

"다른 독미나리 사건의 피해자 이름이 뭐였어요?"

"모나예요. 그분이 딱 모나처럼 생겼던 게 기억나요. 이미 기록을 찾아봤어요. 모나 루이즈 로즈예요. 가장 가까운 친척은 제러미 캘빈 로즈라고 돼 있어요."

르루가 전화기 너머에서 크게 한숨을 쉬었다. 렌이 심호흡을 하고 눈을 꼭 감은 채 서성거렸다.

"처음 듣는 이름이 아니네요. 우리가 필립 트루도와 이야기를 해 봤어요. 당신 말이 맞았어요. 당신이 생각한 사람이 맞았고, 그가 우리에게 알려 준 이름이 제러미 로즈예요."

렌은 갑자기 살짝 현기증을 느꼈다. 잠도 잘 못 자고 지난 며칠 동안 계속 자판기 음식만 먹고 지낸 데다 이미 복잡한 머리에 정보가 물밀듯 몰려온 결과임이 분명했다.

르루가 침묵을 깼다.

"어젯밤에 바에 있었다며 찾아온 사람을 만났어요. 그가 희생자와 함께 떠나는 남자를 봤대요. 그의 진술이 별 도움이 되지는 않았어요. 용의자가 자기를 보고 웃었고, 그게 왠지 기억에 남았다는 말만 하더라고요."

렌은 목격자가 칼의 웃음을 특정해서 언급한 데 놀라지 않았다. 그의 살짝 비뚤어진 웃음은 정말 기억에 남을 만했다. 그가 그런 웃음을 지으면 어딘가 매력적이고 이상하게 편하게 느껴졌다.

"그렇군요, 누가 그의 웃음을 기억했다니 이해가 돼요."

그녀가 식탁에 앉아 걱정하며 듣고 있는 리처드를 보며 나직이 말했다.

르루가 말을 이었다.

"그에 관해 더 조사해 보고 제러미 로즈의 신원을 확인할 수 있는지 볼게요."

목소리가 갈라지자 그가 목소리를 가다듬었다.

"로즈 가족의 집 주소를 알아낸 다음 판사에게 제출할 진술서를 준비할 거예요. 그 자식이 도주를 시도하기 쉬우니까 되도록 빨리 찾아가야 해요. 뉴스에서 헛소리들을 실컷 떠들어 대고 있으니 일을 개판으로 했다는 걸 그 자식도 이제 분명히 알았을 거예요."

"내가 경찰서로 갈게요. 영장을 발부받으면 나도 같이 가고 싶어요."

"렌, 안 돼요. 이건 너무 버거워요. 당신은 이미 충분히 해 줬어요. 당신이 아니었다면 이 소름 끼치는 자식에 관해 이만큼 알아내지 못했을 거예요. 당신 덕에 모든 일이 빨리 진척됐어요. 이제 한발 물러나도 돼요."

"그 말은 고마워요, 존. 정말이에요. 하지만 나도 갈 거예요. 그의 집에 시체가 더 없으리라고 어떻게 확신해요? 미해결 실종 사건이 아직 몇 건 있고, 그들이 그의 늪지대에서 썩고 있는 걸 발견한데도 난 놀라지 않을 거예요. 검시관이 있어야 해요."

"렌……."

그녀가 말을 끊었다.

"게다가 그가 도망치려 하거나 숨어 있다면 나를 보고 모습을 드러낼지도 몰라요. 결국 내 관심을 끌려고 많은 노력을 했으니까요. 그자가 왜 이제 와서 나를 피해 숨겠어요?"

르루가 한숨을 쉬었다.

"당신을 미끼로 이용하지는 않을 거예요, 렌."

"알아요. 난 그냥 거기 있어야 해요. 가게 해 줘요."

그녀가 애원했다.

전화기 너머로 다시 침묵이 흘렀다. 그가 나지막이 욕설을 내뱉은 다음 마지못해 허락을 했다.

"당신은 어른이에요. 합당한 이유가 있어서 가겠다는데 더 막을 수는 없죠. 경찰서에서 만나요. 브루사드가 지금 도착했으니 이제 영장 신청을 준비해야겠어요."

"알았어요, 금방 갈게요."

그녀가 전화를 끊고 리처드를 마주 보았다. 그의 친절한 얼굴이 걱정으로 일그러져 있다.

"안 가면 좋겠어."

그가 단호하게 말했다.

그녀도 그의 걱정이 타당하다는 것을 안다. 입장이 바뀌었다면 그녀도 그가 이런 상황에 뛰어들기를 바라지 않았을 것이다.

"리처드, 두려운 상황이라는 거 나도 알아."

그녀가 주방을 가로질러 그의 옆자리에 앉으며 말문을 열었다.

"두려운 정도가 아니야, 렌. 소름이 다 끼친다고. 그리고 너무 위험하잖아! 이자가 전에 당신을 죽이려고 했어. 당신 목숨을 끊으려 했고, 오로지 당신을 꾀어낼 목적으로 몇 년을 숨어 기다린 끝에 모습을 드러냈어."

그가 숨 가쁘게 외치듯이 말했다.

"그런데 지금 그자의 집으로 곧장 걸어 들어가고 싶다고? 그건 미친 짓이고, 그러도록 내버려 둘 수 없어!"

리처드의 목소리가 떨렸다. 그가 손으로 입을 막고 고개를 저었다.

"미안해. 그러도록 두지 않을 거야. 그건 안 돼."

"알아. 나도 알아. 하지만 난 경찰에 둘러싸여 있을 거야. 존이랑 윌이랑 무장한 경찰이 아주 많아. 그들이 나를 안전하게 지켜 주리라는 걸 믿어도 되고, 나도 위험한 일은 아무것도 하지 않을 거야."

"더 위험한 일은 안 한다는 거겠지."

"당신에게 돌아올 거야. 약속해. 그냥 이 일을 마무리 지어야 해. 그자가 수갑을 차고 연행되는 걸 봐야지, 안 그러면 다시는 잠들지 못할 거야. 제발 이해해 줘."

그녀의 눈에 눈물이 그렁그렁하고, 그동안 온 힘을 다해 지탱한 튼튼한 벽이 육체적 피로와 감정적 고통 때문에 서서히 무너져 가는 것 같았다.

리처드가 잠시 고개를 떨구고 마음을 가라앉힌 후 다시 고개를 들었다. 눈물을 참느라 눈을 빠르게 깜빡였다. 그의 눈가가 빨게졌고 눈에는 두려움이 가득했다.

그가 그녀의 손을 잡았다.

"나에게 돌아와 줘."

그가 애원했다. 그녀가 손을 맞잡고 머리를 기울여 이마를 맞댔다.

"약속할게."

33

제러미가 오래된 반지를 손가락 사이에서 돌리고 있다.

그가 집 안을 걸어다니며 숨을 고르고 평정을 찾으려 애썼다. 이 아름답고 노후한 농가는 평생 동안 그의 또 다른 몸이나 다름없었다. 그는 여기서 자랐고, 여기서 배웠고, 지금까지 여기서 사냥했다.

그가 혼자서 킬킬거리며 복잡하게 조각된 문틀을 손으로 쓸어내리며 반지를 주머니에 넣었다. 잠시 그는 이제 곧 모든 것이 바뀌리라는 것을, 자신이 살아온 정교하게 쌓아올린 구조가 이제는 어쩔 수 없이 흔들릴 것이라는 현실을 믿을 수 없었다. 그는 내면에서 뜨거운 무언가가 불타오르는 것을 느꼈다. 전류가 갑자기 몰려와 폭발하듯 그가 그때까지 어루만지던 문틀에 무의식적으로 주먹을 날렸다. 그는 붉은색을 보았다. 처음에는 갓 상처 나 피가 흐르는 손가락 관절에서 붉은색이 보였다. 손가락 관절을 움직이자 마디마다 찢어진 피부가 벌어져 욱신거렸다. 그가 하얀 문틀에 상처를 천천히 문지르고, 자신이 서 있는 바닥에 핏방울이 떨어져 부서지는 사이, 손끝으로 핏자국을 길게 늘였다. 그가 눈을 몇 번 깜빡여 보지만 붉은색은 사라지지 않았다. 모든 것이 붉다. 가장 처참한 실패가 이 안식처에서 그를 내쫓을 테고, 그는 지금껏 이런 분노를 느껴 본 적이 없었다.

그녀에게 대가를 치르게 할 거야.

그가 집 앞쪽에 있는 거실로 성큼성큼 걸어가며 완전히 분노에 싸인 자신을 느꼈다. 그는 오래된 크리스털 꽃병이 자기 손에 있는 것을 발견하고 그것을 돌리며, 만약 있는 힘껏 그것을 쥐면 꽃병이 자기 손바닥에서 먼지로 변할 것이라고 느꼈다. 손가락 관절에서 흐른 피가 초록빛이 도는 유리를 적시고, 그가 낮게 으르렁거리며 손에서 미끄러지려는 꽃병을 앞쪽에 있는 벽에 던졌다. 꽃병이 산산이 부서져 아름답고 위험한 비처럼 사방으로 흩뿌려졌다. 유리 조각들이 그의 발 주위로 튀어 모자이크가 되었다.

제러미는 그대로 멈춰 빛이 유리 조각 주위에서 춤을 추며 자신의 혼란을 프리즘처럼 반사하는 것을 내려다보았다. 그리고 그 자리에 서서 숨을 몰아쉬었다. 그가 그런 동물적 분노를 느낀 일은 지금까지 거의 없었다. 그는 숨을 길게 들이마시며 피 묻지 않은 손을 이용해 이마로 흘러내린 금발 한 가닥을 세심하게 제자리로 쓸어 올렸다. 그가 주방으로 가 손을 천천히 돌리며 엉망으로 찢어진 손가락 관절을 살폈다. 끼익 소리가 나게 물을 틀어 혼자서 폭발한 증거를 씻어 냈다. 피가 물과 섞여 아래쪽의 스테인리스 개수대로 소용돌이쳐 들어가며 빨간색에서 분홍색으로 변하자 그는 창밖에 펼쳐져 있는, 지구의 다른 쪽에 닿아 있는 듯한 늪지대를 응시했다. 일 분인지 한 시간인지 모를 시간이 지난 후 그가 손의 물기를 닦고 상처 난 세 개의 관절에 반창고를 붙였다. 그리고 약간의 위안을 얻기 위해 손가락을 천천히 굽혔다 펴 보았다.

그가 다시 집 안을 이 방 저 방 미끄러지듯 걸어 다니며 눈에 담긴 장면들을 하나하나 기억 속에 새겼다. 그는 이 기억들을 자신의 정체성을 붙잡는 끈으로 삼을 것이다. 그는 오늘 죽을 생각이 없다. 정신을 차려 보니 그가 거실에 있고, 그곳에는 분노의 증거들이 그대로 남아 있다. 그는 그것을 메시지이자 위협으로 남겨 두는 편이 더 마음에 들어 그것을 치우지 않았다. 그는 그들이 아주 잠깐일망정 그것이 누구의 피일지 궁금해하기를 바랐다. 산산이 깨져 발에 밟히는 유리가 빈틈없이 계획된 그들의 공습을 방해하기를 바랐다.

그가 주머니에 손을 넣어 반지를 한 번 더 만지작거렸다. 그러더니 거실 가운데 있는 낮은 탁자로 시선을 옮겨갔다. 탁자가 있는 곳은 무대의 중앙이고, 그가 탁자 위, 절대 못 보고 지나칠 수 없는 위치에 반지를 올려 두었다. 반지가 바다에서 표류하는 배처럼 혼자 탁자 위에 놓여 있다. 그는 미소를 지으며, 그것을 발견했을 때의 느낌이 어떨지 그 효과를 확인하기 위해 뒤로 한 걸음 물러섰다.

돌아온 걸 환영해, 에밀리.

34

렌은 지금 경찰서 안 뒤쪽에 앉아 있다. 사방에서 경찰관들에게 여러 가지 명령이 전달되느라 경찰서 안이 어수선하다. 르루와 월은 30분 전에 수색 영장과 체포 영장을 가지고 경찰서로 들어왔다. 그들은 먼저 만난 목격자와 테라에게 술을 만들어 준 바텐더에게 신원을 확실하게 확인했다.

"좋아, 무얼 해야 하고 어떤 위치에 있어야 하는지 모두 아시겠죠?"

부서장이 그들 주위에 있는 떠들썩한 사람들에게 우렁차게 말했다. 르루가 렌 옆자리에 앉아 팔을 허벅지에 올린 채 몸을 숙이고 있다.

"장비 가져왔어요?"

그가 불쑥 물었다. 누가 깊은 잠에서 흔들어 깨운 듯 그녀가 깜짝 놀랐다.

"네. 그럼요, 차에 뒀어요. 왜요?"

"우리랑 같이 가야 하니까요. 그곳에 처리할 시체들이 있다면 밴과 검시관들을 더 불러야겠지만 당신은 우리 차를 타고 같이 가면 좋겠어요."

그녀가 이의를 제기하기도 전에 그가 고개를 저으며 말했다.

"당신 말은 듣지 않겠다고 리처드에게 약속했어요. 타협은 못 해요."

"그 말에는 반박할 수가 없네요!"

그녀가 두 손을 들며 항복하는 시늉을 했다.

르루가 일어나 그녀를 잡아 주려 손을 뻗었다.

"이 모든 일이 끝나도 그런 태도를 유지해 주면 좋겠군요."

그녀가 남은 힘을 모아 그를 밀고 그가 넘어지는 척했다.

"어림없어요, 존."

렌은 자동차 뒷좌석에 앉는 것을 좋아하지 않는다. 어릴 때부터 뒷자리에 타면 언제나 거의 바로 멀미를 했다. 오늘도 다르지 않다.

"내가 토하고 싶은 게 운전 솜씨가 형편없어서인지 자기 집 뒤뜰에서 날 사냥하려 한 놈을 덮칠 참이어서인지 모르겠네요."

그녀가 창문을 열며 말했다. 그녀가 미풍으로 속을 조금 진정시키며 눈을 굴렸다.

"두 분 다 웃어도 돼요. 제발 웃으세요."

르루와 윌이 참고 있다 키득키득 웃었다.

"맙소사, 이런 일을 하게 될 줄은 생각도 못 했다니까요."

윌이 눈을 비비며 말했다. 르루가 그말에 어리둥절해했다.

"못 했다고? 활개 치고 다니는 연쇄살인범을 잡게 될 줄 몰랐다고? 그게 바로 우리 일 아냐?"

"그게, 그래, 물론 그렇지. 하지만 이 정도까지 극적인 적은 없었잖아?"

"그래, 맞아. 네 말이 맞는 거 같아. 하긴 이번 일은 정말 〈트루 디텍티브(True Detective)〉(2014년부터 8년간 미국에서 방영된 범죄 드라마-옮긴이) 같았지."

렌이 그제야 웃었다.

"나라고 이런 종류의 막장 드라마를 보려고 죽음의 산업에 뛰어 들었겠어요? 그러니까, 그래요, 흉악한 살인범에게 죽을 뻔해 놓고 살인 희생자들을 대변하며 살고 있으니 내 인생도 참 진부하죠."

렌이 농담을 하고 손으로 얼굴을 쓱 문질렀다.

"하지만 검시실을 선택한 데는 이유가 있었어요. 조용하고 통제할 수 있는 곳이니까요."

그들이 편안한 침묵 속에 함께 앉아 몬츠 지역으로 이어진 제퍼슨 구역의 외딴 시골길을 따라 달렸다. 르루는 로즈 가족의 집 주소를 쉽게 찾아냈고, 지금 그들이 그리로 가고 있는 것이다. 그 집은 야외 활동가들이 자주 찾는 길목에서 한참 벗어난, 넓은 땅 위에 외따로 떨어져 있다. 숲 가장자리에 나무가 점점 무성해지고 길이 더 험해지자 그녀는 목적지에 가까워지고 있음을 감각적으로 느꼈다. 그녀는 메스꺼움이 다시 목구멍 위로 차오르자 의료용 가방을 꼭 쥐고, 양쪽 엄지로 반지들을 문질렀다.

그들이 이반젤린길 35로 이어지는 길게 굽은 진입로에 도착하자 공기가 자욱해지는 것 같았다. 세 사람이 경찰차 두 대를 따라가며 그곳의 외딴 주변 환경을 조용히 바라보았다. 느닷없이 집이 눈앞에 나타났다. 가슴에 아드레날린 주사를 맞은 것 같았다. 렌의 심장이 세차게 뛰었다. 숨이 가빠지고 얼굴이 달아올랐다. 공황 발작을 일으킬 뻔했지만 가쁜 숨을 가라앉히기 위해 오래전 심리 치료를 받을 때 배운 호흡법을 어렵사리 이용했다. 숨을 코로 들이마시고 입으로 천천히 내뱉었다.

집은 습지대에 있는 것치고 잘 관리되어 있다. 오래됐지만 정원이 잘 가꿔져 있고, 깨끗하며 새것처럼 보이는 닛산 알티마가 진입로에 주차돼 있다. 집 뒤로는 늪지대와 낙우송 숲이 눈이 닿지 않을 만큼 광활하게 펼쳐져 있다. 간간이 작은 부두와 나무 덱이 드문드문 눈에 띄지만 대부분 자연 그대로의 풍경이다. 괴물을 위한 가장 아름답고도 끔찍하며, 완벽한 사냥터이다.

르루가 몸을 돌려 뒷좌석에 앉은 그녀를 걱정스러운 얼굴로 쳐다보았다.

"넓은 늪지대를 살펴봐야겠네요. 아직 괜찮아요, 멀러?"

그가 물었다. 그녀는 자신이 괜찮아 보이지 않는다는 것을 알면서 고개를 끄덕이고는 단호하게 말했다.

"괜찮아요."

그가 잠시 기다리며 그녀의 얼굴에 망설이는 빛이 있는지 살폈다.

"알았어요, 한 팀을 먼저 들여보내 집 안에 있는 방해물을 처리할 거예요. 그가 집에 있다면 그들이 체포할 거예요. 우리가 들어갈 때, 특히 당신도 함께 가니까 종류를 막론하고 매복 공격의 위험이 없도록 그들이 전부 확인할 거예요."

르루가 상황을 알려 주고는 숨을 급히 들이마셨다.

"당신이 우리 시야에서 벗어나는 일은 없을 거예요."

"알았어요. 그 말을 믿어요."

그녀가 고마워하며 말했다.

그가 윌에게 고개를 돌리고, 윌은 선발팀인 경찰관들이 집을 둘러싸는 모습을 지켜보고 있다. 그들이 현관문을 두드리고 기다렸다. 렌은 기대감에 벌써 숨이 막힐 것 같다. 아무 기척이 없다. 두 번 더 문을 두드린 다음 그들이 문을 발로 차 열었다. 선발팀이 흥분에 휩싸인 채 모든 방향에서 급히 집으로 들어갔다.

렌이 눈을 꼭 감았다. 갑자기 소음 차단 헤드폰을 쓴 듯 모든 소리가 작아지고 뒤틀린 채 들렸다. 그녀는 총성이나 폭발음이 나기를 기다렸다. 무언가 끔찍한 일이 일어나기를 기다렸지만 아무 일도 일어나지 않았다. 그저 작아진 소리로 발소리와 집 안에 아무 방해물도 없다고 확인하는 조심스러운 외침 소리만 들릴 뿐이다.

전술 장비를 장착한 젊은 경찰관이 현관으로 나왔다. 그가 르루와 윌에게 팔을 흔들며 외쳤다.

"그자는 집 안에 없습니다! 이상 무!"

그들이 알았다고 고개를 끄덕이고 차 문을 열고 나갔다.

르루가 뒷문을 열어 주고 그녀가 숨 막히게 더운 공기 속으로 발을 내디뎠다.

"죽음 같은 냄새가 나요."

공기가 코에 닿자마자 그녀가 말했다.

르루가 본능적으로 코를 찡긋거렸다.

"정말이네요. 확실히 안 좋은 냄새가 나요."

렌이 고개를 저으며 그의 말을 정정했다.

"아니요, 정말로 죽음 같은 냄새가 나요. 여기 어딘가에 시체가 있어요."

그녀가 주변을 둘러보았다. 세 사람이 현관 쪽으로 이동해 수십 년 동안 거친 루이지애나 날씨에 가까스로 남아 있는 벗겨진 페인트를 밟고 올라섰다. 현관 안쪽으로 들어서자 냄새가 심해졌다. 그녀는 그렇게 오랫동안 집 안에 냄새가 배어 그가 더 이상 냄새를 강하게 느끼지 못할 것이라고 생각했다. 윌과 르루가 양옆에서 렌을 호위하며 세 사람이 나란히 거실로 들어갔다. 오래된 가구들을 보니 1940년대로 돌아간 듯 느껴졌다. 아름다운 창문들 앞에 초록색 벨벳으로 된 긴 의자가 놓여 있다. 디자인이 복잡한 전등들이 거실에 차분한 빛을 비추고 있다. 다양한 시대에 그려진 다양한 양식의 그림이 벽에 걸려 있다. 박물관 같기도 하고 매춘업소 같기도 하다. 렌이 그렇게 두려움에 떨지 않았더라면 그곳이 매력적이라고 느꼈을 것이다.

그리고 그녀가 멈췄다.

낮은 탁자 가운데 거울처럼 상이 비치는 큰 접시 위에 그녀의 할머니가 주신 반지가 놓여 있다. 그녀는 반지가 있는 곳으로 걸어가 눈높이에서 보기 위해 쭈그려 앉았다. 너무 작아서 끼지는 않지만 그녀는 그것을 침대 협탁에 항상 올려 두었다. 그것을 옆에 두고 잠들면 위안이 되기 때문이다. 하지만 며칠 동안 거의 침대에서 자지 않았고, 침대에서 잘 때도 일 생각에 몰두해 있느라 반지가 없어진 줄 알아차리지 못했다.

"존."

목소리가 갈라지고 그녀가 탁자 양옆을 꼭 잡았다. 그가 그녀 옆으로 달려와 손을 등에 올렸다.

"멀러, 괜찮아요? 여기서 나가는 게 좋겠어요?"

그가 정신없이 그녀의 얼굴을 살피고 나서 그녀 앞에 있는 반지로 시선을 옮겼다.

"무슨 일이에요?"

그녀는 갑자기 위험하다고 느꼈다. 그녀가 주변을 둘러보며 그가 갑자기 튀어나오기를 기다렸다. 그러나 그는 튀어나오지 않았다.

"이 반지요. 내 침대 협탁에서 가져온 거예요."

그녀가 반지에서 눈을 떼지 않은 채 무심하게 말했다.

그가 입을 딱 벌리고 채증요원에게 손짓해 사진을 찍게 했다.

"멀러, 지난번에 그 자식 사건에 휘말렸을 때 이 반지가 당신 침대 협탁에 놓여 있었다는 뜻이에요?"

그녀가 천천히 고개를 젓고 마침내 그와 눈을 맞추었다.

"아뇨. 내 말은 이게 내가 지금 사용하는 침대 협탁에서 지난주 어느 때에 가져온 거라는 거예요."

그녀가 재빨리 일어나더니 잠깐 몸을 가누고 르루도 그녀를 따라 일어섰다.

"그자가 내 집에 침입했어요, 존."

그녀가 울음을 참았지만, 그 생각을 하니 몸이 휘청이는 것 같았다. 몸이 빙글빙글 도는 것 같았다.

"렌. 뭐라고 말해야 좋을지 모르겠어요. 정말 뭐라고 해야 좋을지 모르겠어요."

르루가 걱정하며 입술을 깨물었다.

"괜찮아요. 이 일은 나중에 얘기해요. 나중에 얘기해도 괜찮아요. 하던 일을 계속하자고요."

그녀가 결심을 다지며 말했다.

"여기 피가 있어요."

르루가 문틀을 가리켰고, 그곳에 아직 마르지 않은 피가 길게 묻어 있다. 그 아래쪽 바닥에 핏방울이 뚝뚝 떨어져 있다. 렌이 오른쪽에 산산이 부서져 있는 초록색 유리로 시선을 옮기고 유리 조각들에도 마르지 않은 피가 잔뜩 묻어 있는 것을 알아차렸다.

"아마 누가 이 깨진 유리에 손을 다친 것 같아요."

그녀가 무심하게 말했다.

"시료를 채취하세요."

르루가 다른 경찰관에게 지시하고 렌에게 다음 방으로 가자고 손짓했다.

그들이 주방으로 들어갔다. 주방은 티끌 하나 없고 밝다. 반쯤 마신 커피 잔이 조리대에 놓여 있다. 렌은 등줄기가 오싹해졌다. 그들이 역시 과거의 매춘업소를 연상시키는 식당으로 이동하자 2층에서 한 경찰관이 희생자의 옷이 담긴 것으로 보이는 상자에 관해 그들에게 소리쳤다.

"2층에 좀 가 줄래요?"

르루가 채증요원에게 손짓하자 그가 서둘러 삐걱거리는 계단을 올라 2층으로 갔다.

"바깥에도 시체가 있는 게 확실하지만 이곳에서 강한 냄새가 나는 걸 보니 여기에도 누군가가 있어요."

"지하실에 뭐가 있다고 그러더라고요."

윌이 몸을 홱 돌렸다.

"처음에는 그저 바깥에서 스며 들어오는 냄새라고 생각했는데 열린 냉동고를 발견했다고 그러네요."

"냉동고?"

르루가 눈썹을 찡그렸다.

"갈까요?"

두 사람이 앞서가도록 윌이 옆으로 비켜섰다. 렌이 고개를 끄덕이고 르루를 따라 지하실로 통하는 계단을 내려갔다. 냄새에 숨이 막힐 것 같았다. 위층이나 바깥에서 나는 냄새와는 강도가 달랐다. 그들이 냄새를 뚫고 지하실로 내려가니 냄새가 젖은 모래처럼 느껴질 정도로 심했다.

계단 아래 모퉁이를 돌았을 때, 렌은 이곳이 전혀 익숙하지 않다는 느낌이 들었다. 그녀는 이 지하실에 와본 적은 없지만, 상상했던 모습과 똑같았다. 깨끗하고, 살균된 듯하며, 정돈되어 있다.

벽과 가까운 지하실 뒤쪽 근처에 의자들이 줄지어 있다. 두꺼운 팔걸이가 있는 튼튼한 의자들이다. 그 의자들을 보니 렌은 법원 가구가 생각났다. 의자에 더 가까이 가자 의자들이 시멘트로 바닥에 단단히 붙어 있는 것을 알 수 있었다. 팔걸이에는 가죽끈과 적갈색 피가 두껍게 굳어 있는 녹슨 쇠사슬이 둘려 있다. 이 의자들은 전부 피로 얼룩지고 피가 웅덩이처럼 고여 있고, 그보다 많은 피가 다리를 타고 아래쪽의 연회색 시멘트 위로 떨어져 있다.

"이 의자들이 성경 공부 모임을 위해 여기 있는 건 아닐 것 같군요."

르루가 빈정대며 그녀 옆에 쭈그리고 앉아 장갑 낀 손으로 의자 다리를 흔들어 보지만 다리는 꿈쩍도 하지 않는다.

"누굴 좀 불러서 꼭 시료를 채취하라고 하세요."

공기가 무겁고 르루는 살이 썩으면서 나는 자극적인 악취로 거의 질식할 것 같아 셔츠 소매로 자신을 보호했다. 렌은 이미 구석에 있는 흰색 냉동고로 넘어가 있다. 뚜껑이 열리고 플러그가 바닥에 던져져 있다. 시체에서 나는 냄새가 점점 강해졌다. 한 발짝씩 다가갈 때마다 냄새가 폭발적으로 강해졌다. 그녀가 냉동고 근처에 가만히 서서 시체를 똑바로 보려 애를 썼다. 그녀는 죽은 사람은 무섭지 않다. 그들이 어떤 말을 할지가 두려울 뿐이다.

"멀러, 그 안에 뭐가 있어요?"

르루가 여전히 의자 옆에 서서 물었다.

렌이 그 여자를 보았다. 젊은 여자이다. 그녀는 이 저주받은 안식처에 흐른 피와 온갖 다른 체액으로 물들어 금발이 짙은 색으로 변해 있다. 충혈되고 생기 없는 눈은 예전에는 초록색이나 파란색이었을 것이다. 하지만 이제 그 눈은 흐리고 핏발이 서 있다. 뺨은 부어 있고 렌은 어떤 심각한 부상으로 인해 그녀의 눈과 코, 입에서 피가 쏟아졌음을 알 수 있었다.

"그자가 당신에게 무슨 짓을 했나요?"

그녀가 큰 소리로 물었다. 렌이 그녀를 만지려고 장갑 낀 손을 뻗다가 멈추었다.

"음, 적어도 이 냄새가 어디서 나는 건지는 알게 됐네요."

르루가 그녀 옆에 나타나 다른 경찰관에게 와서 이쪽을 맡으라고 손짓했다.

"괜찮으면 위층으로 올라가서 잠깐 바람 좀 쐽시다."

렌이 잠시 혼자만의 깊은 생각에 빠져 있다가 깨어나 르루 쪽으로 몸을 돌렸다.

"뭐라고요? 안 갈래요. 바로 이 일을 하려고 여기 왔어요. 난 검시관이고, 내가 맡아야 할 시체들이 있잖아요."

"물론 그렇죠, 멀러. 하지만 이건 버거운 일이잖아요. 잠칸 가서 신선한 공기 좀 마시고 해도 괜찮아요. 아무도 비난하지 않을 거예요."

르루가 위로의 표시로 어깨를 그녀의 어깨에 살짝 부딪치며 말했다.

"난 괜찮아요. 이게 내 일이에요. 그저 가서 장비를 가져오면 돼요. 위층에 뒀거든요."

그녀가 엄숙하게 대답하고 계단 쪽으로 걸어가며 의자를 한 번 더 쳐다보았다.

그녀의 가슴에서 심장이 빠르게 뛰고 살이 썩는 냄새와 남자들의 콜론 냄새가 섞여 속이 메스꺼워졌다. 그녀는 머리가 멍하지만 고개를 흔들어 정신을 차렸다. 르루와 윌이 그녀를 뒤따라오는 소리가 들리고, 1층 주방으로 올라가며 그들이 소리 죽여 나누는 대화도 들을 수 있었다.

"1층에 올라가서 멀러 옆을 떠나지 마."

르루가 렌에게는 거의 들리지 않을 정도로 나직이 윌에게 말했다.

"당연하지."

윌이 무뚝뚝하게 대답했다.

그녀가 탁자 위에 있는 장비를 집으며 어느 정도 마음을 가다듬었다. 그녀가 다시 계단을 내려가려 몸을 돌릴 때 중년의 경찰관이 복도에서 나타났다.

"이 음악 소리 들리세요?"

그가 물었다. 렌이 집에서 일어나는 모든 움직임 가운데서 소리를 들으려 안간힘을 썼다. 윌과 르루도 정신을 차렸다. 렌은 멀리에서 정말 무슨 소리를 들었다. 희미한 소리가 밖에서부터 들려오는 것 같았다.

르루가 두 사람에게 손짓했다.

"어서 가요. 바깥에서 들려요. 뒤쪽에서 경찰관들이 무슨 일인지 확인하고 있어요."

세 사람이 밖으로 나가자 음악 소리가 더 분명히 들렸다. 그들 앞에 펼쳐진 숲에는 바람 한 점 없지만 그곳은 조용하지 않았다. 여전히 살짝 막힌 듯한 소리지만 늪지대 자연의 협주곡을 뚫고 들리는 것은 틀림없이 배드우즈의 〈블랙 매직(Black Magic)〉이었다. 그 음악은 멀미가 날 정도로 경쾌해 끔찍하게 거슬렸다. 렌이 불안정하게 숨을 들이마시며 불안을 떨치려 노력했다.

"이건 칼의 짓이 분명해요."

그녀가 에밀리로 살던 시절 가장 심하게 공포에 질려 있을 때 음악에 질식당하는 것 같던 느낌을 기억하며 말했다.

"어릴 때 연극반이었대요?"

르루가 어깨 너머로 그녀를 보며 보일 듯 말 듯한 웃음을 지었다.

그녀가 이 순간 분위기를 가볍게 해 준 그에게 고마워하며 대답했다.

"아뇨, 그런데 그때 못 한 걸 지금 보상받는 것 같네요."

그들이 부서질 것 같은 뒤쪽 현관 계단을 내려가 울창한 숲으로 이어지는 나무 덱 길로 올라섰다. 낙우송이 사방에서 얽혀 있어 그것들이 위쪽에 만든 장막을 햇빛이 통과하지 못했다. 그가 희생자들을 데려온 곳이 바로 여기이다. 희생자들이 그에게서 도망가려 애쓰다 다리와 발에 상처 입은 곳이 바로 여기이다. 이곳은 아주 오랫동안 악에 흠뻑 물들어 분위기가 어둡고 불길했다.

그들이 경찰관을 따라 함께 뒤뜰로 들어가고, 경찰관 한 명이 그들을 따라왔다. 르루와 윌은 둘 다 총을 들고 있다. 그들이 함께 성큼성큼 걸어가자 음악이 점점 커지며 나무에서 시끄럽게 울어 대는 매미 소리와 경쟁이라도 하듯 울렸다. 그들이 사냥터로 더 깊이 들어가자 썩은 냄새가 숨을 못 쉴 정도로 강해졌다. 그들이 물가로 다가가자 그녀가 냄새의 진원지를 발견했다.

"냄새의 원천을 찾았어요."

그녀가 쉿 소리를 내고 말하며 늪 옆에 축 늘어진 채 누워 있는 어두운 시체를 가리켰다. 세 사람이 한 팀처럼 움직이고, 썩는 냄새가 비현실적으로 심해졌다. 날씨와 곤충 때문에 부패가 빠르게 진행되고 있지만 렌은 희생자가 남성임을 알아냈다. 그의 관자놀이 옆에 총상으로 보이는 상처가 확연했다. 렌은 재빨리 전화기로 사진을 찍고 장비 가방에서 핀셋을 꺼냈다. 그녀는 총알이 박힌 상처를 조심스럽게 파내고, 총알을 눈높이까지 들어 올렸다.

"당신이 함께 와서 다행이이에요, 멀러. 당신 말이 맞았어요."

르루가 고개를 저으며 장갑 낀 손으로 입과 코를 막았다.

그녀가 웃으며 총알을 증거 봉투에 담은 다음 봉투를 다시 의료용 가방에 넣었다. 그녀가 가방 잠금장치를 닫을 때 르루가 등을 구부리더니 상처 입은 동물같이 울부짖었다. 그가 몸을 앞으로 푹 숙이더니 옆으로 쓰러졌다. 그러고는 왼쪽 다리를 움켜잡았다. 렌의 시선이 그의 종아리에 꽂혀 있는 사냥용 화살에 고정됐다. 금속제의 긴 화살이다. 화살이 그녀의 예상보다 큰 상처를 냈다. 렌이 몸을 기울여 그를 치료하기 시작했다.

"경찰관 부상!"

윌이 소리쳤다.

소리치자마자 화살이 그들 쪽으로 한 발 더 발사되어 왔다. 이번에는 다른 경찰관의 등을 맞혔다. 그가 앞으로 쓰러지자 렌이 참지 못하고 비명을 질렀다. 르루가 다리를 부여잡고 고통에 신음하면서도 정신없이 숲 쪽을 두리번거렸다. 혼란 속에서 아무도 화살이 어느 방향에서 날아왔는지 알지 못하고 이제 그들은 독 안에 든 쥐 신세가 되었다.

나뭇가지가 부러졌다.

"에밀리."

차분하고 익숙한 목소리가 들렸다. 렌이 르루의 상처에서 고개를 들어 그를 보았다. 그가 두 손으로 석궁을 쥔 채 수령이 오래된 나무 옆에서 걸어 나왔다. 그가 석궁을 그녀에게 똑바로 겨누었다. 그녀가 마지막으로 봤을 때처럼 그의 긴 머리가 이마에 흘러내려 있다. 그는 검은색 티셔츠와 색이 진한 청바지를 입고 전투화 스타일의 검은색 부츠를 신고 있다. 그는 놀랍도록 침착하고 어딘가 만족스러워 보인다. 그가 그녀를 찬찬히 훑어보며 상황을 가늠하는 듯하다. 그의 시선 아래서, 렌은 7년 전 그 밤으로 돌아간 듯한 감각에 휩싸였다. 그때와 똑같은 긴장감 그리고 분노가 되살아났다. 그의 눈은 그때와 똑같이 무표정하고, 세월이 흐르는 동안 훨씬 어두워졌다.

그녀가 칼을, 제러미를, 누가 됐든 지금의 그를 잠시 그저 마주 응시했다. 그녀는 그가 무엇을 할 수 있는지 안다. 그녀가 르루의 손에서 슬그머니 총을 집어 든 다음 일어나서 칼을 겨누었다. 그가 계속 석궁으로 그녀를 겨눈 채 그의 비뚤어진 웃음이 천천히 온 얼굴에 번졌다. 그가 석궁을 옆으로 내렸다.

"총을 쏴요!"

르루가 아래쪽에서 고함을 쳤다.

그녀가 순간적으로 얼어붙어 방아쇠를 당기지 못하고 망설였다. 그리고 갑자기 빵 소리가 울렸다. 그녀는 그가 뒤로 휘청이다 석궁을 떨어뜨리고 가슴을 움켜잡는 것을 보았다. 그가 무릎을 꿇고 쓰러지더니 몸을 굴려 근처에 있는 관목 밑으로 들어가 곧장 무성한 나뭇가지 속으로 사라졌다. 지붕처럼 둘러싼 나무 사이로 햇빛이 힘겹게 비집고 들어왔다. 햇빛 아래서도 어둠이 사방에 도사리고 있다. 렌은 여전히 공포로 몸이 마비된 채 조금 전만 해도 그가 서 있던 빈 공간을 총으로 겨누고 있다. 그녀가 윌이 방금 발사한 총을 낮춘 채 방어 자세로 서 있는 오른쪽을 바라보았다. 그녀의 폐에서 숨이 급하게 빠져나왔다.

경찰관들이 그가 사라진 관목을 향해 달려가고 윌이 그 뒤를 바싹 쫓았다.

"멀러, 르루 옆에 있어요!"

그가 어깨 너머로 소리쳤다.

그녀는 칼이 방금 자신을 내려다보던 곳을 여전히 응시한 채 고개만 끄덕였다. 나뭇가지가 부러지는 소리와 알아들을 수 없는 이런저런 명령 소리가 들렸지만 마치 머리가 물속에 있는 것처럼 들렸다. 그녀가 억지로 주변을 계속 경계하는 동안 한 가지 소리가 공기를 갈랐다. 그 소리에 그녀의 심장 박동이 빨라지고 이마에 식은땀이 흘렀다. 10초 정도 간격으로 두 발의 총성이 울리자 새들이 사방으로 흩어지며 머리 위에서 날카롭게 지저귀었다. 그녀가 눈을 휘둥그렇게 뜨고 잠시 응시했다. 모든 매미와 새, 두꺼비, 나뭇잎이 힘을 합쳐 비명을 지르자 그녀는 현재로 돌아왔다. 그리고 귀를 기울였다.

"멀러 박사님."

젊은 경찰관이 나무 사이에서 나타나자 렌은 깜짝 놀라 총을 더 세게 움켜쥐었다. 그녀가 겁을 먹었다는 것을 안 그가 두 손을 들고 나직이 말했다.

"놀라게 해서 죄송합니다. 브루사드가 용의자와 함께 있습니다. 그가 사망했는지 확인만 하면 됩니다."

렌이 르루의 총을 내리고 뜨거운 공기를 다시 한 번 들이마시고 고개를 끄덕였다. 그녀가 르루를 내려다보았다.

"여기 있어도 괜찮겠어요?"

"별수 있나요?"

그가 농담을 하고 다리를 부여잡은 채 힘겹게 한쪽 눈을 찡긋했다.

"조심해요, 멀러."

"난 괜찮아요. 이분을 위해 응급팀 좀 불러 주세요."

그녀가 젊은 경찰관에게 지시했다.

그가 두 사람에게 더 가까이 다가오며 벌써 어깨에 달린 무전기를 잡아 응급팀에게 이쪽으로 와 달라고 요청했다. 렌이 숨을 몰아 쉬고 이마에 흐른 땀을 닦은 다음 나무 쪽으로 걸어갔다. 그녀는 고목이 된 낙우송의 두꺼운 뿌리들 사이로 힘겹게 나아가며 가까이에서 경찰관들이 이야기하는 소리를 들을 수 있었다. 스페인이끼가 얼굴을 간질였다. 모든 것이 움직이고 숨을 쉰다. 그곳은 생명으로 가득하다.

"멀러."

그녀가 윌에게 다가가다 그의 목소리에 깜짝 놀랐다.

"이 자식이 자기 입에 대고 총을 쐈어요."

그가 무뚝뚝하게 말하고, 그녀는 이 정보를 되도록 빨리 이해하려고 침을 삼켰다.

"제가 확인할게요. 그리고 감사해요."

그녀가 대답했다.

그가 옆으로 지나가며 그녀의 손을 꼭 쥐었다.

"천만에요."

그녀가 그의 손을 놓고 칼의 시체를 향해 성큼성큼 걸어갔다. 그가 이제 온 얼굴과 가슴에 피가 튄 채 누워 있다. 그가 눈을 뜨고 그를 둘러싼 젖은 땅에서 그녀를 유심히 올려다보고 있다. 언제나 그렇게 깨끗하고 침착하더니 이제야 마침내 그의 내면에 있던 괴물 같은 모습이 보였다.

그녀가 짝 소리가 나게 한 손에 장갑을 끼고 맥박을 확인하려 몸을 숙였다. 아무 움직임도 없다.

"사망했어요."

그녀가 냉담하게 말했다.

그녀가 전화를 꺼내 사무실에 전화를 걸어 검시관과 보조원들을 호출했다. 그녀가 뒤쪽에 있는 경찰관들을 향해 몸을 돌릴 때 무언가가 시선을 사로잡았다. 그녀를 올려다보는 얼굴에 이상한 점이 있다. 그녀가 장갑 낀 손으로 그의 얼굴에서 피를 닦아 낸 다음 자신을 똑바로 바라보도록 얼굴을 약간 돌렸다. 그녀는 이 남자의 초록색 눈을 들여다 보면서 심장이 멈추는 것 같았다. 그녀가 손을 더듬으며 배쪽에 덮인 검은색 티셔츠를 들어 올려 월이 아까 쏜 총에 맞은 상처를 찾았지만 상처 대신 매끈한 다치지 않은 피부가 보일 뿐이다.

"이 사람은 그자가 아니에요."

그녀가 믿기지 않는다는 듯 말했다. 그러고는 쭈그리고 앉더니 이 낯선 남자와 거리를 두려 허둥지둥 뒤로 물러났다. 그녀는 처음으로 죽은 사람에게 두려움을 느꼈다.

"그 자식이 틀림없어요!"

월이 재빨리 다가와 그녀의 어깨를 잡았다.

"멀러, 무슨 말이에요?"

그녀가 내면에서 극심한 공포가 솟구치는 느낌에 고개를 저으며 소리쳤다.

"아니에요! 이 사람은 그가 아니에요, 월!"

"아까 저쪽에서 이 자식을 알아봤잖아요. 내가 봤어요. 두 사람이 서로 알아봤잖아요."

"알아봤어요. 그도 나를 알아봤고요. 거기에서는 그자였어요. 하지만 여기에서는, 지금은 아니에요."

그녀가 설명하고 숨을 깊이 들이마셨다.

"아까 당신 총에 맞은 상처가 없어요."

그가 무슨 말을 하려 입을 움직이지만 아무 말도 나오지 않았다. 생명이 빠져나간 몸 근처에 골똘한 시선을 고정한 채 그가 이 일을 논리적으로 이해하려 애쓰는 모습이 역력했다.

"그건 불가능해요. 내가 그의 가슴을 쐈어요."

"이 상처가 스스로 총을 쏴서 생긴 거라면 총은 어디 있죠? 이 사람은 스스로 총을 쏘지 않았어요. 우리가 이 사람을 발견하도록 일을 꾸민 사람이 쏜 거예요."

윌의 시선이 렌과 시체 사이를 왔다갔다했다. 그가 위쪽을 보더니 두 사람 오른쪽에 서 있는 경찰관을 향해 재빨리 손가락으로 가리켰다.

"이곳을 이 잡듯 뒤지세요. 어서 그를 찾아요."

그가 다시 렌을 바라보더니 경찰관을 부르고, 그러자 경찰관이 급히 달려왔다.

"멀러 박사님을 르루한테 모셔다드리고 두 사람이 응급팀과 함께 여기서 안전하게 빠져나가는지 확인해요."

렌이 항의하려 입을 열려 했지만 윌이 말을 가로막았다.

"당신이 할 일은 끝났어요. 르루랑 같이 병원으로 가세요."

렌이 자리에서 일어나 그의 팔을 한 번 꼭 잡고 몸을 돌려 그녀를 따라오는 경찰관과 함께 무성한 초록색 식물 사이를 헤치고 돌아갔다. 그녀가 잔디밭 위에 주차된 구급차 쪽으로 걸어가며 응급구조사에게 손짓을 했다.

"저도 갈게요."

그녀가 말했다. 응급구조사가 고개를 끄덕이며 문을 열자 이송용 침대에 있는 르루가 보였다. 그가 앉은 채 그녀를 바라보며 안도했다.

"끝났어요?"

그가 물었다. 그녀가 고개를 저으며 르루 옆에 있는 작은 의자에 앉았다. 쾅 소리가 나며 문이 닫히고 시동 거는 소리가 크게 울렸다.

"아뇨."

그녀가 나직이 대답했다. 르루가 그녀와 눈을 마주치려 했지만 그녀의 초점이 흐려졌다.

그녀가 눈을 들어 그를 마주 보았다.

"그자가 도망쳤어요, 존."

35

 제러미가 자기 소유지 바깥에 있는 늪에 나타나더니 멈춰 서서 숨을 돌렸다. 땀으로 흠뻑 젖은 피부가 검은색 티셔츠 밑에 입은 방탄조끼에 쏠린다. 그는 다시는 방탄조끼를 입고 싶지 않다고 생각했다. 조여서 숨이 막히긴 하지만 그래도 그것이 필요할 때 제 기능을 다한 데에는 감사한다. 그가 주변의 습한 공기를 들이마시며 부어오르고 붉게 변한 가슴께를 어루만졌다.

총상보다야 낫지.

 그가 앞에 길게 펼쳐진 울창한 늪지대를 헤치고 나아갔다. 따뜻한 물이 그의 바지에 흠뻑 스며들어 끈적끈적한 자국을 만들었다. 진흙에 빠진 부츠를 빼내려 하자 진흙이 더 깊이 빨아들이는 힘이 느껴졌다. 그가 구름같이 자욱한 모기떼를 손을 휘저어 쫓자 모기들이 겨우 잠시 흩어졌다. 그리하고는 곧 무례한 행동의 대가로 가려워 미칠 지경의 상처를 수없이 남길 준비를 한 채 맹렬하게 다시 모여들었다.

그가 남기고 온 시체가 그가 아님을 렌은 오래지 않아 알아낼 것이다. 일단 그 사실을 알아내면 의심의 여지 없이 곧바로 모든 일을 추론해 낼 것이다. 그녀는 전과 다름없이 똑똑한 데다 오래된 분노라는 동기까지 더해졌다. 그와 눈이 마주치자 그녀의 두 눈은 분노를 뿜었다. 지금 가차 없이 그를 공격하는 모기처럼 렌은 이 일이 있기 전 그의 피에 목말라 했고, 이제는 갈증을 채울 수 없어 안달이 났을 것이다. 하지만 이번 전투에서는 그가 이겼고 머지않아 더 큰 전쟁에서도 이길 것이다.

그녀는 그를 쏘지 못했다.

그는 그녀가 손가락을 방아쇠에 계속 걸고 있으면서도 당기지 못하는 모습을 지켜보았다. 그는 이제는 그녀가 그를 쏠 수 있을지 궁금해졌다. 기회가 한 번 더 주어진다면 그녀가 그때도 망설일지 궁금하다. 렌에게는 안된 일이지만 그녀에게는 더 이상 기회가 없을 것이다. 그는 곧 수백 킬로미터 떨어진 곳으로 갈 것이다. 그가 배낭을 고쳐 메며 그를 붙잡고 할퀴는 나무들을 헤치고 앞으로 나아갔다. 이곳을 지나는 길은 없지만 그는 그래도 어디로 가야 할지 아주 잘 알고 있다. 그의 아버지가 악어 사냥을 시도해 보려 이곳에 그를 데려온 적이 있기 때문이다. 물론 악어는 잡지 못했다.

그는 자신과 이곳을 공유하는 괴물들을 예민하게 의식했다. 어둠 속에서 악어들의 눈이 악몽 속에서처럼 번뜩였다. 그들은 꼬리를 이용해 진창 속을 막힘없이 돌아다니며 어떤 무기보다 빨리 인간을 무력하게 만들 수 있다. 그들은 잔인하고 피에 굶주린, 진정한 늪지대 살인자들이다. 그리고 오늘 밤 그는 그들의 일원이 될 것이다.

태양이 지평선 아래로 느긋이 가라앉고, 그가 앞쪽에 길게 뻗어 있는 도로로 걸어가는 사이 밤의 소리가 점점 커졌다.

감사의 말

사랑하는 존에게.
내가 글쓰기에 대해 확신이 없었을 때조차도 언제나 나를 지지하고 격려해 줘서 고마워요. 영감이 떠오를 때마다 수십 잔의 커피를 마시며 바깥에서 키보드를 두드리는 동안 아이들을 돌봐준 것도, 이 책의 첫 문장을 쓸 수 있도록 용기를 준 것도 당신이에요. 끝없이 사랑하고 감사해요. 당신은 내게 진정한 선물이에요. 당신이 너무 고마운 존재라서, 내가 쓰는 이런 무서운 이야기 속에 당신을 등장시켜 끔찍한 일을 겪게 하지는 않을게요.

카렌에게.
모두가 믿기 어려워하는 최고의 시어머니가 되어줘서 고마워요. 늘 아이들과 즐거운 시간을 보내 주시면서 내가 글을 쓸 수 있도록 배려해 주셨죠. 당신 없이는 이 책을 끝낼 수 없었을 거예요. 말로 다 할 수 없을 만큼 감사드려요.

엄마아빠에게.
이미 이 책을 헌정했지만, 저에게 생명을 주셨으니 다시 한 번 말씀드릴게요. 이 악몽 같은 이야기를 써 내려갈 수 있도록 필요한 자질과 자신감, 사랑을 주셔서 감사해요. 어린 시절엔 악몽을 꾼 저의 손을 잡아 주셨는데, 이제 제가 하나씩 돌려드릴게요. 진심이에요. 저를 믿어 주세요. 두 분 모두 정말 사랑해요.

애시에게.
당신은 나의 가장 친한 친구이자 언니 같기도 하고, 조카 같기도 하며, 비즈니스 파트너이기도 해요. 내가 씌워 준 모든 모자를 완벽히 소화하면서도, 이 책을 완성하는 데 있어 없어선 안 될 존재였죠. 책을 소리 내어 읽어 줘서 고맙고, 매일같이 당신을 소름 끼치게 만들어서 미안(?)하고, 고마워요.

나의 형제자매들에게.
아미, 나의 큰언니이자 소중한 친구. 어릴 땐 당신만이 내

머리를 감길 수 있었죠. 지금은 내가 스스로 감지만, 그때부터 새들을 보며 고개를 들던 기억은 여전히 따뜻하게 남아 있어요. 스마일프라이와 랜치드레싱처럼 다정한 사랑을 줘서 고마워요.

Jp, 나의 큰오빠이자 다른 차원에서 온 쌍둥이.
우리는 닮았고, 생각도 비슷하죠. 아마도 둘 다 라멘트 박스를 만지작거리다가 세노바이트 지옥을 열어 버릴 수도 있겠지만⋯⋯. 그럼에도 불구하고 하이파이브를 했을 거예요. 나를 격려해 주고 함께 창작해 줘서 고마워요.

스톤 박사님께.
제가 늘 꿈꿔 왔던 세계에 들어갈 수 있도록 기회를 주셔서 감사합니다. 이 책은 부검실에서 태어났고, 당신 덕분에 그 경험을 할 수 있었습니다. 정말 감사드립니다.

내 팀, 세스, 앤디, 마리사에게.
말로 표현할 수 없을 만큼 멋진 여러분! 이건 정말 큰일이에요. 왜냐하면, Josie〈Grossy〉Geller의 불후의 명대사처럼—"단어는 내 삶이에요!"라고 말할 만큼, 나에게 언어란 정말 중요한 존재거든요. 그런 나조차 표현하기 어려울 만큼, 여러분은 대단한 존재예요. 언제나 나를 믿어 줘서 고마워요.

문학 에이전트 사브리나에게.
이제 우리는 하나예요. 평생 함께 갈 거예요. 내 광기, 불안 그리고 모든 사소한 것까지 알고 싶어하는 집착을 견뎌줘서 고마워요. 당신 덕분에 더 나은 작가가 되었고, 좋은 친구도 얻었어요.

놀라운 편집자 사리나에게.
우주가 우리를 이어준 것 같아요. 처음 만났을 때부터 당신은 나를, 그리고 내 이야기를 완전히 이해해 줬어요. 이 책을 가장 잘 되도록 만들어 주셔서 감사해요. 제러미조차 당신에게 감탄했을 거예요— 그게 얼마나 대단한지 아시죠? 이 음산하고 으스스한 세계로 들어갈 기회를 줘서 정말 고마워요.

Zando(출판사)에게.
정성을 다해 이 책을 봐 주셔서 감사합니다. 작가가 되는 꿈을 이루게 해 주셔서 감사드려요.

Stephen King, Patricia Cornwell, R.L. Stine, Christopher Pike, Edward Gorey, Alvin Schwartz, Stephen Gammell 등의 작가들께.
내가 원래 좀 이상하고 괴짜 같은 구석이 있었는데, 한때는 그런 '어둡고 이상하고 괴상한 면'을 부정하거나 숨기려 했지만, 지금은 오히려 그러한 면들을 받아들이고, 창작의 원동력으로 삼을 수 있게 되었어요. 저처럼 '괴짜인 사람들'이 자신만의 창의적인 세계를 만들 수 있게 해 줘서 감사합니다.

뉴올리언스에게.
이 책 속에서 당신의 영혼이 느껴지길 바라요. 제 마음 속에 영감을 불어넣어 준 도시에게 감사드립니다.